35
ANOS

CB000344

AS CONVIDADAS

SILVINA OCAMPO

As convidadas

Tradução
Livia Deorsola

Companhia Das Letras

Grafia atualizada segundo o Acordo Ortográfico da Língua Portuguesa de 1990, que entrou em vigor no Brasil em 2009.

Título original
Las invitadas

Capa
Elisa von Randow

Ilustração de capa
Cristina Daura

Preparação
Sheyla Miranda

Revisão
Marina Nogueira
Aminah Haman

Dados Internacionais de Catalogação na Publicação (CIP)
(Câmara Brasileira do Livro, SP, Brasil)

Ocampo, Silvina.
As convidadas / Silvina Ocampo ; tradução Livia Deorsola.
— 1ª ed. — São Paulo : Companhia das Letras, 2022.

Título original: Las invitadas.
ISBN 978-65-5921-205-7

1. Ficção argentina. I. Título.

22-103195 CDD-AR863

Índice para catálogo sistemático:
1. Ficção : Literatura argentina AR863

Maria Alice Ferreira – Bibliotecária – CRB-8/7964

[2022]

EDITORA SCHWARCZ S.A.
Rua Bandeira Paulista, 702, cj. 32
04532-002 — São Paulo — SP
Telefone: (11) 3707-3500
www.companhiadasletras.com.br
www.blogdacompanhia.com.br
facebook.com/companhiadasletras
instagram.com/companhiadasletras
twitter.com/cialetras

Sumário

Assim eram os seus rostos

Assim eram os seus rostos. Suas asas se abriam; cada ser tinha duas asas, unidas cada uma à do outro.

Ezequiel 1,11

Como as crianças menores chegaram a saber daquilo? Isso nunca se explicará. Além disso falta elucidar o que chegaram a saber, e se os mais velhos já não saberiam. Presume-se, no entanto, que foi um fato real, não uma fantasia, e que apenas pessoas que não os conheciam e que não conheciam o colégio e suas professoras podiam negar sem sentir algum remorso.

Na hora em que, inutilmente, como sempre, para manter um ritual, tocaram o sinal que anuncia o leite, ou um pouco mais tarde, no recreio, quando se dirigiram correndo ao pátio dos fundos, ou talvez, o que é mais provável, de forma inconsciente, paulatina, diária, sem ordem de idade nem de sexo, chegaram a saber daquilo, e digo *chegaram* porque se percebeu por meio de múltiplas manifestações que estavam esperando, até aquele momento, algo que lhes permitiria esperar de novo e definitivamente, algo muito importante. Sem dúvida, sabemos que a partir daquele instante, que menciono de modo impreciso, mas sobre o qual se fazem milhares de conjecturas, sem perder a inocência, mas perdendo essa despreocupação aparente, tão característica da infância, as crianças não pensaram em outra coisa.

Depois de meditar sobre isso, tudo nos faz supor que as crianças souberam ao mesmo tempo. Nos dormitórios, ao dormir; no refeitório, ao comer; na capela, ao rezar; nos pátios, ao brincar de pega-pega, de Martín Pescador;* sentados nas carteiras, ao fazer os deveres ou cumprindo os castigos; na praça, quando se balançam; ou nos banheiros, dedicados à higiene corporal (momentos importantes, porque neles as preocupações são esquecidas), com o mesmo olhar grave e distraído, suas mentes, feito pequenas máquinas, teciam a trama de um mesmo tratamento, de um mesmo anseio, de uma mesma expectativa.

As pessoas que os viam passar com trajes de passeio, limpos e bem penteados, nos feriados nacionais, nas festas da igreja, ou em qualquer domingo, diziam:

"Estas crianças pertencem a uma mesma família ou a uma confraria misteriosa. São idênticas. Coitados dos pais! Não devem reconhecer o filho! Nestes tempos modernos, todas as crianças são feitas no mesmo molde (as meninas parecem rapazes, e os rapazes, meninas); tempos sem graça, tempos cruéis."

Com efeito, suas caras eram tão parecidas entre si, tão inexpressivas quanto as caras das rosetas ou das imagens de Nossa Senhora de Luján nas medalhas que luziam sobre seus peitos.

Mas elas, cada uma delas, no primeiro momento se sentiam sozinhas, como se uma armadura de ferro as revestisse de modo

* Martín Pescador: jogo infantil cuja canção conduz a formação de um trenzinho e seus vagões. O "trem" pergunta: "Martín Pescador vai me deixar passar?", e a "ponte" responde: "vai passar, vai passar, mas o último vai ficar". (N. T.)

a deixá-las incomunicáveis, endurecidas. A dor de cada uma era uma dor individual e terrível; a alegria também, e por isso mesmo era dolorosa. Curvadas, imaginavam-se diferentes umas das outras, como os cães com suas raças tão díspares ou como os monstros pré-históricos das gravuras. Acreditavam que o segredo, que neste mesmo instante se dividia em quarenta segredos, não era compartilhado e não seria jamais compartilhado. Mas um anjo surgiu, o anjo que às vezes auxilia as multidões; surgiu com seu reluzente espelho erguido, como o retrato de um candidato, do herói ou do tirano que os manifestantes carregam, e lhes mostrou a identidade de suas caras. Quarenta caras eram a mesma cara; quarenta consciências eram a mesma consciência, apesar das diferenças de idade e de família.

Por mais horrível que seja um segredo, quando compartilhado às vezes deixa de ser horrível, porque seu horror dá prazer: o prazer da comunicação incessante.

Mas quem achava que era horrível se adiantou aos acontecimentos. Na verdade não se sabia se era horrível e se tornava bonito, ou se era bonito e se tornava horrível.

Quando se sentiram mais confiantes em si mesmas, as crianças trocaram cartas, em papéis de diversas cores, com guirlandas de renda ou com desenhinhos colados. No começo as cartas eram lacônicas; depois compridas e mais confusas. Escolheram lugares estratégicos que serviam de caixa de correio, para que os outros as pegassem.

Por ser em cúmplices felizes, os inconvenientes habituais da vida já não as incomodavam.

Se uma delas pensava em tomar uma decisão, as outras logo resolviam fazer o mesmo.

Como se desejassem se igualar, as menores caminhavam na ponta dos pés para parecer mais altas; as maiores se encurvavam para parecer mais baixas. Poderia se dizer que as crianças ruivas apagavam o fogo de suas cabeleiras e que as morenas suavizavam a escuridão de uma tez apaixonadamente escura. Os olhos luziam todos os mesmos risquinhos castanhos ou cinza que caracterizam os olhos claros. Ninguém mais roía as unhas, e a única que chupava o dedo parou de fazer isso.

Estavam unidas também pela brutalidade dos gestos, pelas risadas simultâneas, por uma solidariedade irrequieta e subitamente triste, que se refugiava nos olhos, nos cabelos escorridos ou levemente crespos. Unidas de forma tão indissolúvel, teriam derrotado um exército, uma manada de lobos famintos, uma peste, a fome, a sede ou o cansaço disciplinado que extermina as civilizações.

Do alto de um escorregador, não por maldade e sim por frenesi, as crianças quase mataram um menino que se meteu entre elas. Em uma rua, sob o entusiasmo laudatório de todos, um vendedor ambulante de flores por pouco não pereceu junto com sua mercadoria.

Nos guarda-roupas, de noite, as saias azul-marinho, plissadas, as calças, as blusas, a roupa íntima áspera e branca, os lenços se apertavam na escuridão, com essa vida que lhes tinha sido transmitida por seus donos durante a vigília. Os sapatos juntos, cada vez mais juntos, formavam um exército enérgico e organizado: andavam tanto de noite sem as crianças quanto de dia com elas. Um barro espiritual se aderia às solas. Os sapatos, quando estão sozinhos, já são patéticos o suficiente! O sabonete que passava de mão em mão, de boca em boca, de peito em peito, adquiria a forma de suas almas. Sabonetes perdidos entre a pasta de dente e as escovas de unha e de dente! Todas iguais!

“A voz dispersa os que falam. Os que não falam transmitem sua força aos objetos que os circundam”, disse Fabia Hernández, uma das professoras; mas nem ela, nem Lelia Isnaga, nem Albina Romarín, suas colegas, penetravam no mundo cerrado que às vezes mora no coração de um homem solitário (que se defende e se entrega à sua desventura ou à sua felicidade). Esse mundo fechado morava no coração de quarenta crianças! As professoras, por amor ao trabalho, com total dedicação, queriam surpreender o segredo. Sabiam que um segredo pode ser venenoso para a alma. As mães têm medo de que acometa seus filhos; por mais bonito que seja, pensam elas, vá saber que serpente contém!

Queriam surpreendê-las. Acendiam as luzes dos dormitórios intempestivamente, com o pretexto de checar o teto, onde um cano tinha se rompido, ou com o de caçar os ratos que tinham invadido os cômodos principais; com o pretexto de impor silêncio, interrompiam os recreios, dizendo que a algazarra podia incomodar algum vizinho doente ou a cerimônia de algum velório; com o pretexto de vigiar a conduta religiosa, entravam na capela, onde o misticismo exacerbado permitia, em arrebatamento de amor divino, a articulação de palavras desconexas, porém estrondosas e difíceis, diante das chamas dos círios que iluminavam os rostos herméticos.

As crianças, como pássaros agitados, irrompiam nos cinematógrafos, ou nos teatros ou em alguma reunião beneficente, pois tinham a chance de se divertir ou de se distrair com espetáculos pitorescos. As cabeças giravam ao mesmo tempo, da esquerda para a direita, revelando a plenitude da simulação.

A senhorita Fabia Hernández foi a primeira a perceber que as crianças tinham os mesmos sonhos; que cometiam os mesmos erros nos cadernos, e quando as censurou por não terem personalidade, elas sorriram docemente, coisa que não era comum a elas.

Nenhuma delas tinha problema em pagar pelas travessuras de um colega. Nenhuma delas tinha problema em ver premiado por mérito próprio outros colegas.

Em várias oportunidades as professoras acusaram uma ou duas delas de fazer os deveres do resto dos alunos, pois de outro modo não haveria como explicar que a letra fosse tão parecida e as frases das composições, tão idênticas. As professoras comprovaram que tinham se equivocado.

Quando, na aula de desenho, a professora, para estimular-lhes a criatividade, pediu que desenhassem qualquer objeto que imaginassem, todas desenharam, por um tempo assustador, asas cujas formas e dimensões variavam infinitamente, sem restar, segundo a professora, monotonia ao conjunto. Quando ela as repreendeu por desenhar sempre a mesma coisa, resmungaram e, por último, escreveram no quadro negro: *Imaginamos as asas, senhorita.*

Sem incorrer em um desrespeitoso engano, era possível dizer que eram felizes? Dentro do que pode ser uma criança com suas limitações, tudo leva a crer que eram, a não ser no verão. O calor da cidade pesava sobre as professoras. Na hora em que as crianças gostavam de correr, de trepar em árvores, de dar cambalhotas na grama ou de descer rolando pelos barrancos, era a sesta, o temido costume da sesta, que substituía os passeios. Cantavam as cigarras, mas elas não ouviam esse canto que torna o calor mais intenso. Vociferavam as rádios, mas elas não ouviam esse ruído que torna o verão insuportável, com asfalto pegajoso.

Protegidas por telas, as crianças perdiam as horas atrás das professoras esperando que o sol baixasse ou que o calor amainasse, fazendo, quando as deixavam sozinhas, involuntárias travessuras, como chamar da varanda algum cachorro que ao ver tantos possíveis donos simultâneos dava um pulo delirante para alcançá-los, ou fazendo lero-lero e provocando a ira de alguma senhora que tocava a campainha para reclamar de tanta insolência.

Uma inesperada doação permitiu que fossem veranear à beira-mar. As meninas confeccionaram, elas mesmas, recatados trajes de banho; os meninos adquiriram os seus em uma loja baratinha, cujas mercadorias cheiravam a óleo de rícino, mas que tinham um corte moderno, desses que caem bem em qualquer um.

Para dar mais importância ao fato de que passavam o verão fora pela primeira vez, as professoras lhes mostraram com um ponteiro sobre o mapa o ponto azul, junto ao Atlântico, para onde viajariam.

Sonharam com o Atlântico, com a areia, todos o mesmo sonho.

Quando o trem partiu da estação, os lenços se agitaram nas janelinhas feito uma revoada de pombas; isso está registrado em uma fotografia que saiu nos jornais.

Quando chegaram ao mar, mal o olharam; continuaram vendo o mar imaginado antes de ver o verdadeiro. Quando se habituaram à nova paisagem, foi difícil contê-las. Corriam atrás da espuma, que formava flocos parecidos aos que a neve forma. Mas a alegria não as fazia esquecer o segredo e gravemente voltavam aos quartos, onde a comunicação entre elas se tornava mais agradável. Se o amor não estava em jogo, algo muito parecido ao amor as unia, as alegrava, as exaltava. As crianças mais velhas, influenciadas pelas menores, ficavam ruborizadas quando as professoras lhes faziam perguntas capciosas e elas respondiam com rápidos movimentos de cabeça. As menores, com gravidade, pareciam adultos a quem nada perturba. A maioria tinha nome de flor, como Jacinto, Dálio, Margarida, Jasmim, Violeta, Lilás, Açuceno, Narciso, Hortênsio, Camélio: nomes carinhosos escolhidos pelos pais. Gravavam os nomes nos troncos das árvores, com unhas duras como de tigre; os escreviam nas paredes, com lápis carcomidos; na areia úmida, com um dedo.

Empreenderam a volta à cidade, com o coração transbordando de felicidade, pois viajariam, na volta, de avião. Estava começando naquele dia um festival de cinema, e elas puderam entrever furtivas estrelas no aeródromo. De tanto rir, ficaram com a garganta doendo. De tanto olhar, seus olhos ardiam.

A notícia apareceu nos jornais; eis aqui um texto:

O avião em que viajavam quarenta crianças de um colégio de surdos-mudos, que voltavam de sua primeira viagem de verão ao litoral, sofreu um acidente imprevisto. Uma portinhola que se abriu em pleno voo ocasionou a catástrofe. Salvaram-se apenas as professoras, o piloto e o resto dos tripulantes. A senhorita Fabia Hernández, que foi entrevistada, garante que as crianças, ao se precipitarem no abismo, tinham asas. Ela quis reter a última, que se desprendeu de seus braços para seguir como um anjo atrás das outras. A cena a maravilhou tanto por sua intensa beleza, que não pôde considerá-la, num primeiro momento, uma catástrofe, e sim uma visão celestial, que jamais irá se esquecer. Ela ainda não acredita no desaparecimento dessas crianças.

— Nos mostrar o céu, para nos precipitar no inferno, seria uma piada de mau gosto de Deus — declara a senhorita Lelia Isnaga. — Eu não acredito na catástrofe.

Albina Romarín diz:

— Foi tudo um sonho das crianças, que quiseram nos impressionar, como faziam nos balanços da praça. Ninguém vai me convencer que desapareceram.

Nem o cartaz vermelho que anuncia o aluguel da casa onde funcionava o colégio, nem as cortinas fechadas desanimam Fabia Hernández. Com as colegas, às quais está unida, como as crianças estavam entre elas, ela visita o velho edifício e contempla os nomes dos alunos escritos nas paredes (inscrições pelas quais as professoras as repreendiam) e algumas asas desenhadas com destreza infantil, que testemunham o milagre.

A filha do touro

Para Amalia Raffo

Perto do arvoredo que rodeava a casa, as reses pendiam de um ferro sustentado pelos galhos das figueiras, que cheiravam a mel quando estavam carregadas de frutas.

Nieves Montovia, conhecido como Pata de Cão, porque tinha as unhas dos pés retorcidas, duras e pretas, como as de um cachorro, depois de charquear, precedido de uma matilha, sentado em um banquinho na frente dos bois, cantava, não sei se para os cães, para nós ou para o escrivão López, acompanhado de um violão ensebado de três cordas, um cantozinho que não esqueço e ainda não consegui decifrar:

Tengue, tengue está pendurada.
Tengue, tengue está olhando.
Tengue, tengue se caísse,
Tengue, tengue a comeria.

Antes de tomar o café da manhã, o cheiro de carne crua e de figos me dava náuseas; mas eu acudia o Pata de Cão a qualquer hora. Sobre o terreno de pó de tijolo aplainado, não se viam as manchas de sangue. Tudo era vermelho: os figos entreabertos, a carne, o pó de tijolo, minhas alpargatas, os arranhões do escrivão López.

Com a cabeça raspada e a calça azul, eu parecia com meus irmãos homens. Trabalhava junto deles. Depois de tirar os abrolhos da lã, ou de arrancar cardos, ou de juntar esterco de ovelha, corríamos para o montinho que ficava ao lado da lagoa seca. Ali, debaixo do castanheiro-da-índia, fervia sobre o fogo a panela com banha para fazer sabão. Às vezes o Pata de Cão, ao nos avistar de longe, vinha ao nosso encontro arrastando o violão; outras vezes corríamos para o seu lado. Ele nos ensinava a piscar um olho, a hipnotizar galinhas, a charquear, a dizer palavras feias, a fumar. Tirava do bolso um maço de cigarros, chamados Filha do Touro, cigarros que distribuía entre nós. O papel que envolvia o maço levava a figura de uma mulher com uma coroa de flores, abraçando o touro (espécie de decalque, que me fascinava).

— Como pode um touro ter uma filha? — eu perguntava.

— Você deve saber melhor que ninguém.

— Por que eu saberia?

— Porque você também é filha do touro — dizia o Pata de Cão. — Vou te mostrar, sua curiosa, como os touros fazem para ter uma filha.

Eu não era curiosa. Tinha outros defeitos, talvez piores.

Inventei uma brincadeira demoníaca, da qual meus irmãos, ainda hoje, negam ter participado, porque se lembram dela como um crime. Fabricávamos bonecos com castanhas e pauzinhos. Cada um desses bonecos personificava algum membro da nossa família. O Pata de Cão e meus irmãos se encarregavam de aperfeiçoar a semelhança; com barba de milho, lã ou cerdas, imitavam os cabelos e os bigodes.

Ao pôr do sol, quando a fogueira iluminava nossas caras, jogávamos os bonecos na panela, nomeando-os à medida que os jogávamos, para não dar espaço para erro. A cerimônia em geral acontecia aos domingos, dia em que o Pata de Cão estava de folga. Um dos nossos tios morreu. Sabíamos que o sortilégio tinha surtido efeito. Não suspendemos a brincadeira por causa disso.

Nieves Montovia nem sempre era bom comigo; caçoava de mim cantando uma canção que aludia à filha do touro:

Conheço uma menina
que é filha do touro.
Chamam ela de Amalia.

Na hora da sesta, escapei para ver como o touro tinha uma filha. O Pata de Cão marcou comigo no curral dos fundos, que ficava ao lado dos galpões. Fui correndo, para que ninguém me surpreendesse. Ofegante, cheguei ao alambrado, onde estava me esperando o Pata de Cão, pensativo, fumando. O touro estava montado numa vaca. Olhei para ele. Eu tinha visto tantas vezes animais nessa posição! Eu esperava calada. O Pata de Cão rompeu o silêncio.

— Está contente? Já viu o que queria ver.

— Idiota — respondi furiosa. — Você vai me pagar.

Esperei o domingo com impaciência. Batizei um dos bonecos com o nome do Pata de Cão. Era uma espécie de centauro, pois, para simbolizar o açougueiro, quis que estivesse montado na égua Remigia, que o homem amava tanto. Fabricar esse boneco era difícil; tive que acrescentar arames e pregos, para segurar as numerosas patas e o rabo, além dos bigodes e dos cabelos revoltos do cavaleiro.

Nunca um domingo demorou tanto para chegar como aquele. O tempo não parecia medido pelos mesmos relógios, nem o dia e a noite feitos pelo mesmo Deus. A demora tinha me envelhecido: em vez de sete anos, achei que eu tinha dez. Atiramos os bonecos para dentro da panela. Quando chegou o momento de jogar o último, o anunciei com voz estridente: Pata de Cão e Remigia.

Empunhei o centauro bigodudo no ar. O Pata de Cão, dando uma espécie de rugido, riu, como se estivesse bêbado, quando ouviu seu nome; mas se ensombreceu ao ouvir o nome da querida égua.

— Que me queimem, mas não a Remigia — disse com voz entrecortada.

Talvez eu tenha me arrependido. O Pata de Cão não pertencia à minha família. Para que o sacrificar?

Quisemos tirar o boneco de dentro da panela. Queimamos as mãos no vapor. Quando conseguimos tirá-lo, não sobravam nem pernas, nem pés, nem cabelo, nem rabo do centauro.

— Não há salvação para o Pata de Cão nem para a Remigia — disse Nieves Montovia. — Vamos enterrá-los, crianças.

Com pás fizemos uma cova para enterrar o centauro. Pusemos flores silvestres depois de cobri-lo com terra. Nieves Montovia se ajoelhou diante da própria cova em miniatura. É a última lembrança que tenho dele. No campo, disseram que tinha desaparecido. No começo achei que se tratava de uma brincadeira que o próprio Pata de Cão estava fazendo com a gente. Procuramos por ele durante vários dias nas pastagens, nos potreiros dos fundos, mas nem ele nem sua égua Remigia apareceram. Ficou o violão ensebado debaixo das figueiras, feito outro boi que a chuva fizesse apodrecer aos poucos, e o escrivão López ronronando junto à fogueira, onde continuou fervendo a banha.

Êxodo

Aconteceu lentamente, mas eu percebi de modo sub-reptício. Às vezes observamos estranhos sinais na natureza, mas com tanta distração que não lhes atribuímos nenhum valor. As formigas tentavam abandonar a cidade. Os infinitos caminhos em zigue-zague que formavam se dirigiam para fora da cidade, e nenhum para dentro. Com outros insetos acontecia algo parecido embora menos evidente. As aranhas tinham abandonado suas teias; as lagartas, as folhas, deixando longos fios de baba. No começo a ausência de insetos deve ter alegrado as pessoas, por estranho que lhes parecesse. "Por fim nos vemos livres dessas pragas", exclamavam.

Os pássaros, apesar da estação (era verão), começaram a emigrar em grandes revoadas que escureciam o sol. Alguns pássaros cativos romperam os barrotes das gaiolas para empreender voo e escapar, outros caíram mortos, feridos pelo esforço.

Quando foi a vez dos gatos, me espantei. Eles se afastavam em fila indiana, mantendo a mesma distância um do outro; poderia se dizer que era questão de vida ou de morte observar a exata medida que os unia ou que os distanciava. De longe pude vê-los apartados como as contas de um rosário. Quando foi a vez dos cachorros, cuja fuga acabou sendo bastante desorganizada, caí no riso, um riso nervoso: grupos de oito, de nove, de diferentes raças e tamanhos, corriam carreiras desenfreadas até chegar a uma meta para buscar outra imediatamente, com igual ou maior frenesi. Muitos cavalos de tração ou de sela romperam a patadas as cocheiras para se lançar em direção às montanhas; os que pastavam soltos logo ganharam os vales. Ouvia-se sua fuga com ruído de tormenta. Ao se espatifar nas pedras, alguns garanhões morreram. Mesmo as vacas com bezerros colados a elas pareciam ágeis. Os touros, quase mitológicos, como se um deus os chamasse, se precipitavam. Os peixes saltavam. As límpidas margens do rio, em que a areia dourada brilhava, infestadas de peixes, cheiravam a podridão.

— Algo terrível vai acontecer nesta cidade — eu repetia.

As crianças, tão apegadas a seus pais e às suas casas, foram as últimas a fugir. Muito precavidas, levaram alimentos dentro de lenços. Algumas escalaram as mais altas montanhas e desceram aos vales de macieiras onde, junto aos riachos, se protegiam do calor, felizes, enquanto as mães enlouquecidas rezavam para que voltassem, gastavam dinheiro em círios e esperança em promessas e sacrifícios.

Eu atribuía tudo isso ao meu estado febril, mas exclamava em segredo: "A alma desta gente vagueia pelo corpo".

Quando me mandaram em busca das crianças, aceitei a missão com gosto. Helicópteros e automóveis, dedicados à propaganda e ao salvamento, foram postos à minha disposição com seus condutores. Me distanciei, sentindo que me despedia da minha cidade para sempre. Sobre os terraços das casas, as roupas estendidas pareciam pessoas, e as verdadeiras pessoas, roupas estendidas; eu lhes disse adeus. Disse adeus ao vestido azul de

Filomena, ao sutiã de Carmen, à camisa listrada de Damián, à saída de banho de Firmina.

Uma hora depois a cidade inteira ardia em chamas e ninguém ali dentro se salvou. Mas as crianças que tinham fugido leram essa notícia nos jornais, e as que não sabiam ler a repetiam de cor, pois tinham ouvido ler as pessoas mais velhas.

Carta debaixo da cama

Querido Florencio:

Estou passando uns dias em Aldington, na casa de uns amigos. Aldington está localizada em um lugar ao sul da Inglaterra, belo, úmido e solitário, onde se criam ovelhas. Daqui se vê, em uma distante faixa, o mar, que poderia ser um rio. A paisagem me recorda um pouco a nossa, a não ser pela ondulação natural do solo, a moderação do canto dos pássaros, o absoluto silêncio e a escuridão perfeita das noites. É provável que em outras noites se escute o coaxar das rãs e que brilhe uma luz extraordinária; mas o que o tempo está esperando para que a natureza volte, exuberante? Estamos em pleno verão.

Há em mim uma mescla de nostalgia e de gozo que eu não saberia explicar. A semelhança e dessemelhança do lugar, comparado à minha terra, provoca alvoroço no meu ânimo quando ao entardecer vagueio pelos caminhos sinuosos que levam à vila. Não muito longe daqui, um acampamento de ciganos, loiros, altos e ferozes, com carruagens pintadas de cores violentas, com maçanetas, dobradiças e para-lamas de bronze, chamou a minha atenção. A primeira vez que o vi foi no dia do ano em que os ciganos lavam a roupa: tinham-na estendido ao redor das barracas, ocupando quase um quarteirão.

Existe um bosque, de abundante vegetação, com muitas flores rosadas; acho que, como eu, você ia gostar. Consegui me perder duas vezes nele, em sua escuridão, que me fascina. Observamos, eu e meus amigos, que de trecho em trecho (sem retirar a beleza do lugar, mas dando-lhe talvez um aspecto lúgubre) abrem-se buracos no solo, com visíveis restos de raízes rotas; se diria que alguém, um jardineiro, apressado, teria tirado plantas com o torrão de terra, para transplantá-las. Ao lado de um buraco ou outro ficou uma aniagem surrada e úmida, uma guimba ou uma lata vazia. Esse bosque me atrai e secretamente desejo que a noite me surpreenda alguma vez perdida nele, para que eu me veja obrigada a ficar entre as flores rosas e as samambaias sobre o musgo, deitada, com esse medo que me agrada, como costuma agradar as crianças.

Você me disse que o medo sempre foi uma das minhas distrações favoritas. Essas loucuras minhas são das que você mais gosta, porque demonstram que ainda resta em mim algum resquício de infância. Não sou corajosa, mas em minha inconsciência jamais recuso o perigo, eu o busco para brincar com ele. Não se esqueça: fiquei sozinha neste desamparado lugar da Inglaterra, em uma casa sem cortinas, com janelões de vidro, afastada de outras residências, sem nem sequer um cachorro para cuidar de mim. Meus amigos foram para Londres. Claro que o lugar é tranquilo e as pessoas, tão boas, que ao sair colocamos a chave sobre o suporte da arandela de entrada, de modo que o vendeiro, o leiteiro ou o carteiro possam deixar pacotes ou carta dentro de casa. A vila toda sabe onde está a chave da porta de entrada.

Tenho que confessar que num primeiro momento hesitei

diante da ideia de ficar sozinha aqui. Gosto de compartilhar o medo, ainda que seja com um cão ou um gato; mas sozinha, que prazer eu poderia sentir? A picada de uma vespa na perna esquerda, que me deu febre (ainda dói), os discos maravilhosos que não ouvi o suficiente no gramofone, a leitura de *Rômulo, o Grande*, de Dürrenmatt, e certa inércia me induziram a ficar. Depois, quando fiquei sozinha, e a tarde começou a cair, uma angústia insuportável me pegou de surpresa. Tive que tomar uns comprimidos de Amplictil, feito aquelas mulheres de quem você caçoa. Tudo isso aconteceu ontem. O céu, onde eu procurava as Sete Cabrinhas, as Três Marias, o Cruzeiro do Sul, porque não conheço outro céu e porque acho que todos os céus terão de ser como o nosso, se cobriu de nuvens. Uma tormenta, que podia competir com as da minha cidade, se desencadeou. O mar, ao longe, parecia colérico. A noite sobreveio mais cedo, por sorte; digo por sorte, porque a escuridão me dava menos medo, talvez, que as imagens que eu estava vendo, pois embora tenha buscado o medo, este excedia o meu desejo. Encolhida em uma poltrona, a mais afastada da janela, comecei a ler, enquanto o céu organizava trovões e relâmpagos, e a chuva, com sua cortina espessa e fria, sem me proteger, me separava do mundo.

Nesta manhã acordei feliz por ter vencido essa parte tão vulnerável do meu ser. Caminhando, fui de novo ao bosque; me perdi entre as flores rosadas e as árvores rangentes; "Sozinha, sozinha, sozinha", repetia eu, regozijando-me com minha solidão. "Estou sozinha."

O que é o medo? Certamente cada ser tem seu próprio medo, um medo que nasce com ele. No meu caso não guarda proporção com o perigo que me espreita. Hoje, por exemplo, por que não tenho o medo de ontem? A mesma solidão absoluta me circunda. As ovelhas cinza que pastam ao longe são como pedras cinza que se movem. Por que não me dão medo?

De manhãzinha, três vezes por semana, uma mulher reumática vem para fazer a limpeza da casa; ainda estou dormindo quando escuto seus cantos desafinados como um zumbido. O jardim se cuida sozinho. Nada cuida melhor de um jardim que a umidade. Os donos da casa dizem que se encarregam de regá-lo, quando permanecem aqui, mas há tanta umidade natural que não devem regá-lo nunca, por mais que se gabem disso.

Interrompi esta carta para preparar uma xícara de chá. Este fogãozinho a gás é muito prático: em dois minutos tudo está pronto. Enquanto te escrevo, bebo o chá. Te escrever com a pena na mão direita e segurar com a esquerda a xícara em que bebo um manjar que preparo tão bem é uma felicidade que não troco por nenhuma outra. Não, mesmo que você não acredite: não troco essa felicidade por nenhuma outra, nem por estar ao seu lado. O amor, com todos seus ritos, é tão complicado! Não me vingo de você. O pôr do sol iluminou os vidros de vermelho. Agora estou sentada na frente do amplo janelão do quarto, de onde avisto o campo e uma faixa longínqua, como se fosse outro campo, de mar. Não compreendo meu temor de ontem. A solidão se intensifica a esta hora. O zumbido de uma mosca-varejeira golpeia o vidro; abro a janela para que ela vá embora.

Nunca ouvi tantos silêncios juntos: o da casa, o do campo, o do céu. Com cuidado, ponho a xícara sobre o prato de porcelana. Qualquer ruído seria estrondoso. Me lembro de um poema de Verlaine, chamado "Circunspecção": "Não interrompamos o silêncio da natureza, essa deusa taciturna e feroz", dizia um verso.

Faz alguns instantes que ouço um ruído, um ruído que me traz alguma recordação da infância, o ruído que faz um sacho (irmão do rastelo) na terra úmida. Mas quem pode trabalhar a esta hora? Uma enxada invisível? Se penso um pouco, posso me assustar. Prefiro que esta enxada que golpeia ritmicamente a terra seja invisível? Me viro para o leste, onde fica o outro janelão, que não tem maior atrativo. Tem um saco no chão. O saco se move: é um homem ajoelhado. Está cavando a terra. Por que está ajoelhado? Faz um esforço inaudito com os braços. Para cavar a terra, em geral os jardineiros fincam a enxada com a ajuda do pé. A postura do homem é estranha. Será um vizinho que vem roubar plantas? Que plantas? Há orquídeas, rosas, sálvias, dálias, nardos, calêndulas, beijos-de-frade, sei lá! Mas não há plantas grandes. Para que está cavando este buraco? Para quê? Talvez tenham mandado uma planta de algum viveiro. Por que não me avisaram? Mas a esta hora ninguém trabalha. Daqui a pouco esse homem deverá ir embora e vou poder me aconchegar em uma poltrona tranquilamente para ouvir os discos. Agora não consigo interromper com outro som o ruído dessa enxada. Fechando os olhos, sonho que vivemos nesta casa, que ela é nossa e que temos um jardineiro, que está trabalhando lá fora. Aproxima-se a hora do jantar, hora em que você vai voltar. Sou feliz.

Desconfio que o começo desta carta não foi de todo sincero. Sinto a sua falta. Não tenho motivo para esconder isso de você, a não ser por esse orgulho que me oprime o pescoço, como se tivesse mãos para me estrangular.

Através do vidro do janelão, o homem — será um homem? — se move pesadamente. Olho meus braços e comprovo que estou com frio e, por conseguinte, medo. Ao alcance da minha mão está o televisor. Troco os canais. Com anúncios, imagens (embora sejam para crianças), música, notícias, qualquer notícia, chegarei a não ouvir o silêncio, que enquadra meu susto. O homem me olha enquanto finca a enxada: agora o percebo. Não sei se é negra a sombra ou a sua cara, sob o chapéu surrado. Sua figura corpulenta se perde na escuridão da noite, que vai caindo do céu. Poderia se dizer que só a terra está iluminada, com os últimos reflexos do pôr do sol.

Se nesta casa tivesse uma gaiola com um pássaro, ou um

animalzinho qualquer, eu sentiria menos medo. O televisor demora a funcionar. Será que não tem antena? Ouço o ruído da enxada. Troco os canais: a tela se ilumina intensamente. Antes de conseguir focar a imagem, vou ter que morrer? O esforço me acalma um pouco. Como você vai ver, manejo os canais com a mão esquerda. Você poderia achar que não estou escrevendo com a mão direita, de tão trêmula que a minha letra está agora! As imagens aparecem nítidas. Em suas casas, milhares de senhoras estarão tricotando, dando o jantar a seus filhos ou jantando elas mesmas; talvez tenham terminado de jantar, os filhos estarão dormindo (pois aqui se janta muito cedo), vendo tranquilamente o que estou vendo: propagandas de trajes de banho, de óleo bronzeador, de escovas Kent com seu pente elástico, de sabonetes para a cútis, de supositórios para crianças que riem em vez de chorar. Em seguida as notícias policiais. Ouço a voz que apresenta os informes: um homem perigoso, português, de quarenta anos, corpulento, assassino, chamado Fausto Sendeiro, conhecido como Laranja, que trabalha de jardineiro, assassina e mutila mulheres, para adubar as plantas que distribui de forma caprichosa. Como não foi descoberto antes?, diz o apresentador. Parece que duas mulheres o auxiliam, vestidas com roupas antigas, vendendo bugigangas. Fausto Sendeiro, ao entardecer, cava os buracos onde lança suas vítimas para plantar por cima arvorezinhas que retira dos bosques. Jamais existiu assassino tão trabalhador. Quantas mulheres terá matado? Como? O primeiro jardim onde fez as escavações, por puro acaso, aparece na tela. Um saco ficou esquecido com as impressões digitais. Vejo o jardim macabro, com as escavações e umas pobres plantas no solo. Desligo o televisor. O ruído da enxada continua. Quase não consigo me mexer. Estou paralisada. O buraco aumenta; é uma cavidade negra. Ao lado da cavidade entrevejo uma planta jogada no solo. Onde poderei me esconder? Estou em uma casa de vidro, e o homem me olha sem parar. Não tem telefone. Me arrastando feito uma minhoca, talvez eu pudesse chegar até a porta de entrada ou até o quarto, onde está minha cama, sem ser vista. Mas e se ao me ver fazer esses movimentos ele larga o trabalho e vem correndo atrás de mim, para cravar a faca que deve carregar no cinto, ou para me estrangular com suas mãos enormes? Em quantos pedaços me cortará, supondo que ele carregue uma faca no cinto, e quantos minutos vai levar para me estrangular, supondo que aperte meu pescoço com suas mãos enormes? Não posso erguer a vista para a porta: as duas mulheres estão ali. Já entraram: sem bater. Uma delas tem um chapéu com lantejoulas, plumas e voal; a outra, um gorro de palha com cerejas, vestem saias engomadas, pretas, e cada uma delas leva uma mala de couro. Sussurram ao mesmo tempo: "Viemos, senhora, para lhe vender umas coisinhas interessantes" (é a única frase que sabem dizer). Das malas tiram blusas de nylon, meias, broches, fotografias de árvores e de navios, e potes de bombons, que me oferecem.

— Já, já acabo com estas contas — lhes digo. — Meus gastos...

Sentam-se, para me esperar, me oferecendo um bombom entre seus dedos largos. Esse bombom conterá um sonífero? São mulheres devotas. Olham-se e riem.

— Em breve vou servir de adubo para uma planta? — pergunto.

Não sabem o que quer dizer adubo, nem planta, nem em breve. Pego o bombom e o levo à boca: tem gosto de chocolate, do derradeiro bombom, da derradeira etapa do medo, que me comunica com Deus. Sinto uma agradável sonolência que me deixa atrevida.

— Não querem tomar chá? — pergunto, sem parar de escrever. Com o dedo indicador da mão esquerda aponto para a xícara de chá que está sobre a mesa e para a chaleira.

— Sim — respondem ao mesmo tempo, olhando-se de soslaio. — Chá chá?

Enquanto tomam o chá, colocarei a salvo minha carta. O endereço já está no envelope e…

A revelação

Para Edgardo

Falasse ou não falasse, as pessoas percebiam em seu olhar a inapelável verdade: Valentín Brumana era abobalhado. Costumava dizer:

— Vou me casar com uma estrela.

— Que estrela que nada! — respondíamos para fazê-lo sofrer.

Nos comprazia torturá-lo. Nós o deitávamos em uma rede com as beiradas amarradas, para que não conseguisse escapar, e o balançávamos até que a vertigem fazia-o fechar os olhos. Nós o sentávamos em um balanço, enrolávamos as cordas laterais e as soltávamos de repente para lançá-lo vertiginosamente no espaço. Não permitíamos que ele experimentasse as sobremesas, que a gente comia, mas besuntávamos seus cabelos com doce ou com açúcar de confeiteiro e o fazíamos chorar. Púnhamos sobre um armário altíssimo os brinquedos que ele nos pedia emprestados; assim, para alcançá-los, ele escalava, todo desajeitado, uma mesa capenga e duas cadeiras sobrepostas, uma delas era de balanço.

Quando descobrimos que Valentín Brumana, sem alarde algum, era uma espécie de bruxo, passamos a respeitá-lo um pouco, ou a temê-lo, talvez.

— Viu sua namorada esta noite? — ele nos dizia. Era a noite em que tínhamos nos encontrado clandestinamente com alguma de nossas namoradas, em um terreno baldio. Éramos tão precoces!

— Você está se escondendo de quem? — ele perguntava. Era o dia das notas baixas, quando nos escondíamos porque nosso pai nos procurava para nos pôr de castigo, ou para nos dar um sermão, coisa que era mil vezes pior.

— Você está triste, de cara feia — exclamava. Dizia isso quando queríamos nos matar de tristeza, de uma tristeza clandestina como nossos encontros de amor.

A vida de Valentín Brumana era cheia de sobressaltos, não apenas por nossa culpa, mas também pela intensa atividade que realizava. Trazia um relógio de bolso, que seu tio havia lhe dado de presente. Era um verdadeiro relógio, não de chocolate, nem de lata, nem de celuloide, como ele teria merecido, segundo comentávamos; acho que era de prata, com uma corrente com uma medalhinha de Nossa Senhora de Luján. O som que o relógio fazia, ao se chocar com a medalhinha, quando o tirava do bolso, impunha respeito, desde que não olhássemos para o dono do relógio, que era risível. Ele tirava o relógio do bolso mil vezes por dia, dizendo:

— Tenho que ir para o trabalho — punha-se em pé e saía do quarto bruscamente; voltava de imediato.

Ninguém se importava com ele. Davam-lhe discos velhos, revistas velhas, para entretê-lo.

Quando trabalhava como tabelião, exibia papel higiênico, se não encontrava outro, lápis e uma pasta rasgada; quando trabalhava de eletricista, a mesma pasta fazia as vezes de mala para levar fitas isolantes e cabos, que ele recolhia no lixo; quando trabalhava de carpinteiro, uma tábua de lavar, um banquinho quebrado e um martelo eram suas ferramentas de trabalho; quando trabalhava de fotógrafo, eu lhe emprestava minha câmera fotográfica, sem filme. Entretanto, se alguém perguntava: "Valentín, o que você vai ser quando crescer?", ele respondia:

— Padre ou servente de cantina.

— Por quê? — perguntávamos.

— Porque gosto de limpar a prataria.

Um dia Valentín Brumana amanheceu doente. Os médicos disseram com eufemismos que ele ia morrer e que se era para arrastar uma vida daquelas, talvez fosse o melhor; ele estava presente e ouviu sem pesar aquelas palavras que estremeceram a casa desolada, pois nesse instante a família inteira, até mesmo nós, seus primos, pensamos que Valentín Brumana alegrava as pessoas por ser tão diferente delas e que ele seria, na sua ausência, insubstituível.

A morte não se fez esperar. Na manhã seguinte, chegou: tudo me leva a crer que Valentín, agonizante, a viu entrar pela porta do quarto. O regozijo de cumprimentar uma pessoa amada iluminou seu rosto, em geral indiferente. Estendeu o braço e a apontou com o dedo indicador.

— Entre — disse. Em seguida, olhando-nos de soslaio, exclamou: — Que bonita!

— Quem? Quem é bonita? — perguntamos, com um atrevimento que agora me parece mais que atrevimento, uma grosseria. Rimos, mas nossa risada podia se confundir com o choro: de nossos olhos saltavam lágrimas.

— Esta senhora — disse, ficando ruborizado.

A porta se abrira. Minha prima garante que essa porta sempre se abria sozinha, por causa de um defeito do trinco, mas eu não acredito nisso. Valentín se ergueu na cama e deu as boas-vindas àquela aparição, que nós não identificávamos. Não há dúvida de que ele a via, que acariciava o véu que pendia de seu ombro, que dizia ao seu ouvido um segredo que jamais escutaríamos. Em seguida aconteceu algo ainda mais insólito: com grande esforço, Valentín pôs nas minhas mãos a câmera fotográfica que tinha ficado em sua mesa de cabeceira e me pediu que fotografasse. Indicava posições a quem estava ao seu lado.

— Não, não se sente assim — dizia.

Ou então em um sussurro quase inaudível:

— O véu, o véu está tapando seu rosto.

Ou então com voz autoritária:

— Não olhe para o outro lado!

A família toda e parte da criadagem, às gargalhadas, abriam as cortinas, que eram de veludo, muito altas e pesadas, para que entrasse mais luz, alguém media, com grandes passos, os metros que separavam a câmera fotográfica de Valentín, para que a fotografia não saísse fora de foco. Tremendo, enfoquei Valentín, que apontava com a mão o lugar, mais importante que ele mesmo, um pouco à sua esquerda, que a fotografia devia abarcar: um lugar vazio. Obedeci.

Pouco tempo depois, mandei revelar o filme. Entre as seis fotografias, pensei que por um engano tinham me entregado uma tirada por outro amador. No entanto, Pigmeo, meu pônei, estava nítido; Tapioca, a cachorrinha de Facundo, também; o ninho do joão-de-barro, embora muito impreciso e escuro, dava para reconhecer; quanto a Gilberta, em trajes de banho, bem, bem, ela poderia figurar em qualquer concurso, ainda hoje, e a fachada da escola, só para ficar em alguns exemplos, na capa de *La Nación*. Todos esses instantâneos eu tinha tirado naquela mesma semana.

Num primeiro momento, não reparei muito na borrada e desconhecida fotografia. Indignado, fui reclamar no laboratório, mas me garantiram que não tinham cometido nenhum engano e que devia se tratar de algum instantâneo tirado por um de meus irmãozinhos.

Não foi senão depois de um tempo e de um detalhado estudo que distingui, na famosa fotografia, o quarto, os móveis, a cara borrada de Valentín. A figura central, nítida, terrivelmente nítida, era a de uma mulher coberta de véus e de escapulários, já um pouco velha e com grandes olhos famintos, que se revelou ser Pola Negri.

Amelia Cicuta

Um pátio com a estátua de Baco segurando cachos de uva entre os dedos, que no verão servia de espantalho, era memorável na casa de Irma e de Edimia Urbino.

Irma era uma boa modista, das mais cotadas em Buenos Aires. Pela maneira de segurar um corte de tecido sobre os ombros da cliente e dobrá-lo na cintura, fazendo ressaltar um busto ou um quadril, deduzia-se o nível de sua destreza. Sua maneira de se ajoelhar aos pés de cada cliente, apertando com os lábios fileiras torcidas de alfinetes, para marcar a roda de uma saia, também denotava sua versada capacidade. Em compensação, Edimia Urbino servia só para arrematar as costuras e acomodar nos cabides os vestidos, para abrir a porta às clientes e passar a vassoura no chão para juntar as agulhas ou os alfinetes caídos, quando as clientes já tivessem se retirado.

Nos primeiros tempos, as duas irmãs ganhavam pouco dinheiro, mas foram aumentando os preços e insensivelmente acumularam uma fortuna, como a que tiveram os pais, hoje em decadência. Compraram uma casinha em Mar del Plata, do tamanho de uma lata de sardinha, segundo as informações que elas mesmas davam, para não despertar inveja. Televisor, enceradora, aspirador de pó, máquina de lavar, geladeira e automóvel atraíam pretendentes, que vinham de Burzaco de vespa, ou de Avellaneda, de micro-ônibus. Irma, que tinha as pernas bem torneadas e a cintura fina, era a que mais fazia sucesso; Edimia, que era como uma espécie de fotografia desfocada de sua irmã, não conseguia sequer que a olhassem, coisa que não a preocupava nem um pouco. Os homens não lhe interessavam: todos tinham barba e inutilmente se barbeavam; um formato de corpo incômodo, por mais que dissessem que era mais prático que o das mulheres para urinar; roupas repletas de suspensórios e de ligas. Interessava-se por gatos: todas as manhãs, desde que fez quinze anos, levava-lhes carne crua e restos de comida. Em Buenos Aires há muitas pessoas que levam comida para gatos em Palermo, no Jardim Botânico, no Parque Lezama; mas ela, Edimia, levava comida para todos os gatos da cidade. Eles a conheciam, atendiam a seu chamado, e agora, que era mais rica e que tinha um automóvel, com mais motivo. Podia levar lombo, peixe, de que eles tanto gostavam, e leite coalhado em jarras de prata. Diariamente Edimia ia a diferentes bairros; os gatos a seguiam; um miado dela bastava para que acudissem e entrassem no automóvel, pulando com exaltada familiaridade. Irma teve que desistir de suas viagens, de seus veraneios.

Edimia não podia abandonar os gatos, e Irma não podia abandonar Edimia. O dinheiro ia embora feito água. A comida dos gatos acabou se tornando cara demais, "Você não podia dar a eles coração ou carne de segunda, por acaso?", dizia Irma. "Os gatos são delicados", respondia Edimia. "Se levarmos porcaria para eles, o que vão falar de nós!" Irma se resignou.

Edimia continuou percorrendo de automóvel as ruas de Buenos Aires, os lugares afastados, os arredores da cidade. Foi em Almagro que um dia viu uma reunião de gatos gordos que tomavam sol e lambiam as patas de forma preguiçosa. Edimia parou o automóvel com uma freada brusca e emitiu um miado perfeito. Abriu as portinholas, e todos os gatos se precipitaram para dentro do carro, menos um que, ronronando, permaneceu deitado. Indignada, Edimia desceu do carro, se aproximou do animal e com ele falou nestes termos: "Venho ao centro da cidade, me dou ao trabalho, e o senhor fica aí, dormindo. É justo? É normal?". O gato não se moveu. Edimia lhe deu uma palmadinha e algo de comer na boca. O gato levantou a cabeça sem convicção, pedindo mais. Edimia lhe deu pedaços de carne, até que o gato, satisfeito, se levantou e lentamente se afastou. Edimia miou de novo, o gato continuou caminhando com seu passo de tigre desdenhoso. Edimia o seguiu, passou por um mercado, uma praça, um terreno baldio; ali entrou em uma casa pré-fabricada. Da porta, Edimia espiou dentro do quarto. Um homem dava de comer ao gato. Do lado de fora, ao sol, em uma grade, pendiam catorze peles. Edimia não conseguia ver de que cor nem de que animais eram. Aproximou-se para observá-los: viu que eram peles de gato. Bateu na porta da casa. O homem gentilmente a convidou para entrar.

— Os gatos estão com raiva? — inquiriu Edimia, nervosa.

— A que gatos se refere, senhorita? Aos senhores vizinhos? Eles têm unhas de gato e língua de cobra, é verdade, e são raivosos...

— Não. Não quero insultar os gatos — acrescentou Edimia com um sorriso encantador —; me diga a verdade, senhor. Os gatos estão com raiva?

— Por que está me perguntando, gracinha?

Edimia estremeceu; pensou que o homem ia violentá-la, mas serenamente continuou com sua sondagem.

— Vi as peles penduradas na grade e pensei que tivessem morrido de alguma doença.

— Aquelas peles são a prova de que todos gozam de boa saúde, senhorita. Por acaso eu ia comê-los se tivessem raiva?

— O senhor os come? — murmurou Edimia, contendo a respiração. — Como pode!

— Tem nojo?

— O senhor me dá nojo!

— Algumas têm nojo dos gatos, outras têm nojo de mim, porque como gatos, que elas apreciam. Qual é o seu caso, senhorita? Você não come galinhas, vacas, que são imensas; perdizes, frangos, pombinhos, que são tão indigestos; perus, porcos, que são tão inteligentes; e peixes, que também são animais como quaisquer outros, embora vivam na água?

— O senhor vai parar no inferno — murmurou Edimia.

— Desde que eu a encontre lá, ficarei honrado, senhorita.

— Enquanto comer gatos, vai me encontrar, não se preocupe.

— Me diga, a senhorita não come carne de vaca? Diga, diga.

— Gato é diferente. Não passaria pela minha cabeça comer cachorro, por exemplo, nem pela cabeça de um cristão. Como o senhor se chama?

— Torcuato Angorá. E a senhorita?

— Amelia Cicuta. Vou denunciá-lo à Sociedade Protetora dos Animais Pequenos — disse Edimia com vitalidade ameaçadora.

— Vai ser inútil. Observe. — Torcuato Angorá emitiu com os lábios um som como o que usam as mulheres quando querem fazer os filhos urinar. Milhares de gatos apareceram. — Eu os alimento, por isso eles vêm, e depois, com as próprias peles, faço mantinhas para cobri-los quando faz frio: e eles vão engordando. Por outro lado, o que a Sociedade Protetora dos Animais faz?

— É horrível — murmurou Edimia.

— Está vendo como gostam de mim? — disse Torcuato Angorá, mostrando um gato que subiu em seus ombros. — Está com ciúme? — perguntou com malícia.

— O senhor protege para matar. Engorda para comer uns animais inofensivos. O senhor é horrível.

— Horrível? Este é o gato Maestro, o que ensina a todos os outros a se comportar como as pessoas.

— Pobre inocente! — exclamou Edimia. — Por que não me empresta? Eu vou trazê-lo pronto para comer.

— Eu lhe dou ele, senhorita. Sou comilão, mas não egoísta.

— Presentes eu não aceito. Vou deixá-lo em casa por alguns dias. Gostaria de vê-lo brincar com meus novelos de lã. O que o senhor faz? Não trabalha?

— Acha que posso viver de ar? Trabalho no escritório do edifício Transradio. E a senhorita?

— Trabalho na fábrica de embutidos. E precisa comer gatos?

— Não é por economia, é por costume. Meu horário é das oito às seis.

Edimia se despediu e pegou o gato em seus braços. Se encaminhou para o automóvel, tremendo. Era a primeira vez que levava um animal doméstico para casa. O que sua irmã ia dizer? E as clientes?

O gato não se dava com ela, o que facilitou levar adiante seu plano. Depois de engordá-lo por dois meses, o levou às quatro da tarde de um lindo dia à casa de Torcuato Angorá. Tinha previsto tudo. Em um pacotinho levava a carne com estricnina. Para não chamar a atenção, deixou o carro em outro quarteirão e chegou à casa a pé. Ajoelhou-se, deu a carne envenenada ao gato e, com lágrimas nos olhos e um martelo, antes de partir, golpeou a cabeça dele violentamente. Em seguida, depois de comprovar que o gato estava morto, com as luvas postas escreveu em um papelzinho que tirou do bolso: "Seu Torcuato: o gato Maestro está no ponto para comer. Eu o engordei para o senhor.

Bom apetite. Amelia Cicuta". Acomodou o gato ao lado da porta junto com a mensagem.

Nos jornais, entre as notícias policiais do dia seguinte, não saiu a notícia do envenenamento de Torcuato Angorá. Edimia Urbino comprou por vários dias os vespertinos, para ver se aparecia. Pensou que, como ela, Torcuato Angorá tinha dado um nome falso. Não se atreveu a voltar a Almagro. Mas sabia que Torcuato Angorá e o gato a estariam esperando no inferno e que de nada lhe valeria se chamar Edimia Urbino e ter nascido em uma casa com um pátio que tinha uma estátua de Baco segurando cachos de uva. Como se sua vida inteira tivesse transcorrido apenas em Almagro, naquele terreno baldio, o nome que valia era Amelia Cicuta.

O armazém negro

Chamava-se Armazém Negro; o primeiro ultraje que seus muros tinham recebido sempre aparecia por debaixo de sucessivas mãos de tinta branca. Nesta ampla casa, que servia de moradia e de mercearia, na frente da estação, foi velado seu dono, Néstor Medina. Naquela noite de janeiro, pelas cortinas junto ao piano sob a capa, onde me recostei para olhar o crucifixo, entrava do céu a luz da lua e do térreo, onde estavam as provisões, cheirando a erva e a vinho derramado.

Se Néstor Medina tivesse podido, depois de morto, ver seus filhos dilapidar e disputar sua fortuna, teria morrido outra vez. Não me canso, portanto, de me alegrar por sua morte luxuosa e tranquila, pelo último dos sorrisos com o qual se despediu de seus filhos, que considerava inocentes como anjos e virtuosos como santos. Seu rosto redondo e sorridente, dentro do caixão de lustrosa madeira, não inspirava pena. Por isso as pessoas que compareceram àquele velório inesquecível, como se acreditassem que o morto estava vivo, conversaram sobre cavalos de corrida, sobre feiras, golpes, piadas, fofocas, sem que isso parecesse uma falta de respeito. Ninguém chorava, a não ser o cachorro para a lua e eu, por dentro.

Seus quatro filhos foram, na infância, meus amigos. Sigmundo, o mais velho, corpulento, suave feito uma mulher e ajuizado, me protegia. Rinso, magro, com orelhas vermelhas, pontiagudas, me desprezava um pouco. Juan, miúdo e esquivo, sem personalidade, tinha medo de mim. Ema, a mais nova, a amiga de Amanda, robusta, obesa e branca como uma odalisca, me amava apaixonadamente. Ser amado às vezes constrange! Ema, no entanto, não era feia. Uma graciosa papada finalizava seu perfil de boneca. A metade de um de seus seios sempre surgia pelo decote do vestido. Sou jovem, mas era ainda mais jovem naqueles dias e aquele espetáculo carnal me perturbava.

Para ver Amanda Rimbosa, por quem eu estava apaixonado, procurava a companhia de Ema, que era sua amiga íntima. Ema aproveitou a circunstância para namorar comigo. Num domingo em que fui comungar, ela ficou em jejum até as onze; voltou da igreja de *break* e, ao descer, desmaiou nos meus braços. Depois desse episódio tive que lhe dar um anel de presente e esquecer Amanda Rimbosa. Eu sei o que é a vida em uma cidade do interior!

Não me ocorreu pensar no testamento de Néstor Medina nem na enorme fortuna que ele estava deixando a seus filhos. Achava que eles eram unidos, formando parte de uma admirável família, e não de uma fortuna admirável, mas de onde menos se espera é que vem a surpresa. Sigmundo, o mais velho, foi o primeiro a demonstrar sua avidez pelo dinheiro.

No armazém, lúgubre depois da morte de Néstor Medina, enquanto as mercadorias estavam a ponto de apodrecer, os jovens herdeiros (com exceção de mim) brigavam aos gritos. De comum acordo, que parecia mais um desacordo, fizeram um leilão com todos os bens de uso pessoal do pai; conservo o inventário:

Relógio de ouro com corrente e medalha de batismo, sapatos, botas e descalçadeira, palitos de dentes de ouro, tinteiro de bronze com uma cabeça de Mercúrio (que teria podido competir com o de qualquer médico de Buenos Aires), guarda-roupa com espelho, escarradeira de maiólica, jogo de chapéus de verão e de inverno, calçadeira de osso, pente e escova, abotoadoras esmaltadas, alfinete de gravata com uma turquesa, anel duplo de compromisso, echarpe de seda, meias de lã, suspensórios, cintos, sela, cabresto, rédeas e freios com virolas de prata, estribos, selas de Casimiro Gómez,* cigarrilha de ébano, baldrana de couro de capivara, cuia com iniciais em prata e bombilha idem, um par de pantufas, poncho deteriorado, navalha, cortador de grama, medalha de bronze, medalha de bronze esmaltada, par de óculos com estojo recoberto de madrepérola e forrado com veludo.

O leilão foi realizado com sucesso. As pessoas deram valor aos objetos, pois haviam pertencido a Néstor Medina. Se tivessem sido de um joão-ninguém, ninguém teria pagado nem um centavo por eles. Me entristece às vezes a falta de juízo das pessoas. A baldrana de capivara estava carcomida, as rédeas e os freios, quebrados, o pente tinha um dente faltando, as meias tinham remendos tremendos e pagaram por tudo como se fosse novo.

Roberto Spellman, o novo comerciante, comprou os óculos com o estojo. Não acho que enxergasse bem, ele que é presbita, com aqueles vidros de míope, mas sendo rapaz jovem, pensou que com aquelas lentes postas ia parecer um homem respeitável e importante, coisa da qual o fedelho precisava, por questões de

* Nascido num povoado galego em 1854, Casimiro Gómez se radicou na Argentina aos treze anos. Em Buenos Aires, aprendeu o ofício de correeiro, inaugurando um negócio próprio que se transformou numa das principais fabricantes de selas e correias do país. Tornou-se um dos empresários mais ricos da Argentina; artigos com sua assinatura são valorizadíssimos. (N. T.)

trabalho. Ele costumava dizer: "Sofro de uma ambliopia". Se tivesse falado em chinês, ainda vá lá!

No começo do meu noivado com Ema, a família Medina estava melancólica, quase trágica; eu achava que choravam pela morte do pai, mas logo me desiludi. No dia do leilão, a cara dos quatro irmãos brilhava de alegria. Mas, se amavam à memória do pai, como podiam se desprender daqueles objetos com tanta satisfação? Assim mesmo, com véus enlutados, levei minha noiva ao altar.

Eu dizia à minha mulher:

— Ema, não se preocupe com assuntos de dinheiro.

Mas ela não me ouvia, ou fingia não me ouvir.

Depois de casado, meus gostos foram parcos como antes, mas Ema desenvolveu uma verdadeira paixão pelas dálias, pelas cores violetas, pelos cretones caros com caras de anões, de cães ou de índios surpreendentes, que encheram a casa e esvaziaram nossos bolsos. Ela, que cultivava plantas em uma escarradeira ou em uma caçarola quando a conheci, em nossa vida matrimonial exigia o máximo luxo.

Três meses depois do leilão, a má sorte perseguiu a família Medina e a boa sorte, o infeliz do Roberto Spellman. Naquela época, justamente, as mercadorias do armazém apodreceram. Ninguém aparecia na expedição de bebidas, nem os bêbados; apenas algum pedinte batia na porta em busca de pão ou das sobras das comidas, que eram saborosas.

Por muito tempo Sigmundo e Ema, e eu mesmo, nos perguntamos qual teria sido a causa do fracasso. Mantínhamos os livros contábeis perfeitos, não dávamos as mercadorias de presente, éramos atenciosos com os clientes.

Um dia, debaixo da queijeira de vidro do mostrador, encontramos um rato morto (como ele entrou? Só Deus sabe); com cinco pacotes de cabelo de anjo as formigas fabricaram um único formigueiro; de uma caixa de arroz, saiu um sapo. Essas coisas, cedo ou tarde, se espalham por aí. A casa perde prestígio e ninguém o devolve. Por que aconteciam tantos infortúnios? Eu não era supersticioso: agora sou. Cheguei a pensar que, graças àqueles óculos que Roberto Spellman tinha comprado por uma merreca, o velho Medina tinha feito a sua fortuna. Seu olhar através das lentes, penetrante como o sol através de uma lupa, havia seduzido não apenas os clientes como também a sorte. Mas isso não era por causa dos olhos, e sim por causa das lentes, aquelas lentes grossas e esbranquiçadas. Eu disse isso a Sigmundo, que levou a sério. Os irmãos concordaram sobre esse ponto. A família se reconciliou. Uniram-se com um único objetivo, o de recuperar os óculos, ainda que tivessem que matar Roberto Spellman.

Não parece possível que um par de óculos possa provocar uma tragédia; no entanto, neste caso, provocou.

Os irmãos empreenderam diversas negociações para recuperar o objeto, e não sei como conseguiram ofender Roberto Spellman e enfurecê-lo, enviando a ele mercadorias em mau estado. Mas estavam dispostos a qualquer sacrifício. Humilharam-se para se reconciliar com ele, o convidaram para um churrasco sob os salgueiros do tão lendário pátio do armazém; o adormeceram com uma droga; enquanto ele dormia, revistaram seus bolsos e sua casa. Nessa ocasião, Roberto Spellman tinha mandado os óculos a uma ótica para consertar uma haste. Mais uma vez o levaram ao rio, mas Spellman se banhou com os óculos postos. Por último, Ema o provocou com seu decote e sua saia curta, disposta a qualquer coisa para recuperar os óculos; mas, acreditem, foi em vão.

Sigmundo vaticinou:

— Tem que matar.

— E se ele gritar? — disse Rinso, temeroso.

— Gritaremos mais alto — disse a voz de uma Ema desconhecida.

Prepararam outro banquete em homenagem a Spellman. Os irmãos afiaram as facas e beberam, para ter coragem. Spellman foi o que mais bebeu. Deram-lhe a consabida melancia disfarçada de beterraba, mas antes de conseguir matá-lo, caiu morto por uma síncope. Os quatro irmãos procuraram os óculos, sem esperar pelo último suspiro de um moribundo. Aqui começou a penúria dos meus cunhados e de Ema. Durante a noite do velório, abriram todas as gavetas da casa fúnebre. Eu lhes disse para que não bisbilhotassem tanto, que certamente tinham enterrado Spellman com os óculos, em algum bolso adicional. Desesperados, foram uma noite ao cemitério para desenterrar o morto. Acudiu uma turba silenciosa que presenciou o ato. Eu espiei de longe. Alguém os viu. Quando o fato chegou à cidade, os quatro irmãos foram detidos e acusados de assassinato. Os quatro, de certo modo, se sentiram culpados.

Eu os espero todos os dias. Muitas mulheres corpulentas descem do trem: nenhuma é tão branca, nenhuma é a minha. Eles não voltam. Não voltarão. Pobre Ema do meu coração! Agora sou dono deste enorme armazém, que é o meu desgosto. O oculista me receitou o uso de óculos, e devo usá-los. Se estivessem aqui, meus cunhados pensariam que estou usando os óculos de Spellman, porque tenho boa sorte, embora alegria, não. A alegria e a boa sorte nem sempre andam juntas.

A escada

— Isaura, Isaura.

As vozes ecoam nos corredores da casa, para que se apresse. Isaura sobe a escada. Cinquenta anos de sua vida limpando aqueles degraus, dez outros anos dedicados a ocupações frívolas, de crescimento, dez outros tendo filhos, mas sempre limpando essa escada ou acompanhando as pessoas que a limpam.

Agora que o elevador não funciona, ela sobe outra vez pelos mesmos degraus, atrás da roupa estendida no terraço. Seu coração bate como se quisesse sair voando do peito.

Vinte e cinco degraus. Quando ensinava as filhas a andar, contando-os um por um, carregando-as pela mão, subia. Sozinha, volta, depois de tantos anos, a contá-los, por puro costume.

Um... Este degrau tem uma brancura de açúcar. Ali se sentou em uma noite de verão, quando não restava quase ninguém na casa, pois todos os inquilinos tinham saído para as férias de verão. Tinha quatro anos. Seu pai limpava a escada, falando com um homem corpulento, que se apoiava no corrimão e sujava os degraus limpos, com sapatos enlameados. Os três estavam bêbados, havia um cheiro de vinho. Ela conhecia o gosto, o cheiro de vinho daquele garrafão que estava na cozinha. Seu pai dava vinho a qualquer um. De repente o tom das vozes ecoou com violência. Os homens começaram a lutar; parecia que dançavam. Caiu o pai. O outro homem fugiu escada abaixo. Gotas de sangue começaram a cair. Era o vinho? Era a chuva sobre as claraboias?

Dois... Neste degrau, mais acinzentado, mais sujo que os outros, sempre cai leite de alguma garrafa quebrada.

Três... É um degrau menos liso. Passando a mão pela superfície, sente-se uma aspereza cujo contato dá calafrios. Foi ali que Lucrecia, sua tia, dando-lhe pão para que se distraísse, balas de doce de leite, se deixou acariciar por Mario na frente dela. *O amor é uma coisa suja, mas enquanto conseguir balas de doce de leite, não ligo de presenciá-lo*, pensou.

Quatro... Este degrau, liso porém amarelado, lhe dá medo. Ali encontrou o colar de pedras verdes e o guardou no bolso. Ali a acusaram de ladra, e seu pai a proibiu de sair por cinco dias. Suas tias disseram que iam mandá-la a um reformatório.

Cinco... O degrau do cansaço. Nunca está limpo. Um dia, de brincadeira, alguém defecou nas bordas. Outro dia, um cachorro urinou, e a urina desceu os cinco degraus, deixando uma tintura amarela e malcheirosa. Numa outra vez ficou ali, aninhado, um recém-nascido envolto em fraldas e folhas de jornal. Ninguém descobriu o paradeiro da mãe, e o entregaram ao orfanato. Ela segurou a criança em seus braços. Teria ficado com ele. Mas o que os vizinhos iriam pensar! Que era filho dela, e até ela teria acreditado.

Seis... O degrau que é como um altar. Sobre ele se ajoelhou numa manhã de inverno, preparando-se para tomar a comunhão. Ensaiou as posturas difíceis que precisava fazer: a inclinação da cabeça, o posicionamento das mãos, a feição dos lábios.

Sete... O degrau do remorso. Tem frisos como veias ou como nervura de folhas. Ali a violentou Roque Alsina, o caminhoneiro do quarteirão, na tarde em que ele trouxe a geladeira, em janeiro. Aquele trágico mês de janeiro! Como pôde acontecer? Os inquilinos do primeiro andar viram tudo. Nem sua amiga Isabel acreditou nela. E quando ela ficou sozinha, depois que o canalha desceu a escada, apoiou a face flamejante no mármore gelado e pensou que nenhum homem decente se casaria com ela.

Oito... O degrau que cheira a alvejante. A maca dura do hospital, quando vieram buscá-la, para que fosse operada de apendicite. Ali, mole feito um trapo, rezou o rosário antes de chegar à porta.

Nove... Idêntico à superfície de mármore de uma cômoda. A cômoda com a qual sonhava, com um espelho quadrado em cima. Formava parte de um jogo de móveis para seu casamento; os móveis que nunca conseguiu.

Dez... O degrau mais tranquilo, mais feliz. Brincava com a trouxa de roupa como se fosse uma boneca. Ali sonhou também com o primeiro filho, que parecia uma verdadeira boneca.

Onze... A sombra escura sobre o degrau parece uma mancha. Ensaboava-a inutilmente. O ciúme, em seu coração, projetou a mesma mancha. Nem o alvejante nem o querosene tiraram essa mancha. Estava coberta e abandonada, feito uma caixa hermética e impenetrável.

Doze... *Para que tantos filhos? Se um já é suficiente!* Os homens não se importam. É a mulher que paga o preço. E se a expulsassem da casa, onde ia trabalhar? A essa altura da escada, os degraus faziam doer suas pernas e seu coração. Tinha vontade de se jogar escada abaixo e de cair desmazelada.

Treze... Este degrau cheira a banheiro público. Ela tinha tomado um banho de mar. Conheceu os segredos da praia e das férias e — por que não? — ali sonhava em ir embora, para uma vida que só fosse férias.

Catorze... O degrau nefasto. Sempre o detestou. Tem uma espécie de mordida do lado esquerdo. Ali, ao descê-lo, lhe deram a notícia do assassinato da sua filha. Tropeçou e se deteve no corrimão.

Quinze... Às vezes, parava para descansar e tirava os sapatos. "O que está fazendo aí?", diziam os inquilinos ao passar. Riam com ela. Era bonita ainda.

Dezesseis... Começava a envelhecer. Não por causa do cabelo branco nem das rugas... Já não cantava ao limpar os andares, e os homens que subiam a escada não olhavam suas pernas com varizes. Este degrau também tem varizes e uma palavra feia, escrita a lápis, sempre pelo mesmo menino de baixo, que é um boca suja.

Dezessete... Algumas baratas se aventuram pelos rodapés. É uma pena. Existem pessoas nojentas: jogam refugos pela escada, caiam aonde for; um pedaço de algodão, a casca de uma mexerica, às vezes uma meia ou uma cinta, um pente quebrado, com cabelo, e outras porcarias inacreditáveis. Depois reclamam! Que culpa tem a pessoa que limpa, se depois de limpar, atiram sujeiras e o piso fica mais sujo que antes?

Dezoito... Um dia que foi para o campo, encontrou um ovo de gralha. Guardou-o em uma caixinha e, ao subir a escada, o ovo caiu neste degrau. Depois ela chorou sobre esse mesmo mármore por algo que jamais recuperou: sua filha morta, uma nota de mil pesos e aquele broche de filigrana, de que ainda sentia falta.

Dezenove... O degrau que quase está às escuras. O degrau das preocupações. Tinha gastado o salário no quê? Para não ruborizar, parava na escuridão. Um dia, ao voltar da missa, percebeu que o rosário não estava em sua bolsa.

Vinte... No *apartamento trinta e dois do edifício, um pobre homem iludido adora sua mulher, como se ela fosse boa. Vou entregá-la.* Este degrau presenciou o encontro dessa sem-vergonha com seu amante. *Não suporto as injustiças. Recolhi um grampo de cabelo que caiu do cabelo tingido e horroroso dela, quando o amante a apertava em seus braços. O descaramento me deixa revoltada. Ao subir a escada, soltou os cabelos para provocar o homem, que perdeu a cabeça.*

Vinte e um... Bem escuro. Poucas vezes ensaboou de verdade este degrau. É uma boca de lobo. *Se o meu coração fosse um despertador, serviria mais que o despertador do meu marido, que depois de tocar não deixava mais continuar dormindo. Dormir. Dormir, depois da hora em que tem que se levantar. Quando terei esta felicidade? Uma doencinha às vezes é agradável.*

Vinte e dois... Daqui se pode espiar a entrada e a saída das pessoas. O balde cheio de água e de sabão às vezes rebalsa e espirra nas pessoas que estão no térreo. Muitos acham que Isaura faz as coisas por travessura. Que travessura pode fazer alguém que trabalha de manhã até a noite e de noite até a manhã? Essas coisas quem pensa são os preguiçosos.

Vinte e três... A escuridão mais perfeita aparece neste degrau. O porteiro nunca repõe as lâmpadas queimadas. É perigoso ficar aqui.

Vinte e quatro... Uma luz azul-celeste sempre se filtra pela claraboia. Este é um degrau azul-celeste, onde às vezes caem as flores da lixeira. *Hoje encontrei uma calêndula desfolhada. Tem gente que gasta dinheiro em flores!* Isaura não pode gastar nem para os mortos, a não ser aquelas lágrimas-de-nossa-senhora para sua filha, que tremularam com o vento de junho; nunca gastou nem um centavo em flores. Quando a janela está aberta, nos corredores que se comunicam com a escada, ouve-se o trote dos cavalos da carroça do leiteiro, da carroça do lixo, do carro fúnebre.

Vinte e cinco... Deitada no gelo, Isaura vê nevar. Tem um novelo de neve na mão. Ela o enrola, como o novelo de lã daquele cachecol que tricotou. A planta de seus pés se apoia no ar e não no chão, e seu corpo sobre o último degrau.

O casamento

Por que me casei? "Casamento e mortalha, no céu se talham", está bem dito. Tudo aconteceu por acaso: muita gente não acredita. Estávamos sentados, Armando e eu, nas poltronas de vime da cozinha, à meia-noite, quando chegou minha tia, chapéu nas mãos. Tenho uma cabeleira cacheada que chega até a cintura; ela tinha se enroscado no vime da poltrona. Armando a desenroscava neste momento e certamente parecíamos namorados. Pela cor arroxeada de sua cara, sei que a minha tia, ao ver juntos Armando e eu — àquelas horas, a ponta dos meus cabelos nas mãos de Armando, ajoelhado aos meus pés, o cúmulo da minha desgraça —, sei que minha tia pensou coisas feias, embora não tenha dito nada, pois é preciso engolir as coisas feias, segundo ela mesma aconselha. O que ia dizer? Ela me ama muito. Abriu a porta da rua, estendeu o braço. A mão, o dedo indicador, apontando a saída a Armando, que ficou vermelho. Ele pegou seu casaco, coitado, e desapareceu na penúmbra do saguão, sem dizer "Adeus, Filomena", como era seu costume.

— Agora vão se casar — repetiu minha tia por muitos dias. — Agora vão se casar.

Armando e eu nos casamos. Nos casamos sem que eu desejasse nem procurasse evitar. Armando não me agradava, embora tivesse um bom porte, olhos grandes, tez morena e energia para o trabalho. Parecia, por mais que não fosse assim, estar sempre sujo. Debaixo dos punhos da camisa, entre as sobrancelhas quando as unia, dentro de seu nariz e de suas orelhas pontiagudas e no princípio de cada um dos dedos dava para ver uma penugem preta.

— Os homens têm que ser peludos para serem homens — dizia Carmen.

O dia do nosso casamento foi o mais frio do ano. Tivemos que nos casar no mês de agosto. Receei que a geada se transformasse em neve naquela manhã e assim estragasse a festa, que, afinal de contas, ia ser o mais prazeroso do casamento.

Na casa da minha tia, esperamos por Armando para irmos juntos à igreja. Não é correto que uma noiva espere pelo noivo, e eu não gostei da coisa. Ele se fez esperar: estava no consultório do dentista arrumando a nova dentadura e, quando chegou, apesar da demora, todos o cumprimentaram pela bela estampa que apresentava, e eu precisei sorrir.

Na igreja acontecia outro casamento, luxuoso, por isso o altar-mor estava coberto de flores brancas, de toalhas rendadas, que pareciam feitas à mão pelas freiras, de círios que brilhavam, o que foi uma sorte para nós. Depois do casamento, que durou o que dura um sopro, apesar do meu nervosismo ao responder ao padre se eu aceitava me casar com Armando, a festa na casa em que tínhamos alugado nos esperava: festa organizada por meus tios, com mesas que pareciam uma só, de cinco metros de comprimento, disposta no centro do pátio, com toalha branca, flores brancas e todo tipo de sanduíche, tortas e empanadas em travessas de papelão pintadas, e bebidas boas, além do chocolate cremoso, que todo mundo elogiou e bebeu com predileção.

Os presentes estavam organizados no quarto: uma colcha com uma enorme dália no centro; uma travessa de prata com uma cegonha em relevo; um penhoar vermelho com bordado azul-França; um colar de pérolas; uma pequena Nossa Senhora de Luján que serve de castiçal; um cobertor de lã pura; um vaso para flores maravilhoso, alto, de pescoço estreito, feito para uma única flor, dessas de pano; uma bonbonnière de plástico muito moderna; um par de chinelas de cair o queixo.

Eu me sentia muito contente com a festa, desde que não me lembrasse que era a celebração do meu casamento. Naquela noite devo ter ficado doente, pois pouco depois me levaram para o hospital, onde permaneci por um ano, longe de Armando. Quando me deram alta e voltei para casa, não conseguia acreditar no que via. Armando tinha preparado uma série de surpresas para mim: uma máquina de costura, um rádio e uma bicicleta.

O médico tinha me proibido de fazer exercício e de trabalhar, esse era o problema. Mas durante os primeiros dias, me alegrei olhando para a bicicleta pintada de vermelho. Armando me aborrecia a todo momento. Seus presentes não o tornaram mais simpático aos meus olhos. Ao olhar os pelos de seu peito nu, eu imaginava que era um bosque, ou que, ao vê-lo comer ou se vestir pelas manhãs, que era um macaco, mas jamais o galã de cinema que tanto me seduz.

Ele dormia com uma faca sob o colchão, caso de noite entrassem ladrões. Esse detalhe, longe de me tranquilizar, me inquietava. Um dia, cedinho, ouvi uma gritaria na rua: era uma briga. Saí ao pátio, abri a porta e uma senhora enorme, com unhas pintadas e uma filha toda emperiquitada perguntou por meu marido.

— Viemos buscá-lo — disse. — Ele seduziu a minha filha. Está grávida.

Compreendi a verdade: Armando tinha me traído. Não consegui suportar isso. Primeiro pensei em matar ou fazer a minha rival abortar a pancadas, depois esfaquear ou queimar Armando, jogando nele um galão de gasolina acesa; depois me suicidar, mas não fiz nada, não disse nada. Uma mulher apaixonada não pode sobreviver a uma mentira. Várias pessoas me aconselharam a abandonar o meu marido, mas eu não consigo fazer isso. Por ora ficarei com ele, porque a gente se apaixona, afinal de contas, uma só vez na vida, mas, se ele voltar a ver essa desavergonhada, vou matá-lo ou me mato.

O progresso da ciência

Em outros tempos, os homens não apenas descobriram a cura da cegueira, como também o segredo do rejuvenescimento.

Um rei piedoso, repleto de virtudes e infinitamente belo, que tinha um único defeito, a presunção, ao sentir que estava envelhecendo, mandou cegar todos os súditos, que tentavam seguir seu exemplo, para que não sofressem uma decepção.

O rei pensou que ao não ser vista sua infelicidade, ela deixaria de existir. Enganou-se. Não podia fazer nada, a não ser lamentar sua velhice.

Mas um de seus súditos, que era sábio, com o passar do tempo decidiu salvar esse rei, que amava tanto seu povo. O sábio e seus companheiros, com o veemente desejo de salvar o rei, encontraram um modo de rejuvenescê-lo.

Como primeira medida, os sábios ordenaram a construção de um palácio de gelo, onde encerraram o rei. Nunca se soube com que produtos químicos o alimentaram por vários meses. Depois de um tempo, que pareceu longuíssimo para o rei e brevíssimo para os súditos, o rei voltou a ser como quando tinha vinte anos. Ao se ver no espelho, tão bonito, o rei suspirou de alegria e se contemplou por três dias e três noites, sem comer nem dormir. Não conseguia fazer nada, a não ser se alegrar por ser jovem. Convocou os súditos para que o admirassem, mas homens, mulheres e crianças olharam para o outro lado, com seus olhares brancos. Ele convocou todos os animais do reino, mas os animais não sabem o que é um homem belo. Se tivesse sido uma mulher, talvez um macaco tivesse se apaixonado por ele, mas não era mulher e não havia macacos em todo o território. Depois de um tempo, ele se cansou dos espelhos, de se vestir e se pentear, se entristeceu e quis morrer.

— De que me serve a minha beleza, se ninguém a vê? Minha juventude está nos olhos que me veem — disse, e chamou os sábios, que chegaram guiados por seus cães peludos.

— Vocês têm que devolver a visão aos cegos — disse o rei, que continuava a se lamentar — ou vou morrer. Quem me vê?

— Majestade, os animais têm olhos que veem.

— Os animais me entediam.

— Brinque com o diabolô. É uma brincadeira solitária.

— Quero que as pessoas me vejam — gritou de forma desconsolada.

Os sábios se fecharam em suas casas para ler e estudar, mas os livros para cegos se leem lentamente, e as mãos aprendem lentamente a substituir os olhos que não veem. Fizeram experimentos com muitos répteis, animais selvagens e domésticos.

O rei chorou tanto que envelheceu de novo em pouco tempo. As lágrimas deixavam marcas em seus olhos e suas duas sobrancelhas aflitas riscavam rugas na testa. "O que os sábios estão fazendo?", pensava, com ressentimento nocivo.

Os sábios, que não alardeavam suas descobertas, preparavam uma surpresa para o rei: em um dia determinado devolveriam a visão a todos os cegos. Foi difícil organizar as coisas. O rei, ao ver chegar esse exército de videntes que enchia as ruas, se escondeu no palácio de gelo. Cobriu o rosto com uma máscara verde, e no mesmo dia ordenou aos sábios, sob pena de morte, que cegassem de novo os súditos, até que ele rejuvenescesse.

O rei recuperou a juventude várias vezes e os cegos, a visão, sempre em tempos desencontrados, com o mesmo soçobro que na primeira vez, pois os sábios não podiam verificar, por estarem cegos, em que momento o rei tinha rejuvenescido; mas a vida não é eterna e tem que terminar, inclusive para os que rejuvenescem.

Por isso mesmo o rei, depois de cem anos em plena juventude, antes de morrer, destruiu o segredo dos sábios.

"Não quero" — disse em seu testamento — "que outros reis rejuvenesçam, nem que os cegos recobrem a visão, se não for para olhar para mim. Quero que a história do meu reino, com sua felicidade e sua dor, seja única no mundo. Além disso, esse costume que adquirimos poderia virar moda, e eu detesto modas. O plágio não é praticado apenas na literatura, eu também detesto plágios. Conheço um infeliz, rei de não sei onde, que pretendia arrancar os olhos de sua consorte para que ela não visse suas pálpebras inchadas. Outro infeliz mais célebre, rei também (um famoso orador) fez com que os tímpanos de seus discípulos fossem perfurados para que não escutassem os desvarios de sua velhice."

Depois de redigir seu testamento, o rei se suicidou com os sábios, que lhe agradeceram, até o último suspiro, a honra que lhes era oferecida de morrer com eles, sem perceberem que o rei fazia isso por egoísmo, ou melhor dito, por interesse, para poder dispor deles no céu ou no inferno, onde achou que também envelheceria.

Visões

A escuridão. O não ser. Pode existir algo mais perfeito? Os momentos se embaralham. Feito uma cobra, uma sonda desce pela garganta. O médico é uma mescla de torturador e de joalheiro. Inclina-se sobre mim, ofusca meus olhos com um foco de luz intensa. Ele me dá ordens, me perfura, me martiriza. Meu organismo se confessa com ele. Sou dócil. Não sofro. É preciso se entregar. Volto à escuridão. Volto a não ser.

Não completamente desperta, a primeira coisa que vejo é um quadro que me esforço em decifrar. Penso nos piores pintores ingleses até chegar a Dante Gabriel Rossetti. Esta mulher, com os cabelos iluminados por trás, é a Beata Beatrix. Relembro a inscrição em latim que Rossetti gravou na moldura: QUOMODO SEDET SOLA CIVITAS: Por que estou vendo este quadro, com uma luz tão falsa? Fecho os olhos e volto a abri-los. Não é um quadro. É uma pessoa que está cuidando de mim, com os cabelos iluminados e o rosto na sombra. O quarto está às escuras. Quando a luz se acende, olho o quarto e acho que é o meu. Se não saí da minha casa, devo estar nela, no meu quarto.

A porta aparece à esquerda, no meu quarto está à direita. Tem um móvel escuro, pequeno, com um espelho ovalado em cima; no meu, tem uma cômoda grande com uma Nossa Senhora em uma redoma. As venezianas são de madeira, sobem e descem por meio de cordas; no meu, as venezianas são de ferro e se abrem lateralmente, em três partes. A luz elétrica, que ilumina o quarto, está posta em um quadrilátero de vidro, no centro do teto; no meu, há apenas duas luminárias com base de prata nas mesas de cabeceira. Sou distraída. Vivi há tantos anos nesta casa sem perceber que no meu quarto havia dois tipos de venezianas; umas de subir e descer, modernas, compostas de listéis de madeira leve, e outras, antiquadas, de ferro pesado, que se abrem lateralmente, em três partes. Sou tão distraída, que nunca cheguei a perceber que tem luz, não apenas nas luminárias com base de prata, como também neste quadrilátero de vidro inserido no teto, que nunca acendi, por não saber onde fica o interruptor. Acho estranho, no entanto, não ter visto até agora este vidro fosco, no teto, que chama a atenção e para o qual fico olhando o tempo todo. Além disso, a Nossa Senhora na redoma não está; nem a cômoda. A Nossa Senhora me preocupa. Se eu virasse a cabeça, feito uma coruja, de forma brusca, para trás, a encontraria, talvez. Para limpar os objetos que há em um quarto, sem quebrá-los, embora raramente sejam limpos, pois sempre estão sujos, alguém os tira do lugar habitual e os coloca em outro. A Nossa Senhora deve estar em um canto, debaixo de um móvel, ou atrás da cabeceira da cama. Será que uma criada a limpou? Mas não posso me virar para trás. Em vez da cômoda que ocupava a parede lateral, e não a que está na frente da minha cama, vejo este móvel amorfo, diminuto, com um espelhinho. Estarei em Córdoba? Estarei sonhando com Córdoba? Ali, em uma casa, havia móveis parecidos. Não, não estou em Córdoba. Deve ser um presente feito por alguém para o meu aniversário; alguém que me ama, mas que não sabe quais são os presentes que me agradam. Em que momento esses objetos foram introduzidos no meu quarto e quem os trouxe? Devem ser muito leves. Qualquer um os carrega e os leva de um lugar a outro. Não tenho que me preocupar. O que importa é quem os trouxe! Eu agradeceria a qualquer uma das pessoas que estão aqui por este presente do qual não gosto. Caso alguma delas tenha me dado, sorrio. E este quadrinho? Está pendurado na parede da esquerda, sobre uma espécie de cama turca, sem dúvida muito confortável, e que entrevejo da minha cama como se eu estivesse empoleirada em uma montanha. Jamais vi esta cama no meu quarto, nem em nenhum outro quarto da minha casa. Os móveis têm vida própria, não é esquisito que saiam e entrem, se revezem, se substituam por outros quando querem. Por acaso não é melhor que seja assim? O que tem de estranho neste quarto? Vale a pena contar a alguém? Talvez eu conte para a primeira pessoa que se aproximar: a enfermeira. Seu avental farfalha: está muito engomado, tão engomado que poderia parecer de gesso, se o gesso fosse brilhoso. Esta enfermeira gosta de ser enfermeira. É uma pena que nem todas as pessoas gostem, como esta, de seu trabalho. Ela é feliz. Às vezes um célere e diminuto cachorro, que não consigo ver bem, a segue.

Mas antes de ser interrogada por mim, a enfermeira me responde com uma pergunta:

— Não sabe onde está, querida?

— Não.

— No hospital, querida.

— Então é por isso.

— Por isso o quê?

— Por isso não estava reconhecendo meu quarto.

— Não se assuste.

Que curta seria a vida se não tivesse momentos desagradáveis que a tornam interminável. Em um quarto, que não é o meu, por horas achando que é o meu, tento me localizar: e não morro!

Como o arquiteto que encontra o projeto perdido de uma casa, ou o navegante ou o explorador que se orienta com uma bússola que parece quebrada, ou melhor, como um animal que se acomoda em uma nova cova, tentando recordar a anterior, me tranquilizo e verifico, para ficar ainda mais tranquila, onde está o hospital, se a janela do meu quarto dá para o rio e desde quando estou alojada aqui.

Os ruídos acumulam suas perversas histórias ao meu redor. Que serra é esta que fica rangendo o dia todo, desde as primeiras horas? Ela esmigalha seres humanos? Tritura seus ossos, até transformá-los em areia? É com estes materiais que agora se constroem as casas? E esse ruído, como água em ebulição, que sobe dos porões e do térreo? São lábios que oram ou são caldeiras do inferno que preparam líquidos ferventes para os infiéis? Me lembro de ter cantado no coro de uma longínqua capela. Em uma clínica? Como zumbido de moscas eram as vozes. Serão as mesmas? E esse rugido de feras das pessoas que se juntam nos corredores, em que se transformará? Em monstros desolados ou em uma caravana de homens, com fantasias improvisadas com retalhos de lençóis ou de toalhas úmidas, que se dirigem ao deserto, levando provisões intragáveis e repugnantes. Há tantos dias de Carnaval quando não é Carnaval!

Essas caras parecem desenhadas pela escuridão. Subitamente eu as vejo. Distinguem-se entre os móveis, materiais como eles. São as caras dos médicos. Eles têm mãos, não têm corpo nem alma. Afogueadas, se aproximam de mim. São eles os que sofrem. São as próximas vítimas. Sofre menos quem sofre do que aquele que vê sofrer.

Acendem a luz de forma brusca, como se quisessem me surpreender cometendo algum pecado inconfessável. Um deles, mescla de deus e de locomotiva, tem uma lanterna em sua testa de especialista.

Me põem sentada, me batem, me descobrem, gritam comigo, me apalpam, põem em mim o termômetro, afundam o dedo no abdômen até me fazer berrar, me beliscam com um manômetro no braço.

— Respire — eles me dizem. — Não respire — me dizem, até eu ficar roxa.

Quantos doentes terão morrido em hospitais, por serem auscultados! Não quero pensar nisso. Um exercício tão violento que poderia matar uma pessoa sã, mas talvez a salve, porque não a deixa dormir. Afinal de contas, o sono é a prefiguração da morte.

À força de interrupções, o tempo se alarga. O relógio, com sua cara redonda e lívida, me olha. É eterno como o sol: suas horas não se extinguem, como os raios.

Oito visitas diárias de médicos fazem de um dia um ano. Será que se deve agradecer que o desagradável nos permita medir o tempo?

O soro cai, gota a gota. Um relógio de areia, para cozinhar ovos na água, uma clepsidra em um jardim perdido na Itália são menos obsessivos. Há algo de febre na areia que cai, na água que cai. A agulha cravada na veia se transforma em nossa veia. Não olho para ela.

Não gosto das veias cinza de aço das máquinas. Sou como uma máquina, mas as veias humanas têm uma cor diferente. Azul, azul. A tinta e o sangue. A tinta azul e o sangue vermelho se parecem.

Estão acontecendo inundações em Buenos Aires. Sei disso porque sinto. Sei pelos jornais (sem lê-los): estão crepitando no quarto vizinho.

É o aniversário de uma espécie de rainha. É de noite. Ouço os tambores que o estão celebrando. As pessoas reunidas na praça improvisam altares e modulam, por meio de instrumentos de sopro, a célebre sinfonia. Que estranho que eu nunca a tenha ouvido! A banda de música vem do rio e, cada vez mais exaltada, modula uma melodia sublime. Eu não usaria a palavra "sublime" para música nenhuma. Mas com que outra palavra eu poderia designar esta? Na nota mais aguda, que entra nos ouvidos como se fosse através de um alfinete comprido, as pessoas ficam tão aturdidas, que o som trêmulo vibra, prolonga-se indefinidamente... Como não ouvi antes essa música tão conhecida? Quantas gravações não haverá dela orquestrada por diferentes maestros, modificada com diferentes ritmos.

As crianças surdas-mudas da praça, como se a conhecessem, se balançam com frenesi. Não se ajoelham diante dos altares improvisados, porque são agitadas demais. As crianças são as privilegiadas. A música dura a noite toda. É como uma imprecação. Que dramática, que comprida, que interminável! Na alvorada, homens solitários, nos terraços rosados, a assobiam se equivocando na entonação, pois não a conhecem bem. Não sei em que momento solene e diáfano desaparece a última vibração dessa música, em cujo amanhecer o dia não chega nunca, como no gozo dos iogues a ejaculação. Poucas horas depois irrompem em meus olhos deslumbrados, primeiro as cores e depois as visões, que me deixam maravilhada. Derrama-se de repente uma cor amarela que minha visão jamais registrou. Como um sinal luminoso, ela traça seus contornos sobre uma água lilás (cor lilás que a água parece indicar). Dentro da região amarela (que representa a terra), nitidamente desenhados perfilam grupos de pessoas temerosas, acinzentadas, imóveis, encolhidas, como que esculpidas em pedra, debaixo de inumeráveis guarda-sóis de Buda, salvando-se de algo. De quê? Tenho a impressão de que tudo isso é um mapa do mundo, coalhado de monumentos.

No quarto contíguo alguém lê nos jornais as notícias sobre as inundações. Eu conhecia um cachorro que dormia em cima dos jornais. O farfalhar dos papéis, quando ele se mexia ou suspirava, me fazia pensar que os estava lendo.

Uma mancha de umidade aparece na parede onde está apoiada a cabeceira da minha cama. Procuro-a inutilmente no espelho que está à minha frente. Fico preocupada. Sei que é verde, roxa, azul, como um hematoma que aumenta. Será o símbolo da minha doença? Essa mancha de umidade dói em mim como se estivesse no meu corpo. Chamam um homem para vê-la. Será um encanador? Ele carrega uma malinha marrom. O homem apalpa, bate na parede, me ignora. Suspira.

Penso nas ilustrações do *Livro de Jó* e de *As portas do Paraíso*, de William Blake.

— Não se pode fazer nada — ele exclama, e sai do quarto com seu cheiro a massa corrida. — Todos os anos é a mesma coisa. Vem da casa ao lado — acrescenta, voltando a entrar no quarto.

A enfermeira me dá de beber. A água não tem gosto de água.

— Bom apetite — me diz o encanador.

Chamam a irmã de caridade. A irmã de caridade acode; como se estivesse sobre rodinhas, ela se desliza com sua saia escura e sua cara feliz, de boneca. Acha que os canos são misteriosos. Teria que pôr o edifício abaixo, para averiguar de onde vem a umidade. Ela sai do quarto, com chaves e rosários.

Antigamente levavam presentes aos mortos. Estarei morta? Me trazem um ramo fétido de lágrima-de-nossa-senhora, duas camisolas verdes, doce muito doce, corações de chocolate, um buquê de rosas, que me dá aversão, uma planta de cíclame, que dou à Nossa Senhora, uma caixa de biscoitos, uma sopa que me provoca náuseas.

Há automóveis na rua, um telefone no quarto. Estamos em

que época? Os velhos agora são despojados de tudo que têm, dos anéis e das obturações, pois são de ouro, dos olhos, pois a córnea é usada em outros olhos, da pele ou dos cabelos, pois com eles são feitos enxertos e perucas. Não me tiraram nada: não estou morta.

O que estará acontecendo do lado de fora! Preciso averiguar. As árvores devem continuar crescendo, preparando novas estações. O hediondo monumento com pedestal de mármore rosado e mulheres de bronze, que daqui, pela janela, eu poderia entrever, sempre terá esses veios amarelos, que não fazem parte do mármore, e sim da urina de cães que passeiam, ou de homens noturnos com amores diuréticos.

— Quer que eu acomode o travesseiro?

Quando entrei neste palacete, felizmente o inverno já havia arrancado as folhas das árvores e o outono, que é minha estação favorita, com seus dourados frutos, tinha desvanecido.

— Quer beber água? — me perguntam.

A suave, a tersa, a branda deterioração dos jardins públicos, onde os homens vão para tomar ar e para se masturbar, está próxima. Se as janelas são abertas, entra esse vento sujo, que dá a ilusão de ser limpo porque faz frio, agora no inverno. Tem gente que se senta, que está sentada, nos bancos; mulheres que tricotam enquanto observam os próprios filhos e os de outras, mendigas com fardos de roupas e de potes cheios de pão velho que cheira a laranja; homens que se aproximam de seres humanos e vegetais, com igual entusiasmo, para lhes dizer segredos; cães bem cuidados ou perdidos, gatos histéricos, que copulam, enchendo a noite de gritos elétricos.

— Um suquinho de fruta? — me oferece uma voz melosa.

— Como cheguei aqui? — pergunto.

— Em uma ambulância — me dizem.

— E como me trouxeram?

— Na maca, pelo elevador.

Cheguei na escuridão, feito um rato por um porão, sem ilusões, rígida, sem uma única sensação, imóvel. Na infância brincava de estátua, com medo de ser estátua; brincava de gato-mia num quarto escuro (brincadeira afrodisíaca), com medo de desaparecer. Precisava fechar os olhos.

Desta vez, penso, *brinquei a sério de estátua e com a escuridão.*

A araucária, fuliginosa e enorme, a falsa-seringueira, irreal, nutrem-se de excrementos, sêmen e pedaços de vidro. Ninguém as rega, a não ser Deus, quando chove. Há uma vontade de existir por cima de tudo e apesar de tudo, até nas árvores. Mas se a forma de um indivíduo se transforma em outra, se nada se perde, por que lutar tanto para conservar uma determinada forma que, no fim das contas, poderia ser inferior ou a menos interessante?

— Qual é seu nome? — pergunto à enfermeira.

— Linda Fontenla.

Linda Fontenla gosta de conversar; ela também gosta da seriedade dos enfermeiros. O que é uma pessoa sadia? Um traste sem interesse. A vida para Linda Fontenla é um sem-fim de enemas, termômetros, transfusões, cataplasmas habilmente aplicados e distribuídos. Se casar, irá se casar com um enfermo, que é uma pessoa atraente em sua opinião, um pacote de hemorroidas, um fígado grande demais, um intestino perfurado, uma bexiga infeccionada ou um coração repleto de extrassístoles.

— Um velho de quem eu estava cuidando, a senhora pode não acreditar, mas ele queria dormir comigo, dá para acreditar? Que sem-vergonha deve ser. Me ofereceu tudo, até casamento. Mandei ele plantar batata. Por isso não gosto de cuidar de homens. São todos iguais. Não se pode nem pôr talco neles; pode crer no que digo. Eles querem se divertir, é isso o que querem.

— Será que estou morrendo, Linda?

— Querida, que disparate está dizendo. Quer que eu traga

um espelhinho de mão para ver como está bem? Aqui está. Olhe-se. Ontem, sim, a senhora estava mal. Tive medo de verdade.

— Mas ontem você me disse que eu estava muito bem.

— Tenho que dizer essas coisas, para animá-la um pouco!

Eu me olho no espelho de mão, mas, ao mesmo tempo, olho para a mão da enfermeira. Quantos dedos pintados as enfermeiras têm; muito mais que a generalidade das pessoas.

— Tenho cara de ovelha — ouço minha voz dizer, como se fosse uma voz alheia.

— De ovelha? Dá para ver a cara de ovelha. Faz-me rir!

— Essa cara de ovelha que os enfermos têm.

— É a primeira vez que me dizem isso.

— Deveria saber disso, você.

— Não fale tanto, que seu pulso acelera.

Olho para a palma da minha mão.

— Me disseram que a senhora sabe ler as linhas da mão — continua Linda. — Não leria para mim um dia?

— Se eu não morrer.

— Outra vez a mesma coisa! Vira e mexe a senhora me vem com a morte. Precisamos pensar em coisas alegres. Quer que eu lhe conte uma coisa? Quando cheguei na manhã de hoje, nos corredores da entrada um grupo de mulheres chorava e rezava. Pensei: *Minha doente morreu, batata.* Mas foi o vizinho, dá pra acreditar? Quem podia imaginar? Ficar chorando com cara de enterro. Assustam qualquer um.

— Mas será que não estavam chorando por minha causa?

— Não tinha ninguém da sua família, nenhuma amiga sua. Fique tranquila. Agora vai ficar desconfiada?

— Não estou nem aí.

— Eu sei. É uma brincadeira.

— Apague a luz.

Estou absorvida por minhas visões. Volto a olhar a penumbra do quarto entremeada de cores brilhantes. É, a princípio, um paraíso para os meus olhos. Me aventuro com medo, como acontece com o amor. Que ninguém fale comigo, que ninguém me interrompa. Assisto ao momento mais importante da minha vida. Na parede branca do quarto se desenrola a história do mundo. Devo decifrar os sinais, cada vez mais complicados. Já começou com aquele planisfério, com terra amarela, água lilás e pessoas reunidas com perfil de bisão, protegidas sob enormes guarda-sóis. Que imagens me esperam agora? Mudam como que por mágica. Vejo uma cabeça assomada a uma janela. A janela é formada por quatro pedras grandes. A cabeça é linda, quase angelical, por assim dizer, até que as pedras de cima e de baixo começam a se juntar. A boca sorri, mostra os dentes, como as máscaras das tragédias gregas. As cores se apagam. Uma expressão de dor aparece no rosto: as pedras trituram a cabeça aterrada e aterradora. Anseio ter outra visão. Eu as provoco. Como? Tenho um poder sobrenatural, porém limitado. Nem sempre consigo ver coisas bonitas nem tranquilizadoras. Os desenhos de Blake não me agradam? Essas visões parecem saídas do *Livro de Jó* ou de *As portas do Paraíso*. Um sem-fim de cavalos negros, com brilhantes arreios, cobrem a parede. Não sei a quais carruagens esses cavalos estão presos, nem a que século remoto correspondem. Me deixam tão maravilhada, que não consigo me concentrar naquilo que os rodeia. Silenciosos guizos acompanham seu trote pausado. Uma alegria indescritível os acompanha. Que triste seria se esses cavalos não voltassem mais! Já desvanecem feito as nuvens do poente. Eram tão precisos e tão nítidos! Para onde fugiram? Essas visões são como os céus, que nunca se repetem. Agora, com o trote idêntico ao dos cavalos, como se os membros se movessem dentro da água, quatro arlequins giram em círculos. Há muitos outros arlequins; o quarto está repleto de arlequins, mas esses quatro cativam minha atenção. Gostaria que nunca fossem embora! Os cavalos em certo momento me dão medo; são pretos; podem ser sombrios, fúnebres. Mas essas figuras, em compensação, não podem ser outra coisa senão arlequins, leves, alegres, imateriais. Observá-los é como fazer amor eternamente, como ter descoberto a perfeição, como estar no céu. Mas pressinto, ao olhar para eles, que vão desaparecer, que nada poderá substituí-los.

O interior de um quarto aparece com personagens alegres, que formam parte de um mundo desconhecido; em seguida, ao ar livre, uma escada altíssima, feita de pernas que sobem, perfila-se sobre o céu azul. E quando acho que já não voltam mais, os arlequins aparecem com esses movimentos lentos que os corpos conseguem fazer apenas dentro da água. Um regozijo irreprimível se apodera de mim. Eles voltam porque desejo com força que voltem. Meu poder sobrenatural terá se aperfeiçoado? Mas eles logo se desvanecem, e figuras místicas os substituem; primeiro os apóstolos e em seguida Jesus, Jesus, com uma coroa de espinhos sobre o véu de Santa Verônica, mas o rosto bonito de Jesus se transforma na cara de um macaco e eu olho para o outro lado, à minha direita. Vejo um armário, grudado nos meus olhos: um armário de mogno lustroso, que não abrirei nunca. O armário se transforma assim que paro de olhá-lo. Agora é um armário comum, de cedro, envernizado, com manchas de cal. Não quero olhar para a minha esquerda. Na minha frente vejo agora um jardim coberto de trepadeiras gigantescas, que crescem até o céu, e entre essas trepadeiras, estátuas de mármore, que também crescem até o céu. Depois vejo brilhar uma montanha de pedra, mas noto que as pedras são pessoas aglomeradas, que se matam entre elas, pessoas de pedra que se matam com pedras. À medida que essa montanha acumula mortos, ela cresce; os homens de pedra se reproduzem.

Um leão branco brilha e ocupa toda a parede.

Quando alguém entra no quarto e acende a luz, as visões desaparecem, mas o teto se cobre de rosas lindíssimas ou de riscas de todas as cores do arco-íris.

Um bailarino com longas pernas leva o quadrilátero de vidro da luz (como um escudo) em suas mãos, a afasta do centro do teto, depois volta e se aproxima outra vez do centro do teto. Paro de olhar para o teto para admirar as rosas, que se destacam numa folhagem interminável. Jamais vi rosas se projetarem do ar com tanta veemência. Vejo-as se destacar como se fosse através de várias lentes de aumento. Depois diminuem, tornam-se quase imperceptíveis e mais lindas ainda. A luz do quarto ao lado se apagou. O anjo surge. Um jardim chinês aparece devagar, com lentidão de decalque. Como se guardassem cartões-postais para um álbum, olho para essa imagem de todos os ângulos possíveis. Tenho medo de que desapareça. Se eu pudesse escrever ao pé uma data, um nome, escreveria. Desaparece. Nada me consolará do seu desaparecimento. Era um jardim profundo, que guardava um pagode. O bambu balançava, certamente com o vento, e havia sombra e lagos e rios com canoas imóveis. Tudo está imóvel!

Esse barco de ouro que estou vendo, com um milhão de cabeças que assomam pela beirada, não avança, ou se avança, avança comigo em um mar azul. É um barco grego. Leva cabeças de homens, feito frutas, frutas sem corpos, frutas com caras, todas do mesmo tamanho e sem casca.

Agora as pessoas envelhecem imediatamente, da felicidade passam à dor, da bondade à crueldade, da beleza à feiura. Por quê? Nada permanece. Por quê? Estou sofrendo? Cada rosto é um símbolo do que sinto, sem saber?

Existe um anjo que estou esperando. Ele não está; não esteve nas minhas visões. Ouço seu passo, sinto sua mão, ele me dá de beber, me dá de comer. Guardo imagens para ele, figurinhas dessas que as crianças colam nos cadernos. Isso o agrada, e como! Um quadro pintado, um livro escrito, não me agradariam tanto!

A beleza não tem fim nem arestas. Eu a espero. Mas onde está o meu leito, para esperar confortavelmente? Não estou deitada; não consigo. Um leito não é sempre um leito. Há o leito do nascimento, o leito do amor, o leito da morte, o leito do rio. Mas esse não é um verdadeiro leito…

O leito

Amavam-se, mas o ciúme retrospectivo ou futuro, a inveja recíproca, a desconfiança mútua, os carcomia. Às vezes, em um leito, esqueciam-se desses sentimentos infelizes e, graças a ele, sobreviviam. A uma dessas vezes, a última, vou me referir.

O leito era macio e amplo e tinha uma colcha rosada. O centro da cabeceira, de ferro, reproduzia uma paisagem com árvores e barcos. O sol do poente iluminava uma nuvem que parecia em chamas. Quando se abraçavam, o que tinha a sorte de estar posicionado de barriga para baixo, beijando a outra boca, contemplava aquela nuvem, atraído pelo fulgor insólito que a iluminava através dos pingentes de cristal de um lustre com tulipas vermelhas e verdes.

Demoraram-se no leito mais que de costume. Os ruídos da rua aumentaram e morreram com a luz. Teria sido dito que o leito navegava sobre um mar sem tempo, sem espaço, ao encontro da felicidade ou de algo que a simulava de modo equivocado. Mas há amantes temerários. A roupa, que tinham tirado, estava por perto, ao alcance da mão. As mangas vazias de uma camisa pendiam do leito, e de um bolso tinha caído um papel azul-claro. Alguém recolheu o papel. Não sei o que continha nesse papel azul, mas sei que produziu distúrbios, investigações, ódios irreprimíveis, disputas, reconciliações, novas disputas.

A alvorada surgia nas janelas.

— Está cheirando a queimado. Ontem à noite sonhei com um incêndio — disse ela em um momento de horror, diante da irritação dele, para distraí-lo.

— Invenções do seu olfato — disse ele.

— Estamos no nono andar — acrescentou ela, tentando parecer assustada. — Estou com medo.

— Não mude de assunto.

— Não estou mudando de assunto. O fogo faz barulho de água, não está ouvindo?

— Invenções do seu ouvido.

O quarto estava intensamente iluminado e quente. Era uma fogueira.

— Se nos abraçássemos, queimaríamos apenas as costas.

— Vamos nos queimar inteiros — disse ele, olhando o fogo com olhos enfurecidos.

Anel de fumaça

Para José Bianco

Eu me lembro do primeiro dia em que você viu Gabriel Bruno. Ele caminhava pela rua vestido com sua roupa azul, de mecânico; ao mesmo tempo, passou um cachorro preto que, ao atravessar a rua, foi atropelado por um automóvel. O cachorro, uivando por estar ferido, correu junto ao muro da velha chácara para se proteger. Gabriel acabou com ele a pedradas. Você desdenhou da dor do cachorro para admirar a beleza de Gabriel.

— Degenerado! — exclamaram as pessoas que o acompanhavam.

Você amou o perfil e a pobreza dele.

Numa tarde de Natal, na chácara da sua avó, nas estrebarias (onde não havia mais cavalos, e sim automóveis) espalharam roupa e brinquedos para as crianças do bairro. Gabriel Bruno e uma intempestiva chuva apareceram. Alguém disse:

— Esse garoto tem quinze anos; não tem idade para vir a essa festa. É um sem-vergonha e, além do mais, um bandido. O pai, por cinco centavos, matou o padeiro. E ele matou um cachorro ferido, a pedradas.

Gabriel teve que ir embora. Você o olhou até que ele desapareceu sob a chuva.

Gabriel, filho do guarda-barreira que matou não sei por quantos centavos o padeiro, para ir de sua casa ao armazém, passava todos os dias, talvez com a esperança de te ver, por uma viela que separava as duas chácaras: a chácara da sua tia e a da sua avó materna, onde você morava.

Você sabia a que horas Gabriel passava, galopando em seu cavalo escuro, para ir ao armazém ou ao mercado, e esperava-o com o vestido de que mais gostava e com os cabelos presos com a mais bonita das fitas. Você se inclinava sobre o alambrado com poses românticas e o chamava com os olhos. Ele descia do cavalo, saltava o riacho para se aproximar de Eulalia e Magdalena, suas amigas, que nem o olhavam. Que prestígio podia ter para elas a pobreza dele? A roupa de mecânico de Gabriel as obrigava a pensar em outros rapazes mais bem-vestidos.

Você falava de Gabriel Bruno para Eulalia e Magdalena o dia inteiro, em vão. Elas não conheciam os mistérios do amor.

Todos os dias, na hora da sesta, você correu sozinha à viela. De longe brilhava a fita de seus cabelos feito um barco à vela em miniatura ou como uma borboleta: você a via refletida na sombra. Era apenas a extensão de seu sentimento: o círio que sustenta a chama. Às vezes, no caminho, o laço se desatava, então, pondo a fita entre os dentes, você recolhia os cabelos e voltava a prendê-los, ajoelhada no chão.

Como tinha que existir um pretexto para poder falar com Gabriel, você inventou o pretexto dos cigarros: você tinha dinheiro no bolso, dava-o a Gabriel para que ele fosse ao armazém comprá-los. Depois fumavam, olhando-se nos olhos. Gabriel sabia fazer anéis com a fumaça e os soprava no seu rosto. Você ria. Essas cenas, tão parecidas às cenas de amor, iam adentrando seu coração apaixonado. Certa vez vocês juntaram os cigarros para acendê-los. Outra vez você acendeu um cigarro e deu a ele.

Era janeiro. Exultantes, as cigarras cantavam com barulho de matraca. Quando você retomou o juízo, ouviu o que seu pai conversava com a sua mãe. Era de você que falavam.

— Estava na viela, com aquele vagabundo. Com o filho do guarda-barreira. Está entendendo? Aquele que matou o padeiro por causa de cinco centavos. É preciso colocá-la de castigo.

— Isso são coisas de menina, não tem que dar importância.

— Ela já tem onze anos — disse a mãe.

Não tiveram coragem de te falar nada, mas não te deixavam sair sozinha. Você fingia estar dormindo a sesta e, em vez de correr para a viela depois de almoçar, você chorava atrás das cortinas ou do mosquiteiro.

Você ouviu, entre o caseiro e um ciclista, um diálogo insólito: eles falavam de Gabriel e de você. Disseram que Gabriel se vangloriava no armazém falando dos cigarros que vocês fumavam juntos. Diziam que ele tinha dito a você palavras obscenas ou com duplo sentido.

Você escapou na hora da sesta, correu até a cerca, para perder seu anel. Gabriel passou na hora de sempre. Você foi ao encontro dele.

— Vamos — você disse a ele — até a via do trem.

— Para quê?

— Meu anel caiu ao cruzar a via ontem, quando fui ao rio.

Verdade e mentira saíam juntas dos seus lábios.

Vocês foram, ele a cavalo e você caminhando, sem se falar. Quando chegaram ao trilho do trem, ele deixou o cavalo amarrado a um poste e você se ajoelhou sobre as pedras.

— Onde você perdeu o anel? — ele perguntou, ajoelhando-se ao seu lado.

— Aqui — você disse, apontando para o centro dos trilhos.

— Os sinais abaixaram. O trem vai passar. Vamos sair daqui — ele exclamou com desdém.

— Eu quero que a gente se suicide — você lhe disse.

Ele te pegou pelo braço e te arrastou para fora dos trilhos, bem a tempo. As sombras, a trepidação, o vento, o apito do trem, com mil rodas passaram sobre o seu corpo.

Na Semana Santa, Gabriel te seguiu até a igreja. Você o olhou dentro do ar cheio de incenso da igreja, como um peixe na água olha outro peixe quando faz amor. Foi o último encontro. Durante verões sucessivos, você o imaginou vagando pelas ruas, atravessando em frente às chácaras, com sua roupa azul de mecânico e aquele prestígio que a pobreza lhe dava.

Fora das jaulas

O leão olhava para Enrique Donadío. A opinião que este último tinha dos leões tinha mudado. Outro mistério os envolvia, encantando-o como na infância. Os leões usavam enormes máscaras de cartolina com jubas comidas pelas traças, talvez, no verão. O arminho que os reis usam também fica roído. Eram todo-poderosos e reumáticos. Uma ameaça obscura se desprendia deles: a ameaça provinha do oculto e distante que estava o verdadeiro ser, que suspirava por trás do vidro impenetrável dos olhos e do corpo vazio, sustentando, como que por encanto, uma máscara de gigante, que rugia. Enrique Donadío, reclinado contra o gradil de ferro que o mantinha a um metro de distância das jaulas, olhava fixamente o leão. De vez em quando esticava o braço e emitia um som de beijos, como costumava fazer quando chamava os cachorros (pois não sabia assobiar, mas sim soprar, de um jeito ridículo). O leão, que das primeiras vezes ficava impassível, com fixação de morte nos olhos, começava a reconhecê-lo. Um dia falou com ele: "A luz me deixa maravilhado às vezes", disse em voz baixa. "Quero ser livre."

Enrique Donadío achou que essas frases eram prova de um carinho inconfundível.

Enrique Donadío devotava as tardes das quintas e dos domingos a passear pelo jardim zoológico. Assim que entrava, seus passos o encaminhavam ao pavilhão das feras. Por meio do leão, tinha se interessado pelos outros animais. A jaula do leão era como uma ponte que o levava de jaula em jaula; ele estabelecia comparações de cores e de formas.

Enrique Donadío, que era professor de desenho e de inglês em uma escola, tinha levado seus alunos ao zoológico. Sua turma estava composta de dez crianças, das quais apenas cinco puderam sair com ele naquela tarde. Com frequência ele as levava aos domingos ou feriados; ali as crianças desenhavam e aprendiam os nomes dos animais em inglês e alemão.

Enrique Donadío era um homem alto, sério e magro. Era membro da Sociedade Protetora das Crianças, Pássaros e Plantas. Ele tinha um projeto no qual vinha pensando sem parar havia muito tempo, talvez desde a primeira vez que voltara ao zoológico, depois de sua infância: abrir as jaulas, soltar todos os animais e restituir-lhes a liberdade. Para realizar o plano, era necessário que alguém o ajudasse, e essas cinco crianças estavam dispostas a fazer isso. No começo zombavam do leão, gritavam-lhe insultos, jogavam-lhes flechas de papel, mas lentamente, contagiados por uma mesma ternura (assim pensava Enrique Donadío), passaram a amar o leão como a um cachorro sem dono, um cachorro bom e misterioso, cheio de segredos encerrados em uma jaula. Mas isso não era suficiente para persuadi-las de que era necessário soltar não só o leão, como todos os outros animais. Enrique Donadío exerceu sobre elas uma grande fascinação.

— Cada um de nós se parece com um desses animais — ele costumava dizer. — Com qual deles vocês preferem se parecer?

Cada criança escolhia seu animal, imitava-o.

Fazia três noites que elas não dormiam esperando pelo dia indicado pelo professor de inglês. Fazia três dias que comiam depressa como se fossem perder um trem. Enrique Donadío, de forma pausada, tinha lhes falado sobre as noites no zoológico; noites que são, para os que penetram nelas, um sonho verdadeiro e não banal, como costumam ser os sonhos. Quando ele era menino, até os dez anos, tinha vivido em Dublin. Seu tio era diretor do zoológico; ali vivia em um pequeno pavilhão e o levava com ele, às vezes de noite. Naquela época, acusaram-no de crueldade, coisa que ele não pôde contar às crianças.

Nunca poderia esquecer a noite do Jardim Zoológico de Dublin. Ele tinha que dormir em um corredor, colado ao quarto de seu tio, que passava as noites de inverno e de verão com as janelas abertas de par em par. Era como dormir do lado de fora. Entravam todos os ruídos: uivos, rugidos, cantos. As lajotas do corredor tinham um milhão de dragõezinhos pintados de azul, que no começo o assustavam mais que os verdadeiros animais. As feras pareciam estar livres, pois não estavam enjauladas como aqui, e sim rodeadas por fossas. Os animais a essa hora (Enrique Donadío lhes contava com a voz embargada) dizem entre si segredos horríveis, que os fazem gritar, se lamentar; quando estão enjaulados se batem contra as barras de ferro até sangrar, e quando estão rodeados por essas fossas contemplam com olhos enlouquecidos o profundo muro invisível que os encerra. Mas isso não dura mais que um breve momento... a paisagem toda se modifica. O Jardim Zoológico, com suas pontes e lagos, é uma selva africana ou um deserto, onde correm as girafas, ou uma paisagem gelada, repleta de focas místicas, que rezam sem parar, com trejeitos de freiras ou de prisioneiros. Os animais sonâmbulos sonham que estão em liberdade e conspiram contra os mortais que os martirizaram; o camelo, que é muito rancoroso, pensa e pensa nos sonhos mexendo a mandíbula da direita para a esquerda e da esquerda para a direita, como os bebezinhos quando os dentes estão crescendo. As cobras silvam e chacoalham os seus guizos, que resplandecem no pasto, fascinando vacas imaginárias; os rouxinóis cantam como nos bosques europeus; o elefante se diverte, banhando o céu com jogos de água mais altos e mais diversos que os das fontes de Versalhes no dia Catorze de Julho; as girafas fazem laços com o pescoço; os macacos fazem acrobacias; os crocodilos choram sérios. Mas se nesses momentos as jaulas que mantêm esses animais prisioneiros fossem abertas, daria para ver o espetáculo mais assustador do mundo; talvez aparecessem fantasmas, diretores do zoológico, talvez acontecessem brigas exultantes entre o tigre e o elefante, entre o leão e o tigre, entre o orangotango e o urso; mas isso não seria o mais emocionante de tudo... O mais emocionante não se pode nunca contar, é preciso presenciar. Os alunos estavam de acordo.

Era uma suave tarde de novembro. Os portões do Jardim Zoológico se fechavam às seis e meia da tarde. Sem perda de tempo era necessário estacionar perto do esconderijo que Enrique Donadío tinha escolhido. Com os olhos procurou seu aluno mais jovem e lhe fez o sinal combinado. Saíram caminhando; as outras crianças iam atrás, a alguns metros de distância. Depois de ter comprado barras de chocolate e biscoitinhos, eles se aproximaram da falsa-seringueira frondosa que fica ao pé de uma ponte onde sempre tem um fotógrafo. Enrique Donadío se fez fotografar com seus discípulos, dispostos em fila, conforme a altura. O fotógrafo não concordava com a distribuição do grupo; foi preciso fazer concessões: apoiar cuidadosamente os braços no parapeito da ponte. Demoraram dez minutos para revelar as fotografias. Depois de pagá-las e guardá-las no bolso, Enrique Donadío deslizou feito uma sombra detrás de uma árvore; o fotógrafo não estranhou, pois já fazia um tempo que notara que os homens tinham o inocente costume de se esconder atrás das árvores. Os alunos tinham se escondido; dois deles atrás de uma enorme trepadeira, outro atrás de uma estátua e os outros dois trepados nos galhos da falsa-seringueira, junto ao professor.

Ouvia-se o murmúrio das pessoas, os guardas batiam as mãos, percorrendo todos os caminhos, e depois de um momento interminável, entre os ruídos que se perdiam, as sombras e a escuridão que aumentavam, escutou-se o rangido dos portões.

De novo ouviram-se passos; aproximaram-se e se afastaram várias vezes pelas curvas dos caminhos. Sombras enormes cresciam entre as árvores, e de repente apareceu a lua colada ao horizonte, junto às lâmpadas que iluminavam a rua distante. Os barulhos do dia tinham terminado; cresciam outros barulhos misteriosos, que brotavam das jaulas, dos pavilhões, das lagoas verdes. Os alunos fizeram uma longa viagem de silêncio e de espera. Enrique Donadío sabia tudo, estava certo de tudo. Foi o primeiro a sair de seu esconderijo.

— Quase caí no sono — ele disse, com voz tranquilizadora.

Os alunos pararam de tremer e saíram dos esconderijos, olhando para todos os lados. Não havia nenhum guarda. O professor estava tranquilo.

Caminharam um longo trecho, agachados, confundindo galhos com sombras, e sombras com galhos quebradiços. Sentaram-se num banco e comeram as barras de chocolate derretido e os biscoitinhos, que levavam nos bolsos. Não sabiam que hora era, mas devia ser quase meia-noite, pois não se ouvia nenhum barulho, a não ser o canto de alguns pássaros insones.

— E agora — disse Enrique Donadío — temos que encontrar um jeito de abrir as jaulas.

A voz transformada pela escuridão os assustou. Onde estariam as chaves?

Tudo brilhava com frieza metálica sob a lua; as barras das jaulas dividiam a noite como facas. As crianças se levantaram do banco e Enrique Donadío se encaminhou para a cabine, onde sabia que os guardas dormiam. Ali, na gaveta de um móvel do corredor da entrada, estavam os molhos de chaves. Enrique Donadío, durante suas incursões pelo zoológico, tinha conversado longamente com os guardas, inteirando-se de todos os segredos. No verão, eles dormiam com as portas abertas. Os guardas-noturnos eram os mais privilegiados, pois nunca trabalhavam e passavam a noite dormindo, debaixo das árvores.

A dois metros do posto, ele ouviu um ronquido; foi como se se abrisse uma porta. Ele entrou no quarto, fazendo sinais aos alunos para que o esperassem do lado de fora. Não existe sono mais pesado que o dos guardas do zoológico, acostumados a dormir entre rugidos de feras, cantos de pássaros de todos os países do mundo: apenas o despertador, com sua campainha, é capaz de despertá-los. Não fosse pelo despertador, permaneceriam dormindo durante o dia. Como o príncipe que entra no palácio da Bela Adormecida, comovido, Enrique Donadío entrou no cômodo onde estavam as chaves de todos os pavilhões e de todas as jaulas do zoológico. Entrou na ponta dos pés, silenciosamente pegou os molhos de chaves, que quase não soaram. Os alunos sorriram; era como se as jaulas já tivessem sido abertas. Agora era a vez de eles abrirem as portas, experimentar as chaves dos pavilhões, até encontrar as que coincidissem, e depois...

Os alunos acudiram para receber as chaves, que enchiam os bolsos deformados de Enrique Donadío. Em seguida se deslizaram entre as sombras, contendo o som das chaves e das risadas com as mãos suadas e frias.

Nunca houve tantas jaulas no zoológico, nunca houve tantos pavilhões. Eles se multiplicavam na noite, eram labirintos gradeados de cheiros; estavam todos preparados, isolados e reforçados na intimidade das trevas.

Professor e alunos se dirigiram primeiro às gaiolas dos pássaros. Foi difícil encontrar a chave; depois de experimentá-las várias vezes, depois de várias hesitações, uma chave entrou na fechadura. Por fim a porta de ferro se abriu, com duas voltas. Aconteceu uma revoada e depois não se ouviu mais nada. Os pássaros foram adiante entre os galhos. Um dos alunos sacudiu as grades; houve outra revoada e um canto fraco, sonolento. Um pássaro abriu as asas e voou, batendo-se contra os ferros do gradil. Ele não enxergava a porta aberta. Mas era preciso não demorar; os alunos continuaram andando e abriram as jaulas dos macacos. Alguns macacos saíram correndo, para subirem nas árvores mais próximas, outros permaneceram dormindo e indiferentes. A pesada porta de ferro do pavilhão do elefante deu muito trabalho para abrir. O elefante, aparentemente, dormia. Parecia tão surdo quanto os guardas, pois era inútil sacudir as correntes e as chaves: ele não acordava. Por fim abriu um olho e com movimento de pesadelo estendeu a tromba e deu um galope. Enrique Donadío saiu correndo com seus alunos. O elefante, balançando-se, ficou perto do pavilhão, recolheu um papel com sua tromba e retorceu a enorme corrente que tinha presa nas patas. As crianças se escondiam atrás das árvores de olho no elefante, enquanto Enrique Donadío se aproximava do pavilhão das feras.

— É a vez dos ursos — sussurrou uma das crianças.

Depois de procurar por um bom tempo entre as chaves, Enrique Donadío encontrou a etiqueta onde estava escrito "Pavilhão das feras": era uma chave torcida e oxidada, com tons avermelhados. Um cheiro espesso, nauseabundo, como que de carne crua e urina, emanava das jaulas das feras. As portinhas de comunicação que davam para a galeria interior estavam fechadas. As feras se encontravam do lado de dentro. Era preciso abrir várias portas de comunicação antes de pôr os leões em liberdade.

— É a vez dos ursos — murmurou o menino, que amava os ursos; mas ninguém o escutou.

Não bastava abrir a porta grande do pavilhão das feras. O exterior dessas jaulas era como as caixas de ferro com segredo: era preciso calcular e refletir por um bom tempo; além do mais, eram perigosas como armadilhas. Ao menor movimento, as portinhas de ferro podiam cair. Mas a porta grande já estava aberta; os alunos estavam no umbral, maravilhados, ao ver que as coisas eram feitas com tanta facilidade. Enrique Donadío pôs o dedo indicador na frente da boca, ordenando silêncio aos alunos, embora ninguém tivesse dito nada; o assombro dos olhares parecia barulhento.

— Devagarzinho, devagarzinho — dizia a voz de Enrique Donadío, tentando imitar o leão.

O leão mexeu as orelhas, depois a cauda e deu um pequeno rugido. Ficou quieto. Tinha os olhos fechados e a cabeça entre as patas, em atitude de oração. Os alunos passaram debaixo da barra e se aproximaram, como nunca tinham feito, das jaulas. Não conseguiam conter as risadas, resfolegantes como rugidos.

Era chegado o momento de abrir as jaulas; os alunos davam voltas nas chaves todas ao mesmo tempo; as jaulas não eram tão complicadas quanto pareciam à primeira vista, era só levantar uma tranca e soltar um gancho: as jaulas estavam entreabertas. Não havia nenhum segredo.

No começo o leão ficou parado, amodorrado; seu corpo parecia vazio, esquecido no chão, como se tivesse as patas recheadas de algodão. Um imperceptível tremor corria por suas costas; tremores breves como relâmpagos contraíam suas patas em galopes oblíquos. Ele disse: "O frio às vezes me faz tremer". E em seguida, um rugido rasgou o silêncio, um rugido fraco e lúgubre, como o pranto dos cães quando olham a lua. O leão estava sonhando. Era estranho que um leão sonhasse tão suavemente. Será que não tinha mesmo chegado o momento de sua agonia? Será que não ia cair morto, antes de ter sido posto em liberdade?

Havia um silêncio sem grades e sem portas, mas o cheiro a fera era potente, ensurdecedor feito um ruído, resplandecente como uma cor bem vermelha ou bem amarela, salpicado de luzes.

As portas das jaulas estavam abertas. O leopardo, o tigre, a onça e a pantera também dormiam ou estavam mortos?

Os olhares dos alunos se engrandeceram; um deles procurou nos bolsos de seu avental branco algo que não encontrava, e de repente ele saiu correndo do pavilhão e voltou com um punhado de pedras. Da porta gritou com todas as forças:

— Fora das jaulas, fora — e atirou as pedras.

Esse grito desafinado se esparramou como um líquido fervente. Os rugidos cobriram a noite entrecortada pelos gritos. A vinte ou quarenta quarteirões era possível ouvir o mesmo barulho, ou um barulho muito parecido ao que se desprende das arquibancadas de uma partida de futebol em um domingo.

Mal se viam as primeiras luzes do amanhecer quando Enrique Donadío e seus alunos perceberam que estavam dentro das jaulas. O público que os observava, algumas horas mais tarde, era composto em grande parte dos animais que eles mesmos tinham posto em liberdade. *Assim somos os animais*, pensaram; *exatamente iguais aos homens*.

Isis

Seu nome era Elisa, mas lhe chamavam de Lisi; e alguns, tirando o *l* e acrescentando um *s*, lhe chamavam de Isis. Estava sempre sentada à janela, olhando. Eu vivia no térreo da mesma casa. Os que passavam pela rua diziam:

— Ali está a abobada. — E olhavam para cima como se vissem um balão ou um cometa.

Ela tinha muitas bonecas, tinha livros, tinha caixas com diferentes jogos de paciência, mas nunca brincava com eles. Depois de almoçar e de dormir se postava em frente à janela. Dessa janela se avistava em primeiro plano a rua por onde passa o bonde, o sorveteiro, o afiador e o carro cheio de cestos e cadeiras de vime; em segundo plano, o Jardim Zoológico e (depois descobri) um dos animais: agora suspeito que ela não precisava olhar para vê-lo; ela o olhava fixamente, como ao sol, que deixa sua mancha chamejante sobre tudo o que se enxerga depois.

Ela sorria quando as pessoas falavam, mas nunca pronunciava uma palavra a não ser a parte final de algumas, logo depois de ouvi-las. Algumas pessoas desconfiavam que não era de todo abobada, e sim que se fazia de abobada. Seus grandes olhos verdes pareciam sempre ofuscados pela luz, mesmo se o céu estivesse coberto de nuvens no crepúsculo, ou até na penumbra dos cômodos. Sua imobilidade era mais perfeita que a imobilidade das águias, quando se admiram na própria sombra, como em um espelho, dentro da enorme jaula que imita a neve com pedras tristes, pintadas de branco. Mais perfeita que a onça, que não fecha os olhos a não ser para dormir ou para devorar.

Às vezes uma pipa brilhava, com sua cauda amarela, no céu.

— Olha a pipa — lhe diziam, mas ela não olhava. — De que adianta ter olhos tão grandes se ela não enxerga nada — as pessoas diziam.

Ela nunca olhava para algo que a fizesse mexer o pescoço ou os olhos. Um dia lhe deram lunetas, que a mãe usava quando ia ao teatro. A armação era de madrepérola. Deixou-as cair. Outra vez lhe deram um chocalho, outra vez um caleidoscópio.

Passavam aviões, passavam helicópteros, passavam soldados, passavam procissões; tampouco os olhava. Teria sido dito que nada devia distraí-la.

A família, os criados ou suas amigas, entre as quais eu era uma, costumávamos levá-la para passear. Às vezes a levávamos até o rio, outras a uma praça, onde havia balanços e escorregadores, que não lhe despertavam interesse; outras vezes, ao Jardim Zoológico, porque ficava perto; mas ela nunca pedia que a levassem a nenhum lugar. E não pedia, eu acho, não porque fosse humilde e dócil, e sim porque era constante em seu propósito e persistente na renúncia daquilo que não lhe agradava.

Ela, sem dúvida, era a preferida de Rómula, a criada. Não reclamava se no banheiro ficassem sobras de Puloil, nem por deixar juntar poeira nas mesas ou por não atender o telefone. Para ela, tudo era perfeito.

As tardes eram todas iguais, mas uma delas foi para mim fatídica.

Em trinta e um de janeiro de mil novecentos e sessenta me pediram que eu a levasse para passear. Era a primeira vez que a confiavam a mim sozinha, pois a mãe a tratava como a uma criancinha de um ano. Eu pensava em levá-la ao rio, porque fazia calor, mas na esquina, na frente dos portões do zoológico, ela se garrou à minha saia e com o queixo me apontou a entrada do Jardim Zoológico. Entramos. Eu não podia me opor a seus gostos sendo Isis uma menina tão boa; além do mais, fazia tanto tempo que ela não manifestava sua vontade com nenhum trejeito, que esse gesto foi uma ordem. Primeiro nos sentamos em um banco em frente aos carrosséis, depois percorremos as trilhas do Jardim Zoológico. Ela parou para olhar um animal que não parecia real, e sim desenhado na areia. Seus enormes olhos nos refletiam. Desse ângulo do jardim, onde paramos, percebi que se avistava a janela onde Isis se assomava todos os dias. Compreendi que esse era o animal que ela tinha contemplado e que a tinha contemplado.

— Me dê a mão — eu disse a Isis. E ela me deu uma das mãos, que aos poucos foi se cobrindo de pelos e de casco. Eu soltei-a com horror. Não quis olhar para ela enquanto se transformava. Quando me virei para olhá-la vi um monte de roupa que já estava no chão. Eu a procurei. Eu a esperei. Eu a perdi.

A vingança

Madame Mercedes de Umbel era uma das mulheres mais elegantes do mundo, mas alguns de seus amigos achavam que ela era muito afetada, e nenhum dos que a criticavam concordava sobre seus verdadeiros defeitos e méritos. Às vezes era a inveja que falava; outras vezes, o ciúme; outras vezes, o sentimento religioso, mas nunca a pura verdade nem a pura mentira.

Nem tudo é êxito para uma mulher bonita e próspera. Porque ela não sabia manejar a chave da porta da rua, porque com frequência deixava aberta a do elevador, Tonio Juárez, o porteiro do prédio onde ela vivia a maltratava. Cada vez que ele precisava subir os oito andares para fechar aquela maldita porta do elevador, Tonio Juárez dedicava a Mercedes de Umbel um seleto repertório de palavras feias, que ela ouvia com um sorriso nos lábios. Mas não eram esses os únicos motivos que ele tinha para desprezá-la; e tinha razão. Sempre há coisas piores. Com suas mãos, diariamente, a desgraçada punha na sacada migalhas ou milho e até mesmo alpiste para as pombas (não por amor às pombas, e sim para encarnar um quadro visto em uma casa de leilões); Tonio Juárez comparava as pombas às mulheres elegantes.

— Estão cobertas de penas, com o peito cheio, mas são imundas, sujando o que os outros limpam com o suor da testa — ele dizia a quem quisesse escutar.

— Para que serve tanta riqueza! Cheia de pintura nos olhos, mas é mais cega que uma coruja! Cheia de pintura na boca, mas nem um dente de ouro!

Um dia, ou melhor, uma tarde, na hora do teatro, madame De Umbel ficou trancada, com um latão de lixo, dentro do elevador. Sua angústia foi grande, tão grande que ela se esqueceu das regras de elegância. Começou a transpirar. Apoiou o joelho sobre um lixo memorável. Tocou a campainha de emergência. Tirou o chapéu e as luvas e ao notar que ninguém vinha socorrê-la sentou-se no chão, pensando que se asfixiaria em poucos minutos se alguém, mesmo que fossem os bombeiros, não a tirasse daquele fétido suplício. Meia hora de confinamento e de gritos bastaram para deixá-la afônica. Quando chegou Tonio Juárez, que a tinha ouvido desde a primeira vez, ele a assustou um pouquinho mais, gritando do lado de fora que a deixaria passar a noite dentro do elevador, que cheirava a couve-flor e a queijo ralado. Esse episódio desagradável não se apagou da memória, repleta de recordações luxuosas, de madame De Umbel.

Para os que não meditam, meditar é um sacrifício; mas madame De Umbel estava disposta a fazer qualquer loucura. As pessoas, ao vê-la tão absorta, acharam que um inesperado misticismo se apoderara de sua alma. Ela pensava. Pensava em se vingar. Uma manhã, para lá da janela aberta, por onde entravam sol e badaladas da igreja, as pombas voavam da casa em frente à sua e sujavam a rua, que o porteiro limpava. Com a escova, este último as ameaçava, de vez em quando, e lhes lançava maldições. Tristemente, afastadas do símbolo habitual de pureza e paz, aquelas angelicais aves, com plumas da cor das luvas femininas da moda, que arrulhavam o dia todo, que ao se soltar dos parapeitos batiam asa feito um aceno de colegial, que punham ovos inúteis, inspiraram a vingança.

Na hora em que toda a gente da cidade dorme a sesta, Mercedes de Umbel, depois de se vestir, pôs papel higiênico em seu bolso. Papel rosado. Desceu os oito andares sem usar o elevador. No último lance de escadas, deteve-se por uns instantes. Depois, lentamente, saiu do prédio, vestindo as luvas.

Quando a madame voltou do cinema, no mesmo dia, Tonio vociferava, à porta, rodeado de vizinhos e de moscas.

Algumas vozes diziam:

— Foi um cachorro, com certeza.

— Que cachorro uma ova! — retorquia Tonio Juárez. — Cachorra, vocês querem dizer. Grande cachorra.

Essa cena se repetiu em diferentes horas nos dias subsequentes. Tonio Juárez resolveu ficar em um lugar estratégico, dia e noite, esperando. Esperando o quê? A realização de um sonho premonitório que ele teve não fazia um ano, quando teve a ideia de redobrar a limpeza das escadas.

O sacrifício não foi em vão.

Com o coração trêmulo, como em sua mocidade, viu o sonho se transformar em realidade: da penumbra do pátio onde havia um pequeno jardim, vislumbrou a dama na postura prevista. Aproximou-se e, obedecendo a continuação inevitável do sonho, com um pontapé certeiro descarregou sua vingança contra pombas e senhoras elegantes.

O namorado de Sibila

— Vou fazer seu retrato — eu lhe dizia.

— Quando? — ela me perguntava.

— Amanhã ou depois de amanhã — eu respondia.

Não vou esquecê-la nunca. Ela tinha os olhos bem separados e se parecia muito à Sibila de Cumas, de Michelangelo.

Ela tinha um retrato sobre a mesa de cabeceira. Me disse que era de seu namorado. Era tão bonitão que qualquer uma teria se apaixonado por ele.

— Outras meninas da minha idade foram namoradas de vários rapazes antes de se decidirem por um. Eu, não. É a primeira vez.

— A primeira vez que você se apaixona?

— A primeira vez — respondeu.

Seus olhos brilhavam como os espelhos quando são limpos com álcool.

— Quando eu era pequena — ela me disse — fiquei gravemente doente. Eu vivia nas montanhas. Estava paralítica. Para me curar, me enfiaram em um rio gelado; me deram caldo de cobra e depois, ao ver que nada me curava, os meus pais chamaram um curandeiro. Ele chegou em casa a cavalo, vindo de muito longe. Disse que eu devia comer três pulgas de seu cavalo. Quando soube que tinham me banhado num rio gelado e que eu havia tomado caldo de cobra, teve pena de mim e disse que ele comeria as pulgas. Dava no mesmo. Ele comeu as três pulgas já preparadas na concavidade de sua mão e em poucas horas eu melhorei.

— Vou fazer seu retrato, e tão parecido como uma fotografia — eu lhe disse.

— Quando? — ela me perguntou.

— Amanhã ou depois de amanhã — eu respondi.

Durante o verão, Sibila subia nas árvores mais altas para jogar para baixo os ninhos e quebrar os ovos; sabia cortar a grama com a roçadeira; quando arrumava um cômodo, punha todos os móveis juntos; todos os enfeites de uma mesa, juntos ou dentro das gavetas. Não compreendia o caprichoso gosto que as pessoas tinham em dispersá-los desordenadamente. Não distinguia uma fotografia de um quadro. Não compreendia a perspectiva. Achava que as sereias existiam porque figuravam nos dicionários. Ria dos defeitos dos homens: imitava os coxos ou os caolhos ou a cara das pessoas que sofriam.

— Vou fazer seu retrato.

— Quando?

— Amanhã mesmo.

Jamais pensei que ela fosse morrer tão jovem, mas morreu.

Ao pé do caixão, quando cheguei para vê-la naquele dia de seu enterro, um homem todo de preto, com cara de sacristão, chorava.

— É o namorado — me disseram suas parentes envergonhadas.

Eu o cumprimentei. Era um homem feio, de traços mesquinhos, enlutado.

— Sou casado — ele me disse. — Eu não quis comprometer a menina. Se puder me devolver as cartas que eu escrevi a ela, agradeço.

Prometi fazer o que ele me pedia, mas não encontrei no quarto de Sibila nenhuma carta; só encontrei a fotografia que eu tinha visto em sua mesinha de cabeceira, toda vez que a visitava. Tirei a fotografia do porta-retrato para ver se no verso levava um nome. Dizia: “À Sibila, seu sobrinho. Armando”. Guardei a fotografia no meu bolso e ao sair do quarto tropecei com o mesmo Armando, a quem devolvi a fotografia.

— O senhor era namorado de Sibila?

— Não. Quem lhe disse isso?

— Ela — respondi.

— Eu a mataria — ele disse. — Sou o sobrinho, e nada mais.

— Ela está morta — protestei.

— Eu sei. Mas que direito ela tem de mentir?

O Mouro

Para Luis Saslavsky

Indio, volveme mi moro,
que me has llevado la vida.

Eu ouvia naquela tarde esta canção cantada por Gardel, no rádio do armazém de Tres Arroyos, quando fiquei sabendo pela boca de Ireneo, que não era mentiroso, de uma coisa incrível: que na França as pessoas comiam carne de cavalo, e que ao dono do estabelecimento em que eu trabalhava tinham proposto como negócio (o desgraçado aceitou na hora) comprar dele cavalos para mandá-los de barco à França.

Eu tinha oito anos. Apesar da minha pouca idade, trabalhava de peão como um homem, melhor que um homem, porque eu não era preguiçoso. Talvez a minha habilidade e diligência me deixassem simpático, pois todos os peões me davam coisas; é verdade que eu fazia parte do trabalho deles. Mas que presentes eu recebia! O mais extraordinário que conservo até hoje foi aquele par de esporas com estrelinhas de prata.

Eu era o último a ir deitar e o primeiro a se levantar para

acender o fogão, cevar o mate ou encilhar os cavalos. Além de Órfão, me chamavam de Bichofeio, porque eu era feio, de Doninha, porque eu roubava ovos de noite, de Cambito, porque tinha as pernas finas.

Eu sabia fazer tudo o que os homens sabem fazer: beber, fumar, jogar bocha ou *taba*,* enlaçar, açoitar e outras coisas que não conto. Eu gostava dos cavalos: eram o meu brinquedo, mas também a minha ferramenta de trabalho. Na tropilha do desgraçado do dom Eusebio (do estabelecimento "La Felicidad", de Tres Arroyos) tinha cavalos de todas as pelagens: alazões, gateados, zainos, azulões, tobianos, rosilhos, picaços, malacaras, colorados, baios, tordilhos, pretos, brancos. Eu gostava de todos, menos do branco, que atraía os raios, e do rosilho, que parecia sujo. O meu era mouro e um dos poucos dessa pelagem nas minhas paragens. Talvez por esse motivo eu gostasse tanto da canção do Mouro, cantada por Gardel, que vez ou outra eu ouvia na rádio de Tres Arroyos.

Eu não era cismado nem inclinado a acreditar na má sorte, ainda que já tivesse experiência de adulto. Comecei a ter medo de que embarcassem o Mouro com o resto da tropilha, pois ele não só era dócil e meio manco, como também fora de forma, e não me pertencia. Os homens do estabelecimento, menos Ireneo, que tinha um coração de ouro, davam pouca importância à amizade que me unia ao cavalo. Por causa dessa amizade eu me achava pouco menos que seu proprietário, mas nesse ponto reconheço que estava errado.

* Muito popular nas áreas rurais e pecuárias da Argentina e outros países da América Latina, o jogo de *tabas* ou simplesmente *taba* é o nome dado a diferentes jogos infantis ou de azar em que se lançam ossos (ou *tabas*) como dados. Mas, ao contrário dos dados, as faces da *taba* têm formas diferentes e, portanto, são mais variadas as probabilidades de resultado. (N. T.)

O tempo logo revelou que os meus temores eram justificados.

Acertada a data de partida, no estabelecimento se fez um rodeio: separaram os cavalos que seriam mandados para Bahía Blanca, para embarcá-los em um cargueiro francês chamado *Mistral*. Três homens e eu arrebanharíamos todos até o porto. Em seguida o capataz e Ireneo embarcariam com a tropilha, destinada ao matadouro na França. Como se eu também fosse embarcar, me despedi da minha mãe, que insistiu em não me deixar ir a Bahía Blanca, para que ela não ficasse sozinha. Em vez de beijar a sua bochecha, eu beijei a sua pelerine de lã azul e pensei que iria ainda mais longe.

Era pleno verão. Durante o trajeto arrebanhamos os cavalos de sol a sol. Levei pouca bagagem; apenas o necessário para uma viagem longa: as esporinhas e o poncho. A toda hora o capataz repreendia Ireneo e a mim; isso me unia a Ireneo. Eu matutava artimanhas para embarcar. O que poderia fazer sem a ajuda de alguém? Poderia me esconder no barco até zarpar? Ficar com o Mouro? Fugir no último momento com ele? A solução foi melhor. Eu sabia que a cebola fazia os olhos chorarem. Antes de chegar a Bahía Blanca (o trajeto durou uma semana entre uma coisa e outra), roubei uma cebola na cozinha de uma pensão onde apeamos e, para comover Ireneo, passei nos olhos. Tudo saiu como se fosse mágica, pois fiquei meia hora sozinho com ele, lacrimejando, enquanto o capataz lavava os pés, urinava na latrina ou cumpria outros maçantes preparativos para seguir viagem. Expliquei a Ireneo o motivo de meu choro: o Mouro era um cavalo extraordinário; para salvá-lo eu embarcaria com ele. Um choro verdadeiro teria sido menos eloquente. Ireneo me disse:

— Um homem não chora, menos ainda quando leva esporas e se chama Bichofeio. O Mouro não vale nada, mas cada um com seu gosto... Caramba, você está fedendo!

Ele prometeu, se eu tomasse um banho, fabricar ele mesmo, com o pretexto de levar as ferramentas em um lugar seguro, uma enorme caixa para eu me esconder durante a viagem. Assim ele fez, porque era homem de palavra. Em vez de passear por Bahía Blanca, no dia de nossa partida ele preparou a caixa, na qual acrescentou uma cama de palha e umas aniagens para me cobrir. No último momento eu deslizei para o esconderijo. Ireneo pregou as tábuas que me encerravam, deixando alguns buracos para que eu pudesse respirar e até ver. Com muitas recomendações, ele pediu aos estivadores que não batessem demais a caixa, para que a madeira não se rompesse. Com a grua subiram a caixa a bordo, sem tropeços.

Por cinco dias dormi no convés, sobre a cama de palha, entre os cavalos. Ireneo me visitava para me trazer comida. Eu saía do meu esconderijo de noite, e como tive a sorte de não ser visto, me atrevi a passear pelo convés em horas mais perigosas. O capataz me surpreendeu abraçado ao Mouro. Então Ireneo pareceu tão assustado quanto ele. Discutiram se me jogariam no mar, pois a minha presença no barco poderia trazer problemas. Em seguida concordaram em tirar a sorte com uma moeda. Estavam bêbados. Percebi isso porque a todo momento se serviam de vinho de um garrafão. "Os franceses, nos barcos, levam bebidas boas; estão dispostos a trocá-las por mate ou amendoim", Ireneo tinha me dito um dia antes.

— Cara ou coroa? — disse Ireneo.

— Cara — disse o capataz.

Ireneo lançou a moeda para o ar e a apanhou na palma da mão. Saiu cara.

— Jogaremos ele no mar — murmurou o capataz.

A palavra mais cruel foi Ireneo quem me disse:

— Despeça-se do Mouro, Bichofeio.

Esticaram um poncho no chão. Eu me despedi do Mouro, como Ireneo tinha ordenado, e me pus de boca sobre o poncho, me encolhendo depois sobre um lado. Os homens pegaram o poncho pelas pontas e me levantaram no ar. Se não tivesse sido a sério, eu teria gostado da brincadeira. O barco se movia e cambaleando os homens se aproximaram da borda. Como se tivessem entendido, os cavalos relincharam; mas não faziam isso por mim, mas de terror, porque estava se armando uma tempestade. Os marinheiros apareceram no convés, subiram nos mastros, desamarraram cordas, amarraram outras. O capataz e o meu amigo soltaram as pontas do poncho e me deixaram cair no chão.

— Vire-se como puder — me disseram, debruçando-se na borda.

— Eu lavo as minhas mãos — declarou o capataz, acendendo um cigarro.

— Diga ao Mouro que te proteja. Você não chorou por causa dele, feito uma mulher, quando estávamos chegando em Bahía Blanca?

Me sentei sobre umas cordas, mais morto que vivo. Eu com o susto, o capataz e Ireneo com o pileque, ignorávamos a tripulação, que ia e vinha; até mesmo o capitão, que se aproximou e me disse duas ou três palavras em francês, batendo no meu ombro. Depois eu soube que ele me tomou por um fantasma, por uma dessas visões produzidas pelo delírio que sofreu uma vez.

Agora, quando me lembro, penso que talvez a tripulação toda estivesse embriagada, porque se comportava tão caprichosamente que era difícil entender o que fazia e por que fazia. A tempestade arrefecia, as madeiras rangiam como se o barco tivesse se quebrado. Os relinchos aumentaram. O capataz e Ireneo estavam tontos, os cavalos também: era engraçado vê-los. Isso sim, ver Ireneo, que era tão viril, vomitar, me deu pena. Eu engatinhava pelo convés e com gosto recebia a água nos cabelos e na cara. Pela primeira vez eu via o mar bravo.

Quando a tempestade se acalmou, sequei a minha roupa ao

sol. Ireneo me deu uma manta. Meus companheiros não demoraram em me obrigar a fazer todo o trabalho. Eu precisava lavar os cavalos, dar-lhes ração, limpar as camas. O capataz e Ireneo conversavam o dia inteiro ou bebiam ou jogavam *taba* com marinheiros que conheciam duas ou três palavras de castelhano. Como o Mouro e eu, os homens se entendem melhor quando não falam o mesmo idioma.

Uma noite sonhei que galopava pelo mar montado no Mouro em direção ao sol do oeste, até chegar de novo a Tres Arroyos. Muitas vezes eu desejei descer do barco e me deixar levar por aquela extensão misteriosa onde não havia alfafa, nem trigo, nem girassol, nem linho, nem barro, nem terra arada, nem argila, nem bosques, nem pássaros, nem gado, nem estábulos, e sim água azul, água verde, água preta com espuma.

Ireneo e o capataz discutiam com frequência, enquanto eu lavava ou dava ração aos cavalos. Discutiam por quê? Não sei. Olhavam um mapinha da França e desenhavam cruzes com um lápis; falavam de um dinheiro que dividiriam entre eles, também.

O barco atracou em Pernambuco. No porto, ambulantes imediatamente exibiram pastas, colchas, cestos, enfeites de celuloide, bonecos de madeira. Ireneo me perguntou se eu queria que ele comprasse algo para mim. Era bom, Ireneo. Eu lhe pedi um passarinho, porque pensei que era a coisa mais barata e que alegraria o Mouro, porque no campo um sabiá costumava posar em seu lombo. Pedi também um canivete, porque me fazia falta para eu limpar as unhas.

— E agasalho? — ele me disse. — Você não sabe que cai neve na França?

Encolhi os ombros.

— Com o ponchinho dá — respondi.

Quase sem roupa me escondi na caixa. O sol ardia feito um forno. Gotas de suor escorriam pela minha testa. Era Carnaval e algumas máscaras, ao cair da noite, desceram pelo cais, procurando um barco argentino, onde havia festa. Passavam com suas fantasias, dançavam, jogavam serpentinas em nosso barco vazio. Eu saí do meu esconderijo e me aproximei. Vi uma fila de negros, alguns com sacos nos ombros, outros com peixes pendendo de uma vara; não sei se pertenciam ao grupo de foliões mascarados ou se eram trabalhadores que aproveitavam o frescor da noite para labutar. Os cavalos, macambúzios pelo calor e as moscas do dia, abaixavam as cabeças. Sem me esquecer da minha obrigação, eu os lavei e lhes dei água, antes de percorrer o barco, aproveitando o tempinho de solidão.

Amanhecia quando o capataz e Ireneo voltaram. Me escondi. Como chegaram bêbados, eu sabia o que me esperava. Ireneo trazia um cacho de bananas e uma gaiolinha; o capataz, um chapéu de palha de abas grandes, cheio de fruta-do-conde e abacaxis. Nada bom me esperava; quando estavam bêbados não pensavam em outra coisa a não ser se livrar de mim.

— Onde ele está? — vociferava o capataz, enquanto subia a plataforma, olhando para todos os lados.

— Acho que vi por ali — respondeu Ireneo.

— Eu vendo ele por qualquer coisa, por vinte réis. Na casa da louca ele vai limpar os quintais: ela pode se dar por satisfeita. E ele, o que mais quer? Vai comer bananas todo santo dia, feito um macaco.

Na doca, uma mulher de cabelos vermelhos, extravagante, agitava a mão, olhava o barco, provavelmente esperava que o capataz e Ireneo me entregassem de uma vez. Procuraram por mim até nascer o sol. Desceram do barco e subiram de novo. O meu esconderijo era seguro, afinal me alojei em um camarote vazio, por cujo olho de boi eu via tudo.

O barco tremeu, soou a sirene, a plataforma se levantou, a corrente da âncora bateu contra os ferros do casco. Aproveitei o movimento para sair do camarote e entrar na caixa. Quando estávamos navegando, percebi que Ireneo e o capataz dormiam no convés. Ireneo, ao lado da gaiola, que em vez de um pássaro tinha um macaquinho, e do cacho de bananas; o capataz, ao lado do chapéu de palha com fruta-do-conde. Me aproximei, arranquei quatro bananas, dei uma ao macaco e comi as outras; eu estava com fome, pois Ireneo me dava comida uma vez por dia, e nunca frutas, e sim as sobras de seu almoço, que era abundante, mas não do meu agrado. O mar, tão parecido com a planície, já não era verde, e sim azul, quando fomos embora de Pernambuco.

Tramávamos com Ireneo uma fuga a nado com a tropilha, para salvá-la do matadouro. Parecia tão fácil! Muito mais fácil que chegar à França.

Às vezes o macaquinho andava com Ireneo, que o levava debaixo do poncho, porque era friorento, e às vezes comigo. Nós o batizamos de Amendoim.

Um cavalo adoeceu de loucura. Foi preciso atirá-lo ao mar, para que ninguém ficasse sabendo da doença, pois senão, ao chegar à França, iriam nos colocar em quarentena, e adeus negócio!

— Se outro cavalo enlouquece, também jogamos ele ao mar — dizia o capataz, mexendo uma das mãos, ameaçadora. — Temos que evitar que descubram a doença e arruínem o negócio, ainda que a gente tenha que atirar na água a tropilha toda.

Eu observava o Mouro com preocupação. Um dia notei que estava triste e pus vinho em sua água, para alegrá-lo.

O capitão, que sabia algumas palavras em castelhano, frequentemente conversava com Ireneo e com o capataz. De novo falou que tinha um menino a bordo, quem sabe um clandestino; ao que Ireneo respondeu que se ele estava sofrendo de algum delírio, era melhor se cuidar.

De noite as fosforescências e de dia os peixes voadores me deixavam encantado. As horas passaram com rapidez; nem tempo me davam para dormir. Ireneo discutia sempre com o capataz; para eles o tempo também não era suficiente. Desanimados, jogavam *taba* ou truco, iluminados por um farol.

Numa noite em que jogavam apostando dinheiro, o capataz gritou "truco!". Ireneo respondeu rindo. O capataz o encurralou na borda. As facas reluziram. A de Ireneo caiu no chão. Eu a recolhi. Quis jogar para ele, mas o capataz a pegou e cravou em seu peito. O capataz tentou reanimar Ireneo a noite toda. Antes de amanhecer, ele envolveu o cadáver em sacos, amarrou com cordas e o jogou no mar. Ele me disse:

— Vamos dizer que ele se suicidou. Em resumo, eu lhe fiz um favor. Para que ele queria viver?

Quando a tripulação deu pela falta de Ireneo, procuraram por ele até na bodega. Quase fui eu a ser descoberto. Mas eu já não dava importância!

Um dos marinheiros encontrou sobre o beliche de Ireneo um papel que dizia: "Não me procurem porque vou me atirar ao mar. Ali acabará o meu sofrimento. Ireneo". O capataz estava feito alguém que perdia um irmão, quando o capitão deu tapinhas em suas costas.

Com o desaparecimento de Ireneo, o capataz se ocupou do macaco e de mim. Ele me trouxe vinho: joguei ao mar. Me trouxe comida: joguei ao mar. Durante cinco dias não pus um pedaço na boca, mas estava fraco, e, envergonhado, comi para não morrer. O capataz me deu o chicote de Ireneo, que tinha punho de prata: sem lhe responder, olhando-o na cara, aceitei.

Quando chegamos à França, chovia. Com a pressa da última hora, o Amendoim ficou no barco. Com a grua, me desceram na caixa, me depositaram no cais de Le Havre. Avistei o Amendoim junto à barra do convés. Gritei adeus.

Na entrada da cidade havia ruínas. Foi ali onde o capataz tirou uma carta amarrotada e anunciou a morte da minha mãe.

Ele andava meio encurvado, porque maldade e deformidade caminham juntas. Tirou a boina e me estendeu a mão. Eu cruzei os braços.

— Sinto muito, de verdade — ele me disse, e acrescentou: — Se você quiser ficar com o Mouro, te dou ele, Bichofeio.

— Eu me chamo Luis — respondi, pensando que os assassinos têm cara de verme.

Partimos para a viagem de Le Havre ao matadouro. Da minha mão caiu o gorro de juta que Amendoim usava no barco. A França estava tão vazia quanto o distrito de Tres Arroyos, mas fazia mais frio. Eu, montado no Mouro, o capataz em um alazão, arrebanhávamos a tropilha. Desde aquele dia odeio os alazões. O trajeto foi comprido, assim como foi comprido o trajeto de Tres Arroyos a Bahía Blanca; nenhuma cerca de espinho-de-jerusalém, nenhum eucalipto nos protegia. Os caminhos arborizados se estendiam até o horizonte. Os povoados tinham ruas retorcidas e estreitas. O céu estava mais longe e eu não reconheci as estrelas. Onde estariam as Três Marias e as Sete Cabrinhas? Já fazia uma semana que estávamos naquele país parecido com o nosso e tão diferente. Estávamos nos aproximando do matadouro. Ouvíamos os bramidos dos animais na manhã. Então, quando a tropilha, subitamente apavorada, compreendendo onde a levávamos, se deteve, arrimei o meu cavalo no do capataz. O que tinha em meu olhar para assustar um homem? Cruzei sua cara com uma chicotada e gritei:

— Por Ireneo.

Soltei a rédea do Mouro, cravei as esporas. Fugi na direção de onde tínhamos desembarcado. Galopei, sem olhar aonde ia, não sei por quanto tempo. Quando o Mouro, banhado em suor, parou, como se as patas se afrouxassem, eu caí em cima de seu pescoço, abraçado. Uma mulher falou comigo. Eu olhava ao longe. A mulher tinha uma pelerine azul. Desci do cavalo e ela pegou as rédeas. Eu desmaiei sobre seu peito, com a cara na pelerine. Acariciando meus cabelos, ela disse alguma coisa em francês, que eu não entendi, mas ouvi as palavras que me disse a minha mãe quando fui para Bahía Blanca: "Fique com a sua mãe", e a voz de Gardel que cantava no rádio do armazém de Tres Arroyos.

O sinistro do Equador

Naquela noite decidiram nos levar ao novo local do "Equador", porque a babá precisava sair. Fazia um ano que o velho edifício havia caído, sobre os garçons, por assim dizer, pois todos pereceram sob os escombros. O acidente aconteceu, não se sabe como, à meia-noite, quando os clientes já tinham ido embora.

Os meus pais iam com frequência a esse restaurante, não porque a comida fosse boa nem porque servissem com rapidez, mas um pouco por rotina, outro pouco porque ficava a cinco quarteirões de nossa casa e era barato.

O garçom que sempre servia os meus pais, conforme eles diziam, tinha um rosto estranho, que lhes ficou gravado na memória; diziam que era difícil para eles descreverem sua aparência, mas que se o vissem entre um milhão de garçons poderiam reconhecê-lo. A única coisa que descreviam com precisão eram as diversas manchas de seu avental e a cor branca de sua cara, que parecia feita de miolo de pão. Havia dias em que tudo o que ele trazia estava falsificado: o arroz parecia fidéus; os fidéus, vagem; as batatas, batatas-doces; as bananas fritas, peixe; a marmelada, purê de beterraba; a água, carne; a carne, vinho. O pior de tudo é que os meus pais culpavam o garçom por esses inconvenientes, e não o cozinheiro, e pensavam que estavam sendo justos, pois como se explicava que as frutas das compoteiras parecessem tão insípidas, que as mexericas e as maçãs fossem como cofrinhos e que a manteiga e o pão tivessem gosto de papelão, como nos pratos de brinquedo? Eles faziam esses comentários achando que eu não escutava, mas uma criança escuta tudo. O garçom se chamava Isidro Ebers.

Quando chegamos ao restaurante "O Equador" eles se assustaram por não encontrar no novo local nem vestígio do que tinha sido o outro. Não havia manchas nas toalhas de mesa, não havia música nem plantas em vasos dourados, não havia balcões, nem rifavam rádios; as paredes eram brancas e os assentos imitavam couro.

Escolheram uma mesa da parede do fundo do salão. Na frente de um espelho nos sentamos. Meus pais passaram entre si o cardápio e debateram por um bom tempo. Minha mãe gostava de comida pesada. Ela se deleita com um prato de ostras ou com uma *carbonada*. Ela gosta de pato com laranja e molho escuro, as lulas em sua tinta e as empanadas com um sem-fim de surpresas, como se fossem pequenas e fedorentas meias de Natal cheias de alimentos. Pediu ostras e *carbonada*. O meu pai às vezes se atrevia a comer uma milanesa. Depois de estudar bem o cardápio, ele disse ao garçom o que sempre dizia nessas ocasiões:

— Me traga arroz branco.

Meu pai ficou pensando por um tempo, diante do avental do garçom:

As manchas dos aventais são todas iguais. Pobre Isidro Ebers. Faz um ano que morreu debaixo daqueles andaimes, daqueles móveis, daqueles pratos caídos, quem sabe com uma compoteira nas mãos. Entre garfos, facas, sopeiras quebradas e calda das compo-

tas, pobre Isidro Ebers. Ele continuou enumerando devagar o seu pedido e com vergonha, porque era um garçom novo quem o estava escutando, e talvez este fosse impiedoso com quem pede comida simples.

— Arroz branco e um bife.

— Sim, já sei — interrompeu o garçom. — Um bife bem cozido com purê de batatas e salada de alface.

Meu pai ergueu os ombros, espantado. Quem era aquele que falava assim?

— Para as crianças — disse a minha mãe —, ovos cozidos, se forem frescos; fidéus e um bife. De sobremesa, queijo fresco e marmelada.

Ela percorreu de novo o avental manchado do garçom para se certificar de que seus olhos estavam vendo direito. Quando chegou na altura da cabeça encontrou a cara pálida de Isidro Ebers, aquela cara que teria reconhecido entre um milhão de caras. Olhou-o, olhou suas mãos: eram as mesmas mãos avermelhadas com as unhas comidas.

Isidro pegou meu casaco e o colocou no cabideiro; o mesmo fez com os outros casacos. Depois desapareceu pela porta do lado direito, onde deviam ficar as cozinhas.

A minha mãe exclamou para o meu pai com os olhos descomedidamente abertos e em voz baixa:

— Isidro Ebers!

— Não estaremos sonhando? — respondeu meu pai.

Começamos a rir.

— O que está acontecendo com vocês? Por que estão tão espantados? Quem é Isidro Ebers? — eu perguntei à minha mãe, sabendo quem era.

— Isidro Ebers é o garçom que está nos servindo — ela disse.

— E o que tem de extraordinário? — perguntou o meu irmão.

— Nada — minha mãe disse.

— O que tem de extraordinário é que todos os garçons morreram faz um ano no acidente que aconteceu no outro lugar. E entre eles estava Isidro Ebers. É preciso dizer as coisas como elas são — disse o meu pai, furioso.

— Não acreditem nele — acrescentou minha mãe. — Ele é um mentiroso.

Rimos.

— Ele tem cara de morto — disse meu irmão, olhando para a direção por onde o garçom tinha desaparecido. — Vamos perguntar a ele se é verdade que ele morreu ou se é mentira.

— Amanhã você não vai ao cinema — disse a minha mãe. — Mal-educado!

Depois de um tempo apareceu Isidro Ebers, trazendo uma travessa. Meu irmão perguntou:

— É verdade que todos os garçons morreram no acidente que aconteceu faz um ano no outro restaurante?

O garçom respondeu sem mudar de cor:

— Todos morreram. Todos os meus companheiros. Nenhum se salvou.

— Isidro Ebers?

— Isidro Ebers também morreu.

Continuamos comendo. O garçom ia e vinha com rapidez, mas nos trazia as travessas com extrema lentidão. Tinha se esquecido de pedir para tostar o pão. A minha mãe disse:

— É melhor não falarmos com ele.

— Por quê? — disse o meu pai.

O garçom desapareceu correndo e voltou devagar com uma pilha bem alta de torradas; depois de deixá-las na mesa, ele disse intempestivamente:

— Isidro Ebers demorou mais do que os outros para morrer, porque ficou preso por seis horas entre duas vigas grossas, que tinham caído e que apertavam a sua cintura. Foi o último abraço que recebeu na vida.

O garçom buscou uma cadeira e se sentou entre nós. Continuou falando:

— Ele viu a noite toda o voo dos morcegos que o assustavam quando era pequeno. Como depois de uma batalha, os garçons estavam estirados no chão, com facas nas mãos.

— Não fale essas coisas na frente das crianças — disse a minha mãe, furiosa. — Eles não vão dormir à noite!

— A morte é para todos, para adultos e crianças, senhora — prosseguiu o garçom. — Os balcões estavam intactos, as mesas, os cabideiros e as cadeiras estavam alinhadas como em um grande campo de batalha onde os ratos corriam; porque vocês devem saber, senhores, que no antigo local os ratos abundavam. Ele viu sair o sol e ouviu as badaladas das cinco, das seis... e depois pôde, por fim, sair das vigas que o abraçavam. Foi até a sua casa, não encontrou ninguém; estava sendo velado na garagem. Foi até a garagem. No fundo de um cômodo comprido, sua mulher chorava inconsolavelmente; ele quis abraçá-la e ela sem vê-lo perguntou à sua pequena sobrinha: "De onde vem essa corrente de vento gelado?". A sobrinha, aproximando-se, respondeu: "Tia Etelina, as portas estão fechadas". E depois de um tempo disse em voz baixa: "O que faríamos se o tio Isidro ressuscitasse?". "Minha filhinha, não me assuste. Você é muito nova para saber o que é a morte. Este caixão foi o mais luxuoso que encontrei", e ao dizer essas palavras se aproximou do caixão e acariciou com o indicador o desenho de bronze sobre a madeira, para distrair a sobrinha.

— Mas o senhor, como se chama? — interrompeu o meu irmão, entusiasmado.

— Eu me chamo Isidro Ebers.

Neste instante veio o *maître d'hôtel*, todo vermelho, e se dirigindo ao garçom disse:

— O que o senhor está fazendo aqui? Por que não está servindo?

— Mas estamos falando de Isidro Ebers — protestou meu irmão.

— De acordo com os regulamentos — disse o *maître d'hôtel*, dirigindo-se à minha mãe —, os garçons não estão autorizados a se sentar às mesas onde estão os clientes, a não ser quando se tratar de um desmaio ou de um falecimento. Nesse caso pede-se à vítima que se deite no chão, para não permitir abusos. Prevê-se também o caso de um encontro familiar, pai, mãe ou irmãos. Nessas circunstâncias será mister (diz o regulamento) que o garçom escolha outro restaurante para encontrar com a sua família.

— Tem razão — disse minha mãe, interrompendo o *maître d'hôtel*.

— Mas Isidro Ebers morreu. Já faz um ano que morreu — respondeu meu irmão, indignado.

— Não importa. Não estamos falando de casos pessoais. Trata-se da equipe e dos regulamentos que todos devem respeitar — e se dirigindo ao garçom, que não tinha se mexido da cadeira, ele gritou: — O senhor está despedido.

O garçom sorriu de leve, esperou que o *maître d'hôtel* fosse embora e nos disse:

— Isso acontece todos os dias.

Levantou-se e nos trouxe a sobremesa. A sobremesa era feita de uma açucarada nuvem de suspiros. Depois de deixar a travessa na mesa, tirou um cartão de seu bolso.

— Vou dar a vocês o meu endereço — ele nos disse, escrevendo apressadamente com um lápis.

Para alfinetar os meus pais, entregou o cartão para mim, sem me olhar. Vislumbrei em letras pretas seu nome: Isidro Ebers. Setor E, número nove. Cemitério de Chacarita.

— Se alguma vez quiserem comprovar a miséria em que vivo, nem uma flor! — ele disse.

A minha mãe arrancou de mim o cartão, mas eu sabia o endereço de cor. Olhei para o meu irmão. Cheguei até ele através de uma longa ponte de olhares assustados. Éramos partidários de Isidro Ebers e resolvemos, embora estivesse morto, ir visitá-lo. Não dormimos a noite toda.

O médico encantador

Com os bolsos repletos de bombons em forma de pombas, de ratos Mickey, de anõezinhos, de coelhos, dos que me oferecia um antes de me auscultar, outro depois de examinar a minha garganta, baixando a minha língua com o cabo de uma colher de sobremesa, outro, o menos cobiçado e o mais pegajoso de todos, ao se despedir, me lembro de Albino Morgan. Era o nosso médico. O médico da minha infância, da minha adolescência, da minha família, da vida toda. Naquela época, o início de sua carreira, e lá se vão quinze anos, ele se especializava em crianças e era muito jovem, mas me parecia velho porque usava óculos verdes, barba comprida, lenço amarrado ao pescoço (o que lhe dava uma cara de dor de garganta) e a maletinha do medidor de pressão, que levava debaixo do braço como se fosse uma caixa cheia de ovos ou de xícaras de porcelana muito finas. Para conquistar as crianças, antes mesmo de olhá-las, ele auscultava alguma estatuetazinha, alguma figura em um quadro, desses que nunca faltam nas casas, dirigindo-lhes palavras carinhosas, como se se tratasse de seres reais. Mirta, que vinha brincar comigo depois da aula, embora não estivesse doente, recebia dentro da boca a sua balinha. Como um padre que dá a hóstia, segurando-a entre o polegar e o indicador, Albino Morgan administrava a guloseima; dirão que o gesto denotava perversão sexual, indício de outras depravações, mas eu não acredito nisso. De brincadeira, e porque meus pais admiravam suas brincadeiras, ele lhes dizia: "Sou especialista em crianças porque as crianças se contagiam mais facilmente. Posso levar a cinquenta casas a doença de uma só criança que visito". Se tivessem adivinhado a secreta verdade dessa frase, meus pais não teriam rido.

Muitas vezes ouvi as minhas tias discutirem sua eficiência, sua honestidade, sua sabedoria, e falarem com certo temor mal dissimulado ou falso desdém sobre o que chamavam de a originalidade ou a excentricidade de Albino Morgan. Eu tratava de não escutar esses diálogos odiosos, que me afundavam na maior das confusões: por causa deles eu chegava a duvidar de tudo, até da existência de Deus. Pois como eu não havia de duvidar, sem perder a fé em todo o resto, do médico que os meus pais veneravam, que me auscultava dos pés à cabeça, conseguindo que ressoasse o meu abdômen feito um tambor, que fazia as minhas pernas e braços pularem com uma simples batidinha, que escutava o coração ou as artérias através de instrumentos parecidos, um a um telefone e outro a um relógio, que proibia alimentos e prescrevia gotas azuis, vermelhas ou verdes, injeções, xaropes, enemas de leite, sem vacilar? Por ordem de Albino Morgan, quando criança nunca tomei remédios repulsivos como óleo de rícino ou magnésia, e sim aqueles com sabor de morango, incomparavelmente mais agradáveis. Sob sua influência, os pacientes se apaixonavam pelas doenças. Conheço uma senhora que chorava ao vê-lo; talvez ela soubesse que com o doutor Morgan em sua casa entrava ao mesmo tempo alguma interessante enfermidade que lhe rejuvenesceria a alma. Com uma camisola rosada e um xale que tinha lhe dado de presente sua amiga íntima, gozava de um bem-estar imponderável esperando a visita de seu médico. O meu avô, que era neurastênico, achando, apesar de sua longevidade, que cada dia era o último de sua existência, na frente dele se dedicava às piadas. Quando o médico lhe dizia, referindo-se à sua enfermidade: "Vai passar, vai passar", ele respondia: "vai passar, vai passar, mas o último vai ficar", como dizem as crianças quando brincam de Martín Pescador. Albino Morgan, com sua mania de dizer a verdade em forma de brincadeira, me fazendo cosquinhas, me chamava de "porquinho-da-índia"; e, com efeito, eu fui um de seus primeiros e prediletos porquinhos-da-índia.

Em determinado momento começou a variar de forma excessiva os remédios. Não sei quando nem como deu início às suas inovações terapêuticas, nem como as concebeu, mas percebi uma mudança em sua atitude, em sua maneira de falar. Foi por causa do amor que desenvolveu? Acho que não. Seu noivado com Mirta, que era tão mais jovem que ele, o perturbou? O amor transforma os seres, não tenho dúvidas, mas no caso de Albino Morgan foi diferente: ele transformou o amor, ao menos o amor de Mirta.

Todo mundo já sabia que na casa em que entrava Albino Morgan entravam as mais variadas doenças: as pessoas que não confessavam isso abertamente soltavam uma risadinha quando alguém mencionava o fato, como se se tratasse das travessuras de uma criança mimada a quem se perdoa qualquer coisa. Como quem leva um buquê de flores ou uma caixa de bombons a uma casa, Albino Morgan chegava com o vírus que disseminava. Apesar disso, cada paciente aguardava sua visita com impaciência: queriam vê-lo sorrir na porta de entrada, vê-lo se sentar ao lado da cama (embora ele lustrasse a ponta do sapato com a colcha), falar e dar palmadas no ombro de um pai ou de uma mãe satisfeita ou acariciar a testa de um enfermo ou distribuir aqueles bombons que ele tirava do bolso. Bastava que estendesse a mão para proibir o sal ou o açúcar na alimentação; os pacientes mais rebeldes lhe obedeciam. Bastava que cruzasse uma perna para receitar enemas: os pacientes menos resignados aceitavam sem se queixar do sacrifício. Bastava que acomodasse a gravata para ordenar uma dieta de uma dúzia e meia de bananas por dia: o paciente mais inapetente não hesitava, radiante, em comprazê-lo. Bastava que pronunciasse palavras ininteligíveis para que o paciente mais são ficasse com febre ou mal-estares gástricos.

Por meio de um manômetro gerador de raios, ou com balas ou com o termômetro que colocava na boca do paciente (jamais no reto, nem na axila, nem entre as pernas), dizem que ele propagava as doenças. Tratava-se de vírus, como eu disse antes, que ele cultivava na intimidade de sua própria casa: um de seus colegas, amigo meu, me garantiu. Me lembro do nome das doenças que ele mesmo batizou e dos sintomas, que vou enumerar e detalhar.

Colmeais noturnos: o colmeal noturno se manifestava com uma leve dor de cabeça, com tonturas que se prolongavam durante a noite sobre as têmporas até englobar toda a cabeça do paciente. Um zumbido semelhante ao que circunda e espalha uma colmeia em dias de calor atormentava os ouvidos. Se alguém se aproximasse do doente, podia, em algum momento, ouvir esse zumbido, pois talvez fosse projetado pelo ar ao sair dos lábios secos e contraídos pela enfermidade. O paciente acreditava ver na escuridão, em tons de um amarelo violento, o que à primeira vista poderia nos parecer uma visão agradável: um favo perfeitamente desenhado. Ao mesmo tempo sentia na boca um gosto de mel que o obrigava a beber água sem interrupção. Acendendo a luz, a intensidade da visão se moderava; em seguida, com a subida inevitável da temperatura, começavam os pesadelos, e todos tinham a ver com mel. Alguns sonhavam que das torneiras da pia do banheiro, em vez de água, saía mel. Outros, para aplacar uma sede intensa, tomavam um copo de mel. Outros se aproximavam de um mar espantosamente sereno e amarelo, onde um barco se afundava com dificuldade: o líquido, é claro, era mel. Mulheres coquetes penteavam sem parar os cabelos de mel, que elas não podiam prender com nenhum grampo.

Cromosis tecidual: esta era outra das doenças que ele disseminou nos bairros mais elegantes de Buenos Aires. Tinha um sintoma em comum com a anterior: a insônia. Em lãs de cores vivas, o paciente bordava em sua imaginação a vida de seus antepassados; o esforço que fazia para se lembrar dos detalhes mais tediosos da vida de pessoas que conhecia só de fotografias o obrigava a acender a luz para procurar na mesinha de cabeceira, como se estivesse ali a lã cinza, a lã marrom, que convinha para bordar esta ou aquela passagem de uma biografia. O esforço, precedido de uma dor aguda no estômago, deixava prostrado o doente, que não conseguia conciliar o sono. Se o paciente era do sexo masculino, pensava: Sou homem, não deveria me dedicar a essas tarefas absurdas. Se era do sexo feminino, pensava: É ridículo não conseguir descansar nem de noite. Não sou uma menina de orfanato; quem me obriga a fazer esse trabalho? Se fosse um padre, pensava: Seria melhor fazer um ex-voto ou pintar Nossa Senhora a óleo.

Astereognosis insone: nem uma dor de cabeça ou de estômago caracterizava essa doença mais incômoda, mas menos atordoante que as outras. Os sintomas se manifestavam apenas de noite, sem luz, ou na escuridão total de algum quarto em horas diurnas. O doente não reconhecia o objeto que apalpava. Em um dos casos, um homem procurando fósforo confundiu a mesa de cabeceira com o peito de sua mulher; em outro, uma mãe confundiu a cabeça de seu filho com um melão e quase o pôs na geladeira. Mas muito mais terrível foi a história, que todo mundo conhece, daquela namorada de dezesseis anos, perdida no bosque de Palermo com seu namorado, na noite em que os garotos apedrejaram o último poste que tinha uma lâmpada e que ao mesmo tempo, deixando o bosque às escuras, as nuvens cobriram a lua, que mal iluminava os galhos mais perigosos das árvores.

Não temos que acreditar, e isto eu digo às pessoas mais apreensivas, que todas as doenças são horríveis. Albino Morgan me explicou um dia que essas maravilhosas folhas, acho que são de begônia, listradas de vermelho ou de amarelo ou de violeta, que as donas de casa escolhem para enfeitar seus lares, são bonitas porque estão doentes. Sobrou para mim, como para as begônias, ter uma doença que me deixa encantador, ao menos diante dos olhos de Mirta. Ao inocular em mim esse vírus, Albino Morgan não previu o funesto desenlace! Eu sou calado por natureza. O mal do qual sofri por dois anos e que me uniu a Mirta indissoluvelmente, chamado *labiagnosis*, não era desagradável, mas às vezes incômodo, pois os sintomas não tinham horário. Desde o momento em que eu sentia uma pontada aguda no centro da minha testa, até que cessasse a dor — duas horas — eu falava sem parar, com uma eloquência imponderável. Ouvi gravações dessas tardes, que Mirta conserva, de fato comovedoras. Para mim é difícil reconhecer minha voz nelas, embora digam que ninguém reconhece sua própria voz gravada. Se os sintomas da minha enfermidade tivessem se manifestado com horários convenientes, eu poderia dar conferências e ganhar dinheiro, já que tive que abandonar o meu emprego na Biblioteca Nacional, pois eu não deixava ninguém ler.

Graças a todas essas circunstâncias, à minha eloquência e ao abandono do trabalho, que me deixava horas livres para me dedicar ao amor e à contemplação, Mirta se apaixonou por mim. Colegas de infância, era natural de certo modo que nossa amizade se tornasse sentimental, em seguida apaixonada. Algumas pessoas, quando falam, se esquecem do essencial e são eloquentes apenas mentalmente, no silêncio. Eu me lembrava de tudo, até latim e grego, quando falava. Essa inusitada lucidez deixou Mirta encantada, e ela rompeu seu compromisso com Albino Morgan para me dar o seu amor.

Albino Morgan tentou inocular em si mesmo a doença admirada e depois, em vão, de todas as formas, tentou me curar. Não pôde realizar isso a tempo, pois quando conseguiu, se é que foi ele quem conseguiu, e não meu próprio organismo, Mirta já me amava para sempre! Às vezes uma pessoa ama a outra em memória do que foi.

O incesto

Para Juana Ivulich

Eu ainda gosto de bonecas! No meu quarto, sobre uma colcha de macramê, estava sentada a minha predileta, a última que me deram de presente, a mais bonita de todas.

— Eu queria ter uma menininha e não um menino — eu costumava dizer ao meu marido, pensando em alguma boneca.

Eu sempre ouvia uma resposta carinhosa:

— Você vai ter. — E em seguida a recomendação habitual: — Não se canse —, quando eu saía de casa e pegava o bonde na esquina. Outro marido tão bom como o meu não deve existir em Buenos Aires inteira!

Eu estava grávida e a alegria, a infalibilidade e o espanto da perspectiva talvez me impedissem de sofrer os mal-estares de outras mulheres quando estão grávidas. Além disso, a minha afeição pela costura não me deixava desfalecer. Eu precisava acudir todas as manhãs ao ateliê de Dionisia Ferrari, onde aprendia a cortar e a coser, com outras moças da minha idade, durante o inverno. Eu tinha a impressão de conceder um prazer às minhas mãos quando manipulavam as tesouras, as agulhas e os alfinetes:

um prazer do qual com frequência eu estava excluída, pois meu pensamento preocupado com outras coisas me desvinculava do meu corpo. Às vezes, pelas tardes, dona Dionisia, que me tratava como uma mãe, me servia chocolate com leite e baunilha. O prazer sentia o meu paladar e o meu estômago, e não o meu verdadeiro eu. Enquanto eu lambia os lábios gulosos, essa preocupação, que ia aumentando feito uma doença, me corroía.

Será que a infelicidade dos outros deve ser também a nossa? Será que devemos nos sentir sempre tão solidários com o gênero humano? Eu atribuía o meu estado de sensibilidade ao fato de estar grávida. O que poderia me importar o drama que se desenvolvia na família de Dionisia Ferrari? Se por um lado Dionisia me tratava como uma mãe, me dando chocolate com creme e baunilha à tarde, me oferecendo, para costurar, um lugar perto da janela, às vezes me emprestando seu dedal de ouro com perolazinhas e sua tesoura de alfaiate, a verdade é que ela não se preocupava com que o meu marido perdesse o emprego, que a minha mãe tivesse flebite. É preciso que se vejam as coisas como são: no fundo era vingativa por motivos egoístas. Eu ia ser mãe e talvez tudo o que acontecia a uma mãe ou a uma filha tinha, de certo modo, que me preocupar, e como todas as mulheres são mães e filhas, eu me preocupava com todas as mulheres, coisa que nunca tinha me acontecido, pois antes a humanidade me era indiferente.

O ateliê de Dionisia ficava na Calle Necochea, na Boca. A casa era amarela como o sabão de lavar o chão, tinha uma grade pintada de preto, com adornos de bronze, e no jardim de entrada, duas palmeiras com penachos tristes, que se agitavam com o vento, davam a ilusão de varrer as nuvens do céu quando havia tempestade. Em frente à casa ficavam os quartos dos parentes de Dionisia; nos fundos, atrás de um quintal com numerosas plantas, as dependências de Dionisia e de sua família, que se reduziam ao ateliê de costura, separado por uma cortina florida do quarto estreito e comprido.

Inutilmente eu tentava me distrair quando voltava para casa. Lia *Caras y Caretas*. Sou aficionada pela leitura. Gastei mais vela lendo que rezando, não tenho vergonha de dizer. Sou franca e falo as coisas feias, com naturalidade. Nas fotografias eu olhava a rainha Ranavalona Manjaka, a ex-rainha de Madagascar, com seu rosto preto, vestida com tanta elegância, em uma carruagem, passeando pelas ruas de Paris, e eu não achava engraçado. Olhava o ganhador do primeiro prêmio de corrida de automóveis Paris-Berlim, sem espanto. Olhava o *paletó* da última moda para senhoras do Palácio de Cristal: eu não teria dado nem um passo nem um *peso* para possuí-lo. Olhava o retrato da pobre sequestrada de Poitiers: não me horrorizava. Não me dava vontade de estar em Nápoles, para a festa de San Genaro. Eu lia com indiferença as recomendações para as mães: "O estômago é o condutor do sistema nervoso". A estreia de *Nero*, pela Companhia da Guerrero, não despertava a minha curiosidade. O umbuzeiro onde habitava o eremita Witner, em San Nicolás de los Arroyos, não me impressionava nem um pouquinho; *Casacos para senhoras*: ao ver os anúncios eu não ambicionava ter nenhum. Digo a verdade. Eu olhava o relógio de sol do *bañado** de Flores, em uma fotografia: eu não teria dado um centavo para vê-lo pessoalmente. O padre Fabricci, mediador de moeda falsa, não me escandalizava. "Será que estou doente?", eu perguntava a mim mesma.

Não fosse pelas confidências de Dionisia, eu não teria percebido o que estava acontecendo nessa casa onde eu trabalhava.

Horacio Ferrari não amava a sua mulher. Não dormia com ela, preferia se deitar em um catre incômodo, junto à janela, para

*Antiga área alagada no bairro de Flores, em Buenos Aires. (N. T.)

evitar a promiscuidade de seu corpo. Diziam as más línguas que o dinheiro que tinha ele dilapidava jogando. Jogando o quê? Nunca vou saber! Rinhas de galos, corridas de cavalos, cartas? Dionisia chorava de manhã até a noite. Horacio era bonitão, até demais, o que impedia que eu não fosse com sua cara ou que pensasse mal dele. Seu rosto era nobre e tranquilo e seus trejeitos, corretos.

Sempre que o casal estava junto, discutia. Os motivos de discórdia não tinham maior importância. Uma vez foi por causa da estrela do escudo da casa de governo: se ela tinha oitocentas ou novecentas luzes ocupou uma parte do exaltado diálogo. Outra vez foi por causa do estabelecimento do Rei do Som: se ficava no 220 da Calle Florida ou no 340 pareceu questão de morte. Outra vez foi por causa da notícia que saiu em uma revista, sobre uma gata que deu à luz cinco gatos e três cachorros: o casal Ferrari não concordava sobre o número de cachorros ou de gatos que tinham nascido. Mas tudo acontecia, na minha opinião, por culpa de Livia. Livia tirava assunto disso e daquilo e de mais outra coisa para perturbar a tranquilidade de seus pais. Não digo que fizesse de propósito, era inocente porque tinha doze anos, mas a questão é que nesse lar não havia paz. Eu mesma comecei a me sentir culpada. Sou preocupada, me ensinaram a ser na infância, quando urinava na cama.

Horacio com frequência sentava-se ao meu lado para me ver costurar. Eu ficava nervosa. Felizmente Livia sempre estava conosco. Horacio a beijava enquanto me olhava, como que dizendo: “Estou beijando Livia, mas na minha imaginação, é você que beijo”. Um dia cortei o dedo com a tesoura. Horacio, sério como de costume, fez uma coisa inacreditável: pegou a minha mão na sua, olhou o meu dedo, que tinha uma ferida feito uma boca aberta, e me disse:

— É preciso chupar o sangue todo para não infeccionar.

Em seguida enfiou meu dedo em sua boca para chupar o

sangue. Senti o calor molhado de sua língua e estremeci. Nessa hora pensei que Horacio se assemelhava muito a um animal, e senti nojo. Fiquei ruborizada e Livia começou a rir, como se lhe fizessem cosquinhas. Limpei a minha mão na saia e continuei costurando como se nada tivesse acontecido, mas sentia o olhar de Horacio ardendo sobre a minha nuca. Esse olhar úmido e brilhante que faria lembrar para o resto da vida a maciez cálida do interior de sua boca. Eu o olhava já sem vê-lo e o via sem olhá-lo. Nenhuma aproximação de coquetismo houve em mim. Se ele se apaixonou não foi culpa minha. Muitos maldosos dirão que eu tentei seduzi-lo quando, atrás do biombo ou na frente dele, no quarto de costura, por ordem de Dionisia, eu punha as roupas suntuosas que as clientes encomendavam; e depois, enfeitada com vestido de baile, de amazona, de noiva ou de viúva, eu dava uns passos na frente do espelho, para que pudesse eu mesma comprovar que tudo estava em ordem: o laço, a roda, as rendas do pescoço, os punhos do vestido. Acho que as outras moças tinham inveja de mim, pois como eu deveria interpretar a atitude que assumiram no dia em que pus a cópia do vestido da artista francesa Henriot, que tinha morrido fazia dois meses no incêndio do Teatro da Comédia? Eu tinha gritado de um terraço ao ver o enterro escandalosamente luxuoso: "Fora, brancura e flor-de-laranjeira", até que os guardas fizeram eu me calar. Pensei: essas moças sabem que eu não sou partidária da francesa louca, nem de seus admiradores, que morreu para salvar seu cachorro, então por que me lançam olhares severos e não falam comigo ao me ver com o vestido da francesa? Por inveja e nenhuma outra razão. Meu corpo é esbelto apesar de eu estar grávida; tenho uma cintura de vespa e a minha estatura é mediana, mais alta que o comum das mulheres argentinas. A minha mãe diz que me destaco pela minha silhueta.

Tive um filho. Por um ano, para cumprir com as minhas obrigações maternais, não fui ao ateliê de costura. Quando voltei à casa dos Ferrari, nada tinha mudado. Retomei o meu trabalho. Dionisia, Horacio, Livia me trataram como sempre. Meu amor por Horacio tinha crescido.

Um dia, que jamais vou esquecer, Dionisia me levou a um canto e me disse:

— Tenho que falar com você. Vamos sair hoje às cinco. Vou dizer que vamos comprar tecidos e fitas.

Dionisia nunca teve que dar explicações sobre as suas saídas. Nos vestimos para sair, ambas nervosas. Na rua, longe de casa, Dionisia falou:

— Você sabe que Horacio é um homem estranho, um depravado — covardemente eu assenti com a cabeça. — Não ligo que ele me engane, mas que ande atrás da própria filha é um pecado mortal, que não tolero.

Covardemente me escandalizei. Eu sabia que Horacio estava apaixonado por mim e que usava a filha para disfarçar.

— Em quatro semanas — ela prosseguiu — vou fugir de casa com Livia. Vamos para a Espanha. Você tem que ir comigo ao porto. Vou dizer que vou me despedir de uma amiga. No último momento vou me esconder para que ninguém me veja. Tenho aqui as passagens. Vou embarcar no *Marsella*.

Ela tirou do sutiã um envelope, abriu-o e me mostrou os documentos. Eu podia dispor de quatro semanas para defender Horacio, dizendo simplesmente a verdade. Para declarar a sua inocência, eu tinha que me acusar. Eu não disse nada. Dionisia confiava em mim. Me amava talvez mais que à sua filha, que era uma oferecida.

No dia em que saía o barco fui mais cedo que de costume à casa de Dionisia Ferrari. Debaixo da cama estavam escondidas duas malas, a pouquinha roupa das viajantes. Avistei Horacio tomando café da manhã, antes de sair para o trabalho. Duas horas depois fomos de automóvel ao cais. Tremendo, esperei que saísse o barco. Debaixo da minha sombrinha aberta escondi as lágrimas, que queimavam os meus olhos.

A cara na palma

Ontem à noite, perdão, na noite anterior, às quatro e meia da manhã, quando você veio buscar o envelope com os endereços que dona Upinsky deixou debaixo da mão da aldraba de bronze (conforme tínhamos combinado, para não ter que te entregar pessoalmente), eu estava acordada e ouvi os seus passos no piso do corredor. A minha vida se rege de acordo com os seus passos. A casa inteira estava dormindo, a não ser o cachorro, com suas grandes orelhas douradas, que também te ouviu. Me faltou coragem para abrir a porta e sair ao seu encontro, como podia fazer. Me perdoe e me compreenda. Na hora em que todo mundo dorme acontecem as coisas mais maravilhosas e as coisas mais terríveis do mundo. As pessoas são capazes de matar alguém, são capazes de revelar qualquer segredo!, são capazes de se afastar de quem mais se ama para roubar um anel de diamantes ou uma rosa de cristal; são capazes de fugir, de fugir sem rumo e de esperar a aurora achando que se apaixonaram por alguém que não voltarão a ver, são capazes de atravessar o fogo por uma pessoa amada, sem morrer. São capazes de revelar qualquer segredo a essa hora, te garanto. Menos eu! Eu não queria revelar a você nenhum segredo, nem sequer queria te explicar por que uso uma luva na mão esquerda. Não. Não sou leprosa, eu teria te contado. Eu queria ouvir os seus passos subir e descer a escada. Você teria demorado, com problemas pessoais. A essa hora as pessoas são, ou têm a sensação de estar livres, mas ninguém, a não ser você, sabe ser livre quando se é culpado. Tenho que te fazer uma confissão, já faz um tempo que eu tenho que fazê-la. Tenho na palma da mão esquerda uma cara que fala comigo, que me acompanha, que me combate; uma cara pequena como um baixo-relevo, que ocupa o lugar em que devem estar as linhas das mãos. É um defeito de nascimento. Por mais sozinha que eu esteja, jamais estou sozinha. Por mais certa que eu esteja de uma coisa, jamais estou, pois essa pequena voz sempre contradiz meus mais íntimos pensamentos como se fosse uma inimiga. Temos convivido por dezoito anos; ainda não consegui me habituar a ela. Se você está notando certa incoerência em minhas palavras, não se assuste: tudo será esclarecido quando você responder com ritmo rápido ou pausado a pergunta que te fiz na última vez que nos vimos de longe, na confeitaria "Los Alfeñiques", na hora do café da manhã. Não faça conjecturas. Não pense mal de mim. Não pretendo despertar a sua curiosidade e me aproveitar dela para que você me diga o que jamais quis me dizer. Você amaria uma mulher maneta? Para ser franca, te aviso que não confiarei em você se você não confiar em mim.

Enquanto elaboro as minhas flores, no ateliê da Calle Uspallata, penso invencivelmente em seu modo de caminhar, mas a voz terrível me diz que você tem passo de soldado com pregos nas solas e que as flores que faço parecem insetos. Para me torturar, ela passa-lhes a língua ou as morde. As pessoas dizem que nunca fiz flores tão bonitas. Não sabem que estão feitas com o som dos seus passos sobre as lajotas, a madeira ou o mármore.

Não sabem que estão feitas com palavras de censura. Fiz tantas flores na minha vida que agora posso fazê-las de olhos fechados. Eu as fiz de algodão, de celuloide, de alumínio, de plumas, de pano, de cera, de miçangas, de veludo, de espelhinhos, de tarlatana, de fios (como faziam antigamente). Agora as faço mais econômicas: de papel Kraft, de papel-manteiga, de papel-jornal (de jornais velhos), de serpentinas, quando chega o Carnaval.

Aurelio: você não sabe o que é a vida de uma mulher que trabalha, com uma voz inimiga que lhe sopra palavras ao ouvido, quando está preocupada e escuta passos amorosos no andar de cima. Você não sabe como me dói o ir e vir das pessoas, no salão de vendas, onde brilham os lustres e os espelhos. Ontem fiz um buquê para uma noiva. Me devolveram, porque em uma das pétalas dos ciclames tinha caído uma mancha de tinta, uma mancha imperceptível, te juro (culpa desta caneta-tinteiro com a qual te escrevo e culpa do meu anseio para te escrever). Depois soube que a noiva exibiu um horrível buquê de flores verdadeiras, que em menos de cinco minutos, como era de se esperar, murchou entre suas mãos. Antes de ontem a madame de Upinsky me parabenizou pessoalmente pela floreira que preparei para o aniversário dela. Ela diz que as flores verdadeiras, nunca perfeitas, murcham logo e cheiram a cemitério, que as minhas se conservam sempre bonitas, com um suave perfume de lilás. É uma senhora inteligente: fala como um livro de filosofia.

A irmã Camila, do Coração de Jesus, me pediu flores de seda para o altar-mor, pois a madame de Upinsky lhe tinha dado o meu endereço. Nunca vou te agradecer o suficiente que tenha me iniciado nessa arte de fazer flores artificiais (com seus pacientes conselhos), quando me encontrou na rua, desvalida, faminta, pedindo esmola. Em parte era culpa minha, eu sei: eu tinha fugido de casa, mas quem desouve uma voz que aconselha a todo momento a fuga? Me lembro com detalhada clareza nossos diálogos: eles me fascinavam, porque estavam me salvando de uma tremenda inércia, do definhamento, da morte, talvez. Com que orgulho entreguei a sua carta de recomendação à madame Okinamoto, para que me empregasse em sua casa! Com que alegria comecei uma nova vida! Agora vou te contar como esperei o ano novo: foi em uma casa de campo. Haviam arrumado quatro mesas sobre a grama; cada uma tinha no centro uma arvorezinha com velas acesas. Comemos uma série de manjares cujas cores me deixavam maravilhada; predominavam as cores rosadas; o azul-claro não era comestível. Brindei com todo mundo para festejar o ano novo; intimamente brindei com você. Dançamos até as cinco da manhã. Três palhaços fizeram números e eu só ri porque tenho a vista ruim. Quando vi o sol sair, me entristeci um pouco, ao voltar para a cidade. A aurora do campo é límpida, mas a aurora da cidade é suja, cheia de telhados e de baratas que se escondem debaixo das banheiras.

Será que você me esqueceu? Me consola a ideia de poder te mandar, em breve, um amor-perfeito (cujas pétalas levarão, em letras de ouro, as suas iniciais); é uma das minhas novas criações: você vai colocá-la entre as folhas de algum dos livros que você sempre tem na mesa de cabeceira. Ao me esquecer, pelo menos não vai se esquecer dessa pequena obra elaborada por minhas mãos, se você ainda for amante da leitura e das flores artificiais.

Se um dia você me vir chegar com a manga do vestido vazia, como esses guardas aleijados das praças, saberá que estou disposta a me casar com você; mas se você me vir me afastar como sempre, aparentemente normal, com essa luva de pano na mão esquerda, entenda que eu, sua admiradora, vivo ouvindo em mim a voz de alguém que te odeia.

Os amantes

Na carteira de plástico ele levava o retrato dela, vestida de odalisca. Ela, em sua mesinha de cabeceira, tinha o retrato dele com trajes de recruta.

A família, o trabalho, os horários das refeições e do sono confabulavam para que não se vissem com frequência, mas esses encontros esporádicos eram rituais e aconteciam sempre no inverno. Primeiro compravam doces, depois os saboreavam sob as árvores feito crianças que levam a merenda.

A ansiedade é uma forma de felicidade que beneficia os apaixonados. Através de um labirinto de dias, de cacofônicas comunicações telefônicas, que pareciam não chegar nunca ao fim, e depois de descartar outras possibilidades, eles sempre escolhiam, para o lugar dos encontros, a confeitaria "Las Dalias", e um domingo. Ela levava como abrigo uma manta felpuda, escocesa, que era de grande utilidade. Na frente da fachada da confeitaria eles se cumprimentavam sem se olhar, cerimoniosamente confusos. As pessoas que não se veem com frequência não sabem o que dizer uma à outra; isso é uma verdade.

"Talvez em um cômodo bem escuro ou em um automóvel a grande velocidade" — pensava ele — "perderia minha timidez." "Talvez em um cinematógrafo, depois do intervalo, ou acompanhando uma procissão, eu saberia o que lhe dizer", pensava ela.

Depois desse diálogo interior, eles entraram na confeitaria, como faziam sempre, e compraram oito fatias de bolos diferentes. Uma parecia o monumento dos espanhóis, com penachos de creme cada um de uma cor e frutas abrilhantadas formando flores; outra parecia uma renda, era misteriosa e bem escura, com adornos lustrosos de chocolate e de suspiro amarelo, salpicado de drágeas; outra parecia um pedestal de mármore quebrado, era menos bonita só que maior, com café, creme de confeiteiro e nozes prensadas; outra parecia parte de um cofre, com joias incrustradas nas laterais e neve na parte de cima. Quando pagaram e o embrulho ficou pronto, foram à Recoleta, à restauração do muro do asilo de anciãos, onde se refugiam as crianças que quebram lampiões e os mendigos que lavam a roupa na fonte. Ao lado de uma árvore decaída, com galhos que fazem as vezes de balanços e de cavalos para as crianças que se balançam, sentaram-se na grama. Ela abriu o embrulho e tirou a bandeja de papel em que brilhavam, já um pouco amassados, o creme, os suspiros e o chocolate. Ao mesmo tempo, como se cada um projetasse no outro seus movimentos (misterioso e sutil espelho!), pegaram com uma mão primeiro, depois com as duas, a fatia de bolo com penachos de creme (monumento dos espanhóis em miniatura) e a levaram à boca. Mastigavam em uníssono e terminavam de engolir cada pedaço ao mesmo tempo. Com idêntica e surpreendente harmonia, limpavam os dedos nos papéis que outras pessoas tinham deixado jogados sobre a grama. A repetição desses movimentos os comunicava com a eternidade.

Terminada a primeira fatia, voltaram a contemplar o restante das fatias na bandeja de papel. Com amorosa avidez e com maior familiaridade, pegaram a segunda porção: as fatias de chocolate, decoradas com suspiros. Sem hesitar, com os olhos vesgos, levaram-nas à boca desmedidamente abertas, que esperavam. Os filhotes de passarinho abrem da mesma forma os bicos para receber o alimento que as mães trazem. Com mais energia e maior velocidade, mas com a mesma fruição, começaram a mastigar e a engolir de novo, como duas ginastas que fazem exercício ao mesmo tempo. Ela, de vez em quando, se virava para ver passar um automóvel mais valioso que os outros por seu excessivo cheiro de naftalina e por seu tamanho, ou erguia a cabeça para olhar uma pomba, símbolo de amor, que rodopiava pesadamente entre os galhos. Ele olhava adiante, mas talvez saboreasse com menos consciência que ela o gosto desses manjares, cujo abundante creme caía sobre a grama, sobre a manta dobrada e sobre alguns resquícios adjacentes. Até que conseguissem terminar o conteúdo da bandejinha de papel amarelada, recoberta de papel-manteiga, nenhum sorriso animaria aqueles lábios harmoniosos. O último bocado de ambos os pedaços de bolo se esmigalhou entre o polegar, o indicador e o dedo do meio de ambas as mãos, e demorou em penetrar nas bocas que o esperavam. As migalhas que caíam na bandeja, na saia e na calça, foram recolhidas com cuidado e introduzidas, com o polegar e o indicador, na boca.

A terceira fatia de bolo, mais opulenta que as outras, parecia o material que serve para construir algumas casas originais que existem nos balneários. A quarta fatia, mais leve, contudo mais árdua, por sua consistência de esponja (estava polvilhada de açúcar), lhes deixou bigodes brancos e pintas brancas no nariz. Para introduzi-la na boca era preciso pôr a língua para fora e fechar os olhos. Não se aventurar a abocanhar um grande pedaço era perder boa parte do manjar, em que pululava o amendoim disfarçado de noz ou de amêndoa. Ela esticou o pescoço e baixou a cabeça; ele não mudou de atitude. A mastigação seguiu seu ritmo regular, como se fosse acompanhada por um cronômetro.

Eles sabiam que restavam mais manjares na bandeja de papel. Passado esse primeiro momento difícil, o resto foi fácil. As mãos faziam as vezes de colheres. Em vez de mastigar, antes de engolir, as bocas faziam bochechos com o creme e o pão de ló.

Terminado o conteúdo da bandeja, ela jogou longe a embalagem de bordas arredondadas e tirou do bolso um pacotinho cheio de amendoins. Durante alguns minutos, com trejeitos de modista, partia as cascas, descascava os grãozinhos de amendoim, dava a ele, guardando alguns para si, que ela levava à boca, para mastigar de novo em uníssono com ele. Lambendo os lábios ousaram esboçar algum tímido diálogo, relacionado com piqueniques; gente que morreu ao beber vinho, depois de comer melancia; uma tarântula dentro de um cesto, que serviu para matar uma garota odiada pelos sogros, num domingo; conservas em mal estado, aparentemente deliciosas, que causaram a morte de duas famílias, em Trenque Lauquen; uma tempestade que afogou a lua de mel de dois casais, brindando com sidra e comendo salsicha com pão, à beira do riacho, em Tapalqué.

Quando terminaram os alimentos e o diálogo, ela desdobrou a manta e ambos se cobriram, deitando-se na grama. Sorriram pela primeira vez, pois tinham a boca livre de comida e de palavras, mas ela sabia (e ele também sabia) que sob o amparo dessa manta o amor repetiria seus atos e que a esperança, com asas frívolas, cada vez mais remota, a afastaria do casamento.

As termas de Tirte

Estavam sentados na tétrica sala das termas de Tirte.

As termas de Tirte eram célebres: suas águas curavam as doenças mais diversas: eczemas, hepatite, cálculo renal, reumatismo, desarranjos nervosos, hipertensão, conjuntivite crônica, que deixa os olhos tão feios. Os doentes que acudiam às termas falavam todo o tempo de enfermidades. Cada um deles tinha sofrido mais que o outro, e esse outro não admitia isso. Bebiam água como se tivessem nascido apenas para isso. Antes de engolir a água alguns faziam bochechos, outros gargarejos, outros mantinham na boca o gole de água sem movê-lo, como se fosse uma hóstia, outros bebiam tão lentamente que o copo parecia se encher em vez de esvaziar. Entre tantos doentes, pouco atraentes, jamais pensei que Lucy encontraria o homem por quem se apaixonaria. Logo ela, que era tão difícil. Eu a visitava todos os fins de semana e dormia à beira do lago ou na praça, num banco, para não pagar alojamento.

Samuel Ortigas, o médico, falava do poder mágico das águas, enquanto os doentes se matavam aos empurrões.

— Águas mágicas? Águas diabólicas — eu dizia.

Às cinco da tarde, horário que se abriam os banhos de águas sulfurosas, os ânimos dos doentes chegavam ao cúmulo da exaltação. Se durante a manhã eles discutiam de forma quase amena, bebendo água, pela tarde se batiam, se arranhavam ou jogavam os copos uns nos outros porque algum orgulhoso pretendia ter o fígado mais doente, ou um imodesto o reumatismo mais deformador, ou um insolente a conjuntivite mais purulenta.

Naquele lugar, que por sua beleza e tristeza era célebre, senti uma grande melancolia, mas aos poucos fui descobrindo que também seria agradável viver por alguns dias em um lugar dedicado ao repouso e dedicado ao melhoramento da saúde.

Foi às margens do lago, um dos chamarizes mais famosos do distrito, debaixo de uma cerejeira, onde Lucy me disse:

— Estou apaixonada por esse ator francês.

— Como você pode! — lhe respondi escandalizado.

— Por quê? — seu espanto não tinha limite.

Com o indicador apontei Raúl Bertrés, que falava com um jovem de camisa azul-claro. Enquanto falava, ele arrancava distraidamente cerejas da árvore, para oferecê-las a seu interlocutor, pendurando-as nas orelhas ou no pescoço como se fossem aros ou as contas de um colar.

— Todos os dias eles se encontram na mesma hora e saem de iate.

— E isso é uma razão para você se escandalizar? — ela me respondeu. — O coitado se entedia feito um condenado com esse discípulo.

— A razão é que juntos eles se divertem mais que com uma mulher.

— Devem ser amigos.

Eu ri com um grito agudo quase afeminado, e disse:

— Naturalmente. Era isso o que eu queria dizer.

— Calúnias — respondeu Lucy.

Raúl Bertrés, além de ter inspirado em Lucy uma paixão desmedida, era um dos mais célebres atores do momento. Vinha todos os anos realizar uma cura nas termas de Tirte, para se manter jovem, segundo os relatos de Lucy, e se hospedava no hotel mais luxuoso do lugar. Raras vezes descia ao edifício dos banhos, e quando o fazia desdenhava o funicular, preferindo descer a pé até a própria fonte de onde jorrava uma água que ele bebia, para depois entrar furtivamente no edifício, para cumprimentar os médicos. Foi no seu organismo em que se pôde confirmar o poder das águas, poder para lá de diferente do que rezavam as propagandas. Samuel Ortigas garantia a Lucy que as águas não curavam as doenças banais, mas davam uma energia sobrenatural aos enfermos ou aos homens sãos. Num primeiro momento essa teoria pareceu absurda a Lucy, mas ela teve que a admitir, pois comprovou que aquilo que parecia um conto de fadas era a verdade.

Para Raúl Bertrés a vida do homem era muito curta. Lucy soube disso pelo concierge do hotelzinho onde vivia. Um homem que se deita todos os dias às cinco da manhã, que não tem tempo de se divertir, que tem que fazer exercícios respiratórios e aprender de cor páginas e páginas de diálogos, sente que a vida passa como um sopro. Não podia viver à força de não encontrar tempo para viver: era essa a sua doença. A angústia do tempo, que todos temos, o corroía. Mas como seria possível alargar a vida de um homem? Os sábios tinham estudado tanto e tão infrutiferamente a questão, que sabiam demais. Um problema sem solução!

— O que são dois ou três anos mais de vida que essas águas me darão? — exclamava Raúl Bertrés, bebendo desesperado.

— Eu, que, quando jovem, sempre quis morrer, não compreendo — lamentava-se Lucy.

Samuel Ortigas acreditou ter descoberto desse modo a solução, e a achou: Se um ser dotado de suficientes energias pudesse cumprir, enquanto dorme, suas obrigações mais tediosas e desse modo aproveitar o tempo que desperdiça em descansar, aumentaria em dobro a sua vida.

Embora pareça mentira, Raúl Bertrés, enquanto dormia, cumpria suas obrigações mais tediosas.

Demonstrar a Lucy, como eu tinha me proposto, quais eram para Raúl Bertrés as obrigações tediosas tornava-se difícil, já que o único indício que revelava seu sonho eram os olhos fechados e um imperceptível ronco, pois o hipócrita usava grossos óculos escuros.

Me aventurei em uma empreitada difícil: resolvi me fazer de amigo dele, para lhe arrebatar ou quebrar intempestivamente os óculos, em circunstâncias de sumo interesse para Lucy e para mim.

A distância, de novo sob a cerejeira, papeando com o discípulo, o avistamos. Com Lucy nos aproximamos correndo. Fingi que íamos em busca das mesmas cerejas. Com um brusco movimento lhe tirei os óculos. Olhei para ele espantado. Vi que seus olhos estavam fechados.

— Enquanto está com você também dorme — eu disse a Lucy.

Para provar a veracidade de minhas palavras, tentei organizar o passeio dele e de Lucy, em uma noite de lua.

No meio de um diálogo apaixonado, como um meliante eu me aproximei de Raúl Bertrés e tirei dele os óculos grossos e luxuriosos. Mas qual não foi a minha surpresa e o meu desgosto ao ver que seus olhos estavam abertos. No entanto eu sei que eles se abriram nesse instante, com a minha aparição, e que voltaram a se fechar indignados quando desapareci entre as árvores, levando comigo os óculos, mas, ai!, não o confiante, o enganado coração da minha ex-namorada Lucy.

A vida clandestina

— Magdalena acha que eu a engano, mas de um jeito estranho — ele me disse um dia.

Fazia pouco tempo que nos conhecíamos. Eu não sabia quem era Magdalena e a confidência me pareceu estúpida.

Outro dia o acompanhei ao porão: dali se avistava a escada, onde retumbava o eco. Ele me disse:

— Quando eu grito, não é com as minhas palavras, nem com a minha voz, que o eco responde. Não só isso me dá medo; me dão medo os espelhos, onde não vejo a mim mesmo refletido, mas outro rapaz diferente, diferente por completo.

— Desde quando essas coisas acontecem? — perguntei.

— Desde sempre. Desde que comecei a falar, a olhar, a distinguir um reflexo de uma pessoa. Por isso nunca pensei livremente em Magdalena, nem consegui, deitado com outra mulher, enganá-la. Senti que a voz do eco, que essas palavras que não gritei, que essas imagens do espelho, que não projetei, se juntavam para formar um ser infinitamente mais vital e mais humano que eu e que Magdalena.

— Não se preocupe — eu lhe disse. — O eco tem uma voz impessoal.

— Mas quando uma voz de homem grita, responde com voz de homem.

— O eco da sua casa deve desfigurar os sons, um fenômeno corriqueiro. Há tantos contos sobre isso! Tantos poemas que conheço de cor! Existe o eco simples, o duplo, o triplo, o múltiplo, o monossilábico e o polissilábico. O espelho que também desfigura as imagens é muito comum. Às vezes ele as devora: no caso de Arquimedes...

Ele já estava protestando e, para tranquilizá-lo, eu disse:

— Talvez seja um desdobramento.

Comecei a me preocupar quando percebi que o eco não modificava o latido nem o espelho o focinho de Dongo, seu cachorro, que o eco não modificava o canto do canário nem o espelho a sua cor, e que, por último, também eu não era modificado nem pelo eco nem pelo espelho.

Um dia ele me disse:

— Tenho medo de me encontrar com essa pessoa... Por ela seria capaz de abandonar Magdalena.

— Não fique nesta casa. Você vai ver que os outros ecos e os outros espelhos do mundo são diferentes.

Ele fugiu. Mas suas cartas me contaram que em todas as partes ele encontrava a estranha voz no eco, e a estranha imagem nos espelhos. Em todos os lados aquele ser ia crescendo. Na água, nos metais, nos vidros, nos buracos das escadas, nos saguões das casas velhas, nas cisternas, nas igrejas, nas grutas, no fundo das montanhas, aquele ser o esperava. Embora a amasse, não conseguia pensar em Magdalena.

Desde menino ele gostava de música. Tocou clarinete em uma orquestra. Mas viu a imagem refletida no bronze convexo do instrumento. Abandonou a orquestra. Trabalhou em uma fábrica de facas: ele a viu nas folhas das facas. Trabalhou em uma oficina mecânica, onde o eco, guardando aquela voz, entocava-se nos ecos do galpão... Com a esperança de ser livre e de amar Magdalena sem infidelidades, foi viver no deserto. Rendido, deitou-se para dormir. Em seguida viu sua marca na areia, que não mantinha nenhuma relação com seu corpo; desenhou nela olhos e boca e lhe modelou a orelha, onde sussurrou o final desta história, que ninguém saberá.

A peruca

Para Elva e Sammy

Para me enganar, você sempre me dizia a verdade; para te dizer a verdade, eu sempre mentia para você. Éramos namorados. Estudávamos juntos; trabalhávamos no mesmo escritório. Queríamos aprender alemão. Vimos o nome de Herminia Langster no jornal: ela queria aprender castelhano (conosco) e em troca nos ensinar alemão. Era loira, alta e magra.

Conversávamos nos jardins públicos, nas confeitarias, nas casas quando chovia.

Seria inútil negar: você se apaixonou por ela por causa da peruca. Você admirou sua cabeleira postiça, achando que era natural, mas no dia em que ela a pôs de lado, ocupando parte da testa, ou que a pôs na ponta do encosto da cadeira, para ajeitar seu cabelo verdadeiro, porque achava que estava sozinha, sem que a espiássemos, e que voltou a colocá-la com elegância, você a amou ainda mais. Aparentemente era uma peruca parecida com todas as perucas: nem avermelhada para chamar a atenção, nem platinada para se parecer às mais atraentes, nem preta para ser repugnante; era loira, discreta e impessoal, com uma linha perfeita no meio, e alguns cachos que se harmonizavam com as ondas suaves do conjunto.

Acho que Herminia também te amava. Por que vou duvidar disso? Pelo menos ela preferia você. Era tão boa, que estava disposta a sacrificar tudo por você, mas você não lhe pedia sacrifício algum, apenas queria ser amado, o que implica de todo modo um sacrifício de ambas as partes, porque amar é se sacrificar; aprende-se isso com o tempo.

Quando e por que Herminia começou a mudar de modos? Não sei. Também não sei se fazia isso para parecer agradável ou para nos assustar.

Um dia em que passeávamos pelo bosque de Palermo, ela me deixou pasma. Com insistência, olhou para os galhos de uma árvore, onde viu uma pomba. Ela não conseguia mais continuar com a nossa conversa. Sem mais nem menos, como um relâmpago, subiu na árvore e trouxe a pomba entre as mãos. Desplumou e mordeu bestialmente o pobre passarinho. Você fingiu não notar, para não me deixar escandalizada, provavelmente.

Ela comia como os cachorros, passando a língua pelo prato; bebia a água das torneiras ou de uma tigela, nunca dos copos. Foi absurdo que um dia tenha passado pela nossa cabeça convidá-la para jantar conosco!

Quando começou a caminhar de quatro, a rasgar os livros, nos irritou muito; e quando nos mordeu a mão e a bochecha, eu senti nojo e você ficou perturbado.

Nas noites de verão, clandestinamente, você saiu com ela, e suspeito que não era para aprender alemão e sim um idioma mais complicado: o amor. Você voltava acabado, despenteado e coberto de arranhões. Estive prestes a romper o meu compromisso para não te ver mais, ao menos até tranquilizar meus nervos, mas não foi necessário.

Sem me comunicar, você foi com ela à província de Tucumán. Eu soube que vocês alugaram uma casa nas montanhas. Durante dias vaguei pelos jardins onde tínhamos passeado juntos.

Em pouco tempo, nas notícias policiais, fiquei sabendo de um caso de canibalismo nas montanhas. Uma mulher matou com uma faca um menino, um entregador de pão, e deu de comer aos seus filhos. Ao mesmo tempo recebi um telegrama seu, para que eu fosse ao seu encontro nas montanhas. Relacionei as duas notícias e parti no primeiro trem.

Tucumán me deixou maravilhada. Fiquei para dormir uma noite em um hotel da cidade. O lugar em que você vivia, nas montanhas, ficava bastante afastado. Tive que tomar outro trem.

A sua casa ficava em um vale encantador e selvagem. Quando te vi sozinho, perguntei:

— E Herminia? Você se livrou dela?

Me abraçando, você me respondeu:

— Eu a comi. Se ela era um animal, é natural que eu a comesse.

Herminia não voltou a aparecer. Vivemos em um mundo estranho. Eu me casei com você, mas à medida que o tempo passa, você vai me dando medo, sobretudo desde que disse que devo engordar, pois me cai melhor, e por você insistir em viver em um lugar afastado, em plena montanha, sem um empregado sequer.

Esta carta é para que você saiba que não sou boba e que você não me engana.

Os homens comem uns aos outros, como os animais: o fato de você fazer isso de um modo físico e real não te tornará mais culpado diante dos meus olhos, mas sim diante do mundo, que registrará o acontecimento nos jornais como *um novo caso de canibalismo*.

A expiação

Para Helena e Eduardo

Antonio pediu que Ruperto e eu fôssemos ao quarto nos fundos da casa. Com voz imperiosa, mandou que nos sentássemos. A cama estava arrumada. Ele saiu ao pátio para abrir a porta do viveiro, voltou e se deitou na cama.

— Vou lhes mostrar um truque — nos disse.

— Você vai trabalhar num circo? — eu perguntei.

Ele assobiou duas ou três vezes e entraram no quarto Favorita, María Callas e Mandarim, que é vermelhinho. Olhando fixo para o teto, ele voltou a assobiar com um silvo mais agudo e trêmulo. Era esse o truque? Por que tinha chamado Ruperto e a mim? Por que não esperou que chegasse Cleóbula? Pensei que toda aquela apresentação serviria para demonstrar que Ruperto não era cego, e sim louco; que em algum momento de emoção diante da destreza de Antonio, ele revelaria isso. O vaivém dos canários me dava sono. As lembranças voavam em minha mente com a mesma persistência. Dizem que na hora da morte a pessoa repassa a vida: eu a repassei nessa tarde com remoto desconsolo.

Vi, como se estivesse pintado na parede, o meu casamento com

Antonio às cinco da tarde, no mês de dezembro. Fazia calor, e quando chegamos à nossa casa, da janela do quarto onde tirei o vestido e o véu de noiva, vi com surpresa um canário. Agora me dou conta de que era o mesmo Mandarim que bicava a única laranja que tinha sobrado na árvore do pátio. Antonio não interrompeu seus beijos ao me ver tão interessada naquele espetáculo. A sanha do pássaro pela laranja me deixava fascinada. Contemplei a cena até que Antonio me arrastou tremendo para a cama nupcial, cuja colcha, entre os presentes, às vésperas de nosso casamento, fora para ele fonte de felicidade e, para mim, de terror. A colcha de veludo grená exibia o bordado de uma viagem em carruagem. Fechei os olhos e mal entendi o que aconteceu depois. O amor é também uma viagem; por muitos dias fui aprendendo suas lições, sem ver nem compreender em que consistiam as doçuras e suplícios que ele esbanja. No começo, acho que Antonio e eu amávamos um ao outro igualmente, sem dificuldade, a não ser a que nos impunham a minha inocência e a sua timidez.

Esta casa diminuta, que tem um jardim também diminuto, fica na entrada da cidadezinha. O ar saudável das montanhas nos rodeia: o campo fica próximo e podemos vê-lo ao abrir as janelas.

Já tínhamos um rádio e uma geladeira. Numerosos amigos frequentavam a nossa casa nos feriados ou para festejar alguma data familiar. O que mais podíamos pedir? Cleóbula e Ruperto nos visitavam com mais frequência porque eram nossos amigos de infância. Antonio se apaixonara por mim, eles sabiam disso. Não tinha me procurado, não tinha me escolhido; fora eu, antes, que o escolhera. Sua única ambição era ser amado por sua mulher, manter sua fidelidade. Pouca importância dava ao dinheiro.

Ruperto se sentava num canto do pátio e sem preâmbulos, enquanto afinava o violão, pedia um mate, ou talvez um suco de laranja quando fazia calor. Eu o considerava um dos tantos amigos ou parentes que formavam, por assim dizer, parte dos móveis de uma casa, cuja existência as pessoas só percebem quando estão quebrados ou são postos em um lugar diferente do habitual.

"Os canários são cantores", dizia Cleóbula invariavelmente, mas se tivesse podido matá-los com uma vassourada, ela os teria matado porque os detestava. O que não teria dito ao vê-los fazer tantos números ridículos sem que Antonio lhes oferecesse nem uma folhinha de alface, nem um biscoitinho!

Eu passava o mate ou o copo de suco de laranja a Ruperto, mecanicamente, sob a sombra da parreira, onde ele sempre se sentava, em uma cadeira vienense, como um cão no seu canto. Eu não o considerava como uma mulher considera um homem, eu não agia com a mais elementar regra de boa educação para recebê-lo. Muitas vezes, depois de eu ter lavado a cabeça, com o cabelo molhado, preso com grampos feito um espantalho, ou com uma escova de dentes na boca e com pasta nos lábios, ou com as mãos cheias de espuma por estar lavando roupa, com o avental amarrado na cintura, barriguda como uma mulher grávida, eu o recebia abrindo a porta da rua, sem nem sequer olhá-lo. Muitas vezes, no meu descuido, acho que ele me viu sair do banheiro com uma toalha enrolada nos cabelos, arrastando os chinelos feito uma velha ou uma mulher qualquer.

Gracioso, Manjericão e Serranito voaram a uma vasilha que continha pequenas flechas com espinhos. Levando as flechas, voavam laboriosos a outras vasilhas que continham um líquido escuro onde umedeciam a diminuta ponta das flechas. Pareciam passarinhos de brinquedo, paliteiros baratos, adorno de chapéus de uma tataravó.

Cleóbula, que não é maliciosa, tinha percebido, e me disse que Ruperto me olhava com exagerada insistência. "Que olhos!", ela repetia sem parar. "Que olhos!"

— Consigo manter os olhos abertos enquanto durmo — sussurrou Antonio —; é um dos truques mais difíceis que consegui fazer na vida.

Tive um sobressalto ao ouvir a sua voz. Era esse o truque? Mas, afinal, o que havia de extraordinário nisso?

— Como Ruperto — disse eu com voz estranha.

— Como Ruperto — repetiu Antonio. — Os canários obedecem às minhas ordens com mais facilidade que as minhas pálpebras.

Nós três estávamos naquele quarto em penumbra como quem está em penitência. Mas que relação podia haver entre os seus olhos abertos durante o sono e as ordens que transmitia aos canários? Não era de estranhar que Antonio me deixasse de certo modo perplexa: ele era tão diferente dos outros homens!

Cleóbula também me garantira que enquanto Ruperto afinava o violão seus olhares me percorriam da ponta do cabelo até a ponta dos pés, e que uma noite, ao cair no sono no pátio, meio bêbado, seus olhos tinham permanecido fixos em mim. Consequentemente, isso me fez perder a espontaneidade, talvez a falta de cerimônia. Na minha ilusão, Ruperto me olhava através de uma espécie de máscara na qual se encaixavam seus olhos de animal, aqueles olhos que ele não fechava nem para dormir. Como fazia com o copo de suco de laranja ou o mate que eu lhe servia, com uma misteriosa fixação ele cravava suas pupilas em mim quando tinha sede, só Deus sabe com que intenção. Em toda a província, no mundo todo, não existiam olhos que olhavam tanto; um brilho azul e profundo, como se o céu tivesse entrado neles, diferenciava-os dos outros, cujos olhares pareciam apagados ou mortos. Ruperto não era um homem: era um par de olhos, sem rosto, sem voz, sem corpo; assim me parecia, mas não era isso o que Antonio sentia. Durante muitos dias em que a minha inconsciência chegou a exasperá-lo, por qualquer ninharia falava comigo com maus modos ou me infligia trabalhos penosos, como se em vez de ser a sua mulher eu fosse a sua escrava. A mudança no temperamento de Antonio me inquietou.

Como os homens são estranhos! Em que consistia o truque que ele queria nos mostrar? A história do circo não tinha sido uma brincadeira.

Logo depois que nos casamos, ele muitas vezes deixava de ir ao trabalho, com a desculpa de uma dor de cabeça ou uma inexplicável indisposição no estômago. Todos os maridos eram iguais?

Nos fundos da casa o enorme viveiro cheio de canários do qual Antonio sempre cuidara com desvelo estava abandonado. Pelas manhãs, quando eu tinha tempo, limpava o viveiro, colocava alpiste, água e alface nas vasilhas brancas, e quando as fêmeas estavam para pôr ovos, eu preparava os ninhozinhos. Antonio sempre se ocupara dessas coisas, mas já não demonstrava nenhum interesse em fazê-las nem em que eu fizesse.

Estávamos casados havia dois anos! Nem um filho! Em compensação, quantos filhotes haviam tido os canários!

Um perfume de almíscar e erva-cidreira encheu o quarto. Os canários cheiravam a galinha, Antonio, a tabaco e suor, mas Ruperto ultimamente não cheirava a nada a não ser a álcool. Me diziam que ele andava se embebedando. Como estava sujo o quarto! Alpiste, migalhas de pão, folhas de alface, bitucas e cinza se espalhavam pelo chão.

Desde a infância Antonio se dedicara, nas horas livres, a adestrar animais: primeiro fez uso de sua arte, pois era um verdadeiro artista, com um cachorro, com um cavalo, em seguida com um gambá operado, que levou durante um tempo em seu bolso; depois, quando me conheceu e porque me agradavam, pensou em adestrar canários. Nos meses de noivado, para me conquistar, ele me mandava com eles papeizinhos com frases de amor ou flores amarradas com uma fitinha. Da casa onde ele morava até a minha se estendiam quinze longos quarteirões: os mensageiros alados iam de uma casa à outra sem vacilar. Por incrível que pareça, eles chegaram a pôr flores no meu cabelo e um papelzinho dentro do bolso da minha blusa.

Pôr flores no meu cabelo e papeizinhos no meu bolso não era mais difícil do que as bobagens que os canários estavam fazendo com as benditas flechas?

Na cidadezinha, Antonio chegou a gozar de grande prestígio. "Se você hipnotizasse as mulheres como faz com os pássaros, ninguém resistiria a seus encantos", diziam suas tias, na esperança de que o sobrinho se casasse com alguma milionária. Como eu disse antes, Antonio não ligava para o dinheiro. Desde os quinze anos ele trabalhava como mecânico e tinha o que queria ter, e foi o que me ofereceu ao se casar comigo. Nada nos faltava para sermos felizes. Eu não conseguia entender por que Antonio não procurava um pretexto para afastar Ruperto. Qualquer motivo teria servido, uma desavença qualquer por questões de trabalho ou de política que, sem chegar a um enfrentamento a socos ou com armas, proibisse a entrada desse amigo em nossa casa. Antonio não deixava transparecer nenhum de seus sentimentos, a não ser nessa mudança de temperamento, que eu soube interpretar. Contrariando a minha modéstia, notei que o ciúme que eu podia inspirar estava enlouquecendo um homem que eu sempre vira como um exemplo de normalidade.

Antonio assobiou, tirou a blusa. Seu torso nu parecia de bronze. Estremeci ao vê-lo. Lembro que antes de me casar ruborizei diante de uma estátua bem parecida com ele. Por acaso eu nunca o tinha visto nu? Por que fiquei tão admirada?

Mas o temperamento de Antonio sofreu outra mudança que em parte me tranquilizou: de inerte, se tornou extremamente ativo; de melancólico, se tornou, aparentemente, alegre. Sua vida se encheu de misteriosas ocupações, de um ir e vir que indicava interesse extremo pela vida. Depois do jantar, não tínhamos nem sequer um momento de distração para ouvir o rádio, ou para ler os jornais, ou para não fazer nada, ou para conversar por uns instantes sobre os acontecimentos do dia. Os domingos e feriados também não eram um pretexto para nos permitir um descanso; eu, que sou como um espelho de Antonio, contagiada por sua inquietação, ia e vinha pela casa arrumando armários já arrumados ou lavando fronhas impecáveis, por uma misteriosa necessidade de contemporizar com as enigmáticas ocupações do meu marido. Redobrados cuidados de amor e solicitude para com os pássaros ocuparam parte de seus dias. Ele fez novas dependências no viveiro; a arvorezinha seca, que ficava no centro, foi substituída por outra, maior e mais graciosa, que o embelezava.

Abandonando as flechas, dois canários começaram a brigar: as peninhas começaram a voar pelo quarto, o rosto de Antonio se obscureceu de raiva. Ele seria capaz de matá-los? Cleóbula tinha me dito que ele era cruel. "Tem cara de que leva uma faca na cinta", ela deixara claro.

Antonio já não permitia que eu limpasse o viveiro. Naqueles dias passou a ocupar um quarto que servia de depósito nos fundos da casa e abandonou nosso leito. Em uma cama turca, onde o meu irmão costumava fazer a sesta quando vinha de visita, Antonio passava as noites (sem dormir, imagino, pois até o amanhecer eu ouvia seus passos incansáveis pelos ladrilhos). Às vezes ele se fechava por horas inteiras nesse maldito quarto.

Um por um os canários deixaram cair de seus bicos as pequenas flechas, pousaram no respaldo de uma cadeira e entoaram um canto suave. Antonio se levantou e, olhando para María Callas, a quem sempre chamara "A rainha da desobediência", disse uma palavra que não tem sentido para mim. Os canários voltaram a rodopiar.

Através dos vidros pintados da janela eu tentava espiar seus movimentos. Machuquei uma das mãos intencionalmente, com uma faca: desse modo me atrevi a bater em sua porta. Quando ele abriu, um bando de canários saiu voando e voltou para o viveiro. Antonio cuidou da minha ferida, mas, como se suspeitasse que era um pretexto para chamar a sua atenção, tratou-me com secura e desconfiança. Naqueles dias ele fez uma viagem de duas semanas, em um caminhão, não sei para onde, e voltou com uma sacola cheia de plantas.

Eu olhei de soslaio a minha saia manchada. Os pássaros são tão pequeninos e tão sujos. Quando foi que me sujaram? Eu os observei com ódio: gosto de estar limpa mesmo na penumbra de um quarto.

Ruperto, ignorando o desconforto que suas visitas causavam, vinha com a mesma frequência e com os mesmos hábitos. Às vezes, quando eu me retirava do pátio para evitar seus olhares, o meu marido inventava alguma desculpa e me fazia voltar. Pensei que de algum modo ele gostava daquilo que tanto desgosto lhe causava. Os olhares de Ruperto agora me pareciam obscenos; eles me desnudavam sob a sombra da parreira, me ordenavam atos inconfessáveis quando, ao cair da tarde, uma brisa fresca acariciava as minhas faces. Antonio, em compensação, nunca me olhava ou fingia não me olhar, segundo me garantia Cleóbula. Não o ter conhecido, não ter me casado com ele, nem conhecido as suas carícias, para poder encontrá-lo, descobri-lo e me entregar a ele novamente, foi durante um tempo um de meus desejos mais ardentes. Mas quem consegue ter de volta o que já perdeu?

Me levantei, minhas pernas doíam. Não gosto de ficar parada por tanto tempo. Que inveja eu tenho dos pássaros, que voam! Mas os canários me dão pena. Parecem sofrer quando obedecem.

Antonio não tentava evitar as visitas de Ruperto: pelo contrário, as incentivava. Durante os dias de Carnaval ele chegou ao cúmulo de convidá-lo a ficar em nossa casa, numa noite em que se demorou até muito tarde. Tivemos que acomodá-lo no quarto que Antonio ocupava provisoriamente. Naquela noite, como se fosse a coisa mais natural do mundo, voltamos a dormir juntos, meu marido e eu, na cama de casal. Dali em diante, a minha vida retomou a sua antiga normalidade; ou ao menos foi o que pensei.

Avistei em um canto, debaixo da mesa de cabeceira, o famoso boneco. Pensei que pudesse pegá-lo. Como se eu tivesse feito um gesto, Antonio me disse:

— Não se mexa.

Me lembrei daquele dia em que ao arrumar os quartos, na semana do Carnaval, descobri, para o mal dos meus pecados, esquecido sobre o armário de Antonio, esse boneco feito de estopa, com grandes olhos azuis, de um material macio como um tecido, com dois círculos escuros no centro, imitando as pupilas. Vestido de gaucho *teria servido de enfeite em nosso quarto. Rindo, eu o mostrei a Antonio, que o tirou das minhas mãos, irritado.*

— É uma lembrança de infância — ele disse. — Não gosto que você mexa nas minhas coisas.

— Que mal há em pegar um boneco com o qual você brincava quando era criança? Conheço meninos que brincam com bonecos; por acaso você tem vergonha disso? Você já é um homem, não é? — eu disse.

— Não tenho que dar nenhuma explicação. O melhor é você fechar a boca.

Antonio, mal-humorado, pôs o boneco de novo em cima do armário e não me dirigiu a palavra por vários dias. Mas voltamos a nos abraçar como em nossos melhores tempos.

Passei a mão pela minha testa úmida. Meus cachos estariam desfeitos? Não havia nenhum espelho no quarto, por sorte, pois eu não teria resistido à tentação de me olhar em vez de olhar os canários, que me pareciam tão bobos.

Com frequência Antonio se fechava no quarto dos fundos e percebi que ele deixava a porta do viveiro aberta para que algum dos passarinhos entrasse pela janela. Levada pela curiosidade, uma tarde fui espiá-lo, em cima de uma cadeira, pois a janela era alta (o que naturalmente não me permitia olhar para dentro do quarto quando eu passava pelo pátio).

Eu olhava o torso nu de Antonio. Era o meu marido ou uma estátua? Eu acusava Ruperto de ser louco, mas talvez ele fosse ainda mais louco. Quanto dinheiro gastou na compra de canários, em vez de me comprar uma máquina de lavar!

Um dia consegui entrever o boneco deitado na cama. Um enxame de passarinhos o rodeava. O quarto tinha se transformado em uma espécie de laboratório. Em um recipiente de barro tinha um monte de folhas, talos, cascas escuras; em outro, flechinhas feitas de espinhos; em outro, um líquido castanho, brilhante. Tive a impressão de já ter visto esses objetos em sonhos e, para me refazer da surpresa, contei a cena a Cleóbula, que me respondeu:

— Os índios são assim: usam flechas com curare.

Não lhe perguntei o que era curare. Nem sabia se ela estava me dizendo aquilo com desdém ou admiração.

— Eles são dados a feitiçarias. O seu marido é um índio — e ao ver o meu espanto, perguntou: — Você não sabia?

Sacudi a cabeça com irritação. Meu marido era o meu marido. Eu não tinha pensado que pudesse pertencer a outra raça nem a outro mundo diferente do meu.

— Como você sabe disso? — interroguei com veemência.

— Você não viu os olhos dele, seus pômulos salientes? Não percebe como é astuto? Mandarim, até mesmo María Callas, são mais sinceros do que ele. Essa reserva, essa maneira de não responder quando lhe perguntam alguma coisa, esse modo que ele tem de tratar as mulheres, não são suficientes para te mostrar que ele é um índio? A minha mãe sabe de tudo. Ele foi tirado de um acampamento quando tinha cinco anos. Talvez tenha sido isso o que você gostou nele: esse mistério que o diferencia dos outros homens.

Antonio transpirava e o suor fazia brilhar seu torso. Tão bonito e perdendo tempo! Se eu tivesse me casado com Juan Leston, o advogado, ou com Roberto Cuentas, o contador, eu não teria sofrido tanto, com certeza. Mas que mulher sensível se casa por interesse? Dizem que há homens que adestram pulgas, de que serve?

Perdi a confiança em Cleóbula. Ela certamente dizia que o meu marido era índio para me provocar ou para me fazer perder a confiança nele; mas ao folhear um livro de história onde havia gravuras com acampamentos de índios e índios a cavalo, com boleadeiras, encontrei uma semelhança entre Antonio e aqueles homens nus, com penas. Ao mesmo tempo percebi que o que tinha me atraído em Antonio talvez fosse a diferença que havia entre ele e meus irmãos e os amigos dos meus irmãos, o tom bronzeado da pele, os olhos rasgados e aquele ar astuto que Cleóbula mencionava com perverso deleite.

— E o truque? — perguntei.

Antonio não me respondeu. Ele olhava fixamente para os canários que voltaram a rodopiar. Mandarim se afastou de seus companheiros e permaneceu sozinho na penumbra modulando um canto parecido ao das calandras.

A minha solidão foi crescendo. Eu não contava as minhas inquietações a ninguém.

Na Semana Santa, pela segunda vez, Antonio insistiu para que Ruperto se hospedasse em nossa casa. Chovia, como costuma chover na Semana Santa. Fomos com Cleóbula à igreja para fazer a via-crúcis.

— Como está o índio? — me perguntou Cleóbula, com insolência.

— Quem?

— O índio, seu marido — ela me respondeu. — Na cidade todo mundo o chama assim.

— Eu gosto dos índios, embora meu marido não seja um, e vou continuar gostando — lhe respondi, tratando de continuar as minhas orações.

Antonio estava em atitude de oração. Teria ele rezado alguma vez? No dia de nosso casamento, a minha mãe lhe pediu que comungasse; Antonio não quis atendê-la.

Enquanto isso a amizade de Antonio e Ruperto se estreitava. Uma espécie de camaradagem, da qual eu estava de certo modo excluída, os unia de uma maneira que me pareceu verdadeira. Naqueles dias Antonio exibiu seus poderes. Para se distrair, mandou mensagens a Ruperto, até sua casa, pelos canários. Diziam que jogavam truco por meio das mensagens, pois uma vez trocaram algumas cartas espanholas. Zombavam de mim? Aborreceu-me o jogo desses dois homens grandes e resolvi não os levar a sério. Tive que admitir que a amizade é mais importante que o amor? Nada tinha separado Antonio e Ruperto; em compensação Antonio, de certo modo injustamente, tinha se afastado de mim. Sofri no meu orgulho de mulher. Ruperto permaneceu me olhando. Todo aquele drama tinha sido apenas uma farsa? Eu sentia falta do drama conjugal, aquele martírio ao qual tinha me levado o ciúme de um marido enlouquecido por dias e dias?

Continuávamos nos amando, apesar de tudo.

Em um circo Antonio podia ganhar dinheiro com seus truques, por que não? María Callas inclinou a cabecinha para um lado, depois para o outro, e pousou no encosto de uma cadeira.

Certa manhã, como se anunciasse o incêndio da casa, Antonio entrou no meu quarto e disse:

— Ruperto está morrendo. Mandaram me chamar. Estou indo vê-lo.

Esperei Antonio até o meio-dia, distraída com os afazeres domésticos. Ele voltou quando eu estava lavando o cabelo.

— Vamos — ele me disse —, Ruperto está no pátio. Eu o salvei.

— Como? Foi uma brincadeira?

— Nada disso. Eu o salvei, com respiração artificial.

Apressadamente, sem entender nada, ajeitei o cabelo, me vesti, saí ao pátio. Ruperto, imóvel, em pé junto à porta, olhava já sem ver as lajotas do pátio. Antonio lhe trouxe uma cadeira para que se sentasse.

Antonio não olhava para mim, olhava para o teto como se estivesse prendendo o fôlego. De repente, Mandarim voou para junto de Antonio e lhe cravou uma das flechas no braço. Aplaudi: pensei que ele fazia isso para alegrar Antonio. Era, no entanto, um truque absurdo. Por que ele não utilizava seu engenho para curar Ruperto?

Naquele dia terrível, Ruperto, ao se sentar, cobriu o rosto com as mãos.

Como tinha mudado! Olhei para sua face inanimada, fria, suas mãos escuras.

Quando me deixariam sozinha? Eu precisava enrolar o cabelo ainda molhado. Perguntei a Ruperto, disfarçando a minha irritação:

— O que aconteceu?

Um longo silêncio que realçava o canto dos pássaros tremulou sob o sol. Ruperto por fim respondeu:

— Sonhei que os canários estavam bicando os meus braços, o meu pescoço, o meu peito; que eu não conseguia fechar as pálpebras para proteger os meus olhos. Sonhei que os meus braços e as minhas pernas pesavam como sacos de areia. As minhas mãos não conseguiam espantar aqueles bicos monstruosos que bicavam as minhas pupilas. Eu dormia sem dormir, como se tivesse ingerido um tranquilizante. Quando despertei desse sonho, que não era sonho, vi a escuridão: no entanto ouvi os pássaros cantar e os ruídos habituais da manhã. Fazendo um grande esforço, chamei a minha irmã, que veio me ver. Com uma voz que não era a minha, eu lhe disse: "Você precisa chamar Antonio para que ele me salve". "De quê?", perguntou a minha irmã. Não consegui articular mais nenhuma palavra. A minha irmã saiu correndo e voltou meia hora depois, acompanhada de Antonio. Meia hora que me

pareceu um século! Lentamente, à medida que Antonio movia os meus braços, recuperei a força, mas não a visão.

— Vou confessar uma coisa — murmurou Antonio, e acrescentou, devagar: — mas sem palavras.

Favorita seguiu Mandarim e cravou uma flechinha no pescoço de Antonio, María Callas sobrevoou por um instante sobre o seu peito, onde cravou outra flechinha. Os olhos de Antonio, fixos no teto, mudaram, por assim dizer, de cor. Antonio era um índio? Um índio tem os olhos azuis? De algum modo seus olhos estavam parecidos com os de Ruperto.

— O que significa tudo isso? — sussurrei.

— O que você está fazendo? — disse Ruperto, que não estava entendendo nada.

Antonio não respondeu. Imóvel como uma estátua, recebia as flechas de aspecto inofensivo que os canários lhe cravavam. Me aproximei da cama e o sacudi.

— Me responda — eu disse. — Me responda. O que significa tudo isso?

Ele não me respondeu. Chorando, abracei-o, jogando-me sobre o seu corpo; deixando todo o pudor para trás, beijei-o na boca, como só uma estrela de cinema faria. Um enxame de canários rodopiou sobre a minha cabeça.

Naquela manhã Antonio olhava para Ruperto com horror. Agora eu compreendia que Antonio era duplamente culpado: para que ninguém descobrisse o seu crime, ele dissera para mim e depois dissera para todo mundo:

— Ruperto ficou louco. Ele acha que está cego, mas enxerga como qualquer um de nós.

Como a luz que se afastara dos olhos de Ruperto, o amor se afastou da nossa casa. É como se aqueles olhares fossem indispensáveis para o nosso amor. As reuniões no pátio careciam de animação. Antonio caiu em uma tenebrosa tristeza. Ele me explicava:

— Pior que a morte é a loucura de um amigo. Ruperto enxerga, mas acha que está cego.

Pensei com despeito, talvez com ciúme, que a amizade na vida de um homem era mais importante que o amor.

Quando parei de beijar Antonio e afastei o meu rosto do dele, me dei conta de que os canários estavam prestes a bicar seus olhos. Cobri o seu rosto com o meu e com a minha cabeleira, que é espessa como um manto. Mandei Ruperto fechar a porta e as janelas para que o quarto ficasse em completa escuridão, esperando que os canários dormissem. Minhas pernas doíam. Quanto tempo terei ficado naquela posição? Não sei. Aos poucos compreendi a confissão de Antonio. Foi uma confissão que me uniu a ele com furor, com o furor da infelicidade. Compreendi a dor que ele tinha suportado para sacrificar e dispor-se a sacrificar tão engenhosamente, com essa dose tão ínfima de curare e com aqueles monstros alados que obedeciam às suas caprichosas ordens feito enfermeiros, os olhos de Ruperto, seu amigo, e os dele, para que nunca mais, coitadinhos, pudessem me olhar.

O fantasma

Minha alma:

Criadas distintas, senhoras ricas, prostitutas de boa família, adolescentes que estudam, mulheres de todas as idades, ociosas ou que trabalham, e alguns homens, quando não temem parecer afeminados, têm por costume exibir no quarto, em uma moldura bonita como se se tratasse de um namorado, um retrato deles mesmos. Vi uma mendiga sem moradia, sem roupa (a não ser a que levava posta), sem comida (a não ser a recolhida no lixo), que levava na bolsa vazia um retrato de si mesma, com moldura em forma de coração. Há também mulheres que em algum álbum caro conservam fotografias de si mesmas, em diferentes idades, com diferentes roupas e poses. E se nessas fotografias pululam cachorros, amigos e parentes, é para dissimular o amor que sentem por si mesmas. O corpo parece alheio a nós; nunca é nosso como poderia ser ou nos dar a ilusão de ser. Além do mais, os corpos mudam incessantemente, como as pessoas por quem nos apaixonamos. Transformam-se em algo pior, ou melhor, quando têm muita sorte. O apaixonado segue os rastros originais do ser amado. Narciso se apaixonou por Narciso: estava menos sozinho que eu. Eu me apaixonei por uma substância volátil e, sendo você, minha alma, de qualidade parecida, me dirijo a você para justificar de algum modo um sentimento que não compreendo. A única superioridade que tem essa substância sobre os seres humanos é que ela não envelhece ou que, se envelhece, o fato não se nota. Muda, isso sim: parece maternal às vezes, frívola outras ou antes grave, costuma usar saias, pura vestimenta e pedrarias, ou antes costuma estar nua, pode se transformar na natureza, é árvore e é água; em temperatura maravilhosa; em música e em luz.

Poderia parecer que estou delirando, mas quem não deliraria em se tratando de uma experiência como essa?

Quando esse perfume a frésia, a jasmim, a tumbérgia, a não sei que flor extravagante, me surpreendeu do nada, ao abrir a porta da entrada da minha casa, pensei que uma mulher perfumada, talvez trazendo flores, tinha entrado. Soube depois pelos porteiros e pelas pessoas que moravam ali que uma mulher daquele jeito não tinha entrado. Quando o mesmo perfume me surpreendeu depois no meu quarto, outro dia no escritório, entre homens e mulheres cheirando a tabaco, comecei a me preocupar.

Lufadas inesperadas entravam pela janelinha do trem, quando eu viajava, ou subitamente refrescavam o ar, quando eu atravessava a rua, lugares fétidos, tais como mercados, farmácias, queijarias ou, no verão, essas montanhas de lixo, com hálito imundo, para onde acodem as moscas verdes e cães abandonados.

Não tive coragem de confessar a ninguém. Amar algo que não tem rosto, nem nenhuma forma, é um suplício que, suspeito, nem sequer os santos suportaram. Jesus está representado de mil maneiras: entre os braços de Nossa Senhora, no presépio, nos braços de São Cristóvão, cruzando o mar, sentado em uma cadeirinha com o mundo na mão, brincando com São João, ou também mostrando o coração. Nossa Senhora tem milhares de rostos e de vestimentas. Pode estar com um manto azul, um vestido vermelho, pode ter o menino Jesus entre os braços, pode ter um rosário na mão ou uma serpente aos pés. Cristo, em formas ainda mais variadas pela maneira como está pregado na cruz, pela trança da coroa, pela idade do semblante, pela cor da túnica. O meu suplício é dos piores a que um homem pode estar condenado.

Às vezes aquele perfume ficava em meus lábios como o sabor de sal que o mar deixa nos lábios. Às vezes ficava no meu cabelo, como o cheiro de cosmético quando saímos do barbeiro. Às vezes ficava apenas em um dedo ou na lapela de um terno ou numa luva usada. Chegou a me parecer quase natural. Hoje me parece totalmente natural.

Cirila, a minha namorada, não me amava, mas eu vivenciava com ela todos os inconvenientes do amor; essa circunstância fazia com que estivéssemos dispostos a nos casar, achando que estávamos apaixonados um pelo outro.

Um dia em que passeávamos como de costume, ela tirou do bolso um pequeno frasco de perfume e passou a tampa de forma suave debaixo do meu nariz. Estremeci, mas não disse nada.

— Esse perfume — ela disse — é da Claudia.

— Quem é Claudia? — perguntei ansiosamente; pensei que eu tivesse descoberto a chave do mistério.

— Você nunca vai conhecê-la — respondeu Cirila —, ela morreu faz um ano. Esse perfume ela mesma fabricou com uma mescla de flores que macerou no álcool. Ela tinha o projeto de abrir uma perfumaria, pois lhe interessavam as questões das destilarias de perfumes. Ela estudou química por alguns anos. Mas antes de se formar abandonou o curso.

— Você gosta muito dela? — perguntei, sem conseguir conter a minha perturbação.

— Você está tremendo — ela me respondeu. — O que você tem?

— Não sei. Fumei muito. Responda a minha pergunta.

— Para dizer a verdade, não gostava muito dela.

— Por quê?

— Não sei. Ela me incomodava. Tinha ciúme de tudo.

— E morreu de quê?

— Em um acidente. Estávamos juntas. Foi horrível.

— Por que não me contou?

— Não sei! Não consigo pensar nisso: me faz mal. Nós brigamos. Foi nossa última briga, e sua última frase foi: "Você vai me pagar".

A galinha de marmelo

Chamava-se Blanquita Simara, porque não parecia um macho, e sim uma fêmea. Desde que Manuel Grasín tinha se instalado no quarto dos fundos da casa, que era como estar no gargarejo, Blanquita tinha engordado muito. Isso era inevitável porque Manuel Grasín, que trabalhava na confeitaria "El Obelisco", uma vez por semana lhe trazia um saco de sobras: ossos, bolos desmontados, gordura rançosa de presunto e peru, sanduíches velhos. Grasín podia dispor dos alimentos para outros fins, cozinhá-los para fazer bolos, por exemplo, ou oferecê-los à prima Virginia, que preparava com qualquer sobrinha almôndegas deliciosas, mas preferia dá-los a Blanquita Simara, porque o esperava com os olhos ardendo de fome, na entrada de casa, e porque, além disso, Rosaura Pringles com outras atenções agradecia sua generosidade. Se Grasín tinha que comprar camisas, cuecas ou pijamas, Rosaura mandava fazer em poucos dias, sob medida e em popelina italiana.

Rosaura Pringles, vinte anos atrás, teve que suportar uma injúria: ela, que se casara apesar de todos os obstáculos, tinha sido abandonada pelo marido; ela, que fora a menina mimada da sociedade; ela, coitadinha, que, depois, por culpa dele, teve que trabalhar para ganhar a vida. Rómulo Pringles, intempestivamente, saiu uma manhã para não voltar. Ele a tinha deixado numa casa bonita, bem montada, com um ateliê de camisas que dava muito lucro, rodeada de plantas que se chamam coração-de-estudante, laço-de-amor, chuva-de-fogo. Rosaura jamais pensou que o homem voltaria, e quando ele lhe telefonou vinte anos depois (sou testemunha), para perguntar se ela vivia na mesma casa, ela ficou tão assustada, que aceitou na mesma hora sua proposta de viverem juntos de novo.

Rómulo Pringles chegou com um carregamento de malas, com menos cabelo, mas uma mandíbula maior, o que lhe conferiu um ar feroz que não desagradava Rosaura, mas sim Blanquita Simara, que descobriu no homem, assim penso eu, pretensões de animal.

Foi preciso arrumar a casa, pedir a Manuel Grasín que fosse embora, coisa que não era fácil. "Sou sozinho e amigo da tranquilidade", dizia Grasín. Foi então que Rosaura Pringles adquiriu esse hábito que formou a parte mais importante de sua personalidade e de seu encanto. Blanquita Simara começou a falar por sua boca: ela não apenas expressava o que Blanquita teria dito em tal e qual circunstância, como imitava a voz que lhe atribuía: uma voz de acordo com sua peculiaridade, que era mistura de menino mimado, de negro das Antilhas e de velhinho provinciano gago. Que mulher, quando vale alguma coisa, não é brincalhona? Ela mesma dizia "Sou Blanquita".

Manuel Grasín a escutou primeiro com impaciência.

— Manuel Grasín, que é tão bom, não vai nos deixar o quarto, para podermos alojar papai? Por mais difícil que seja conseguir um lugar para ficar, Manuel Grasín vai encontrar e virá nos visitar e nos trazer ossinhos da confeitaria, e de vez em quando, para mamãe, uma galinhazinha de marmelo.

A voz irresistível de Blanquita agiu sobre o espírito e a sorte de Manuel Grasín; ele conseguiu moradia em outra casa, retirou sua cama e seu armário, para deixar o quarto, que outrora serviu de escritório luxuoso, para Rómulo Pringles.

Rosaura Pringles era bonita e sabia coordenar suas funcionárias; a única coisa que não soube lhes incutir foi seu amor por Blanquita Simara. Elas lhe sorriam, é verdade, a acariciavam, mas com visível repugnância. Blanquita Simara deixava vômitos no tapete, rasgava os tecidos que encontrava pelo chão (jamais comia os alfinetes, coisa que teria agradado as funcionárias), urinava na porta do ateliê, quando fazia frio. As funcionárias aproveitavam quando a madame saía para chamá-lo de porco, dar-lhe um pontapé; uma chegou a lhe queimar a orelha com um cigarro, ato desumano, compreensível, se assim se quiser, em mulheres cansadas ou com ciúme da felicidade de um cachorro mais querido que elas. Mas desde que Rómulo Pringles tinha voltado, as funcionárias zombavam dos donos da casa e permitiam a Blanquita Simara qualquer loucura.

— A madame, que é tão séria, conversa muito, e não é sobre tecidos, com o dono da loja de sedas Sendra; e não é sobre questões jurídicas, com Ernesto Roque, aquele bonitão e atrevido que trabalha na televisão e conquista todas as mulheres — diziam em coro aquelas línguas de cobra.

Eu as escutava com ouvido de tuberculoso, quando aparecia naquela tribuna com o meu saco de guloseimas.

— Que uma dama se perfume tanto não é nada bom — dizia a segunda funcionária.

— Ela usa cílios postiços e peruca — dizia a primeira funcionária.

— Isso não quer dizer nada — dizia a criada, sempre assomada à entrada da porta.

— Os adornos desagradam os homens.

— Segundo quais homens? Conheci um que exigia que sua mulher usasse, até na cama, a peruca na cabeça. Vocês não vão acreditar. Aqueles cabelos, mortinhos da silva e postiços, que tinham sido de outra mulher, o excitavam — opinava gravemente a primeira funcionária.

— Todas as noites ela leva Blanquita para passear. Comprou para ele uma coleira de couro verde, que vale mais que um chapéu, e uma correntinha que é um mimo, e para quê? Se antes Blanquita Simara andava comigo na rua sem coleira, como um coelho. Eu, o que quero mais? Fico descansando. Mas o doutor, o que vai pensar? — disse a criada.

Infâmias, pensei, esticando a orelha.

— Bem-feito para o doutor! — disse a segunda funcionária. — Não a abandonou por vinte anos? E ela esperando por ele, feito a santa imagem da fidelidade.

— Isso é que é esquisito. Agora que o doutor voltou, ela se diverte com outros — disse a criada.

— Assim é a vida. Agora está tranquila, pode se divertir — dizia a primeira funcionária.

— Eu tenho vontade de lhe estraçalhar a peruca; ela se faz de perigosa — protestou a segunda funcionária. — Dias atrás, disse: "Essa funcionária que não traga o crioulo dela até a porta porque vamos colocá-lo para correr daqui a mordidas".

Estavam enfurecidas, porque com o passar dos dias Blanquita Simara adquiriu, na minha opinião, um mau costume. Justiça seja feita, o que não está certo não está certo. Intempestivamente o danado se sentava no meio do quarto de costura, erguia o focinho e uivava: era anúncio de desgraça. Demoramos pouco tempo para descobrir. As funcionárias ficavam nervosas. Elas sabiam que aquele uivo traria a alguma delas ou a algum morador da casa más notícias. E assim foi como Blanquita Simara anunciou sucessivamente (com seu uivo) a morte da tia Paquita, o acidente da russinha Sonia, que não voltou ao ateliê, e o assassinato do irmão de Rómulo Pringles. Os acontecimentos se apresentaram de um modo trágico. Naquela noite, Rómulo Pringles, ao ouvir o uivo de Blanquita, foi até o ateliê, empunhou um pedaço de pau e bateu nas costas de Blanquita. Rosaura, por sua vez, pegou um pedaço de ferro para bater em seu marido, em defesa de Blanquita; justo nesse momento o namorado de uma das funcionárias estava entrando na casa para buscar sua namorada, e com verdadeira indignação recebeu o golpe. Eu temia que a vida de Blanquita Simara estivesse em perigo e disse isso a Rosaura, que respondeu, com uma adorável voz:

— Tem sete vidas. Temos um deus à parte.

Ao ouvir isso, Manuel Grasín se tranquilizou.

Eu a segui naquele dia. Na praça, na paz do anoitecer, com a voz de Blanquita Simara, Rosaura Pringles falava com seu enamorado:

— Vamos deixá-lo sozinho porque os apaixonados incomodam com seus atrevimentos. Esse Ernesto Roque é um mentiroso. Por acaso o perdoaríamos se ele dissesse a outras mulheres o que diz a nós?

Nada tão injusto. Ernesto Roque, subjugado pela voz de Blanquita Simara, agora era fiel a uma só mulher: Rosaura.

Ele tirou do bolso um revólver e disse:

— Rosaura: venha viver comigo ou te mato aqui mesmo e me dou um tiro. Não se esqueça de que sou um homem e que não se brinca com um homem.

— E como fazemos para dizer isso a papai? — disse Rosaura Pringles, com a voz de Blanquita Simara. — E para desfazer o ateliê, demitir as funcionárias, tão boazinhas, que nos dão de comer? E como fazemos para tirar a roupa, os móveis, os adereços, o jogo de panelas novo? Não vamos viver como ciganos? Onde? Em um quarto sem banheiro? Em um pulgueiro do centro, sem calefação e sem água quente, comendo fritadas frias e batatas fritas em óleo de algodão, que é um veneno para o estômago? Não, senhor. Somos românticas, mas gostamos de viver com as comodidades modernas. Já está vendo o senhor que temos em nossa casinha todas as máquinas, desde o liquidificador até o televisor. Gostamos de viver bem, entre enfeites bonitos, cachorros de porcelana e, para que esconder?, somos gastadoras. É raro andarmos pelas ruas do centro sem comprar alguma coisa. As comidas mais caras são as de que gostamos: camarões, peito de peru, bolo de amêndoas, faisão à turca, tâmaras e marrom-glacê, caviar, que é difícil de conseguir.

De onde ela conhecia aqueles pratos? Um furor seco apertou a garganta de Ernesto Roque. Lembrei com orgulho da minha generosidade.

— Gostamos de passear — ela prosseguiu fazendo a voz de Blanquita Simara —, e de ter automóvel. E os perfumes! Aceitamos apenas perfumes franceses, dos mais finos. E sabonetes! Sabonetes ingleses de glicerina, para a sarna, que também são caros, como as escovas.

Todas essas palavras, ditas com voz de menina, comoveram Ernesto Roque.

— Estou decidido — disse, subjugado, o infeliz. Ele empunhou o revólver com uma das mãos e com a outra apertou o braço de Rosaura.

— Eu também estou decidida — respondeu Rosaura, aterrorizada, usando a própria voz pela primeira vez, para assustar o homem. — Vou com você. O que me importam a minha casa e suas comodidades? Eu teria que ser frívola para recusar a sua proposta. Vou levar Blanquita comigo. Você não vai se opor. O seu amor é a coisa mais importante que existe na minha vida, a única coisa autêntica. Até agora a minha existência não tinha sentido; eu cumpria com as minhas obrigações mecanicamente, sem alegria. O dia era idêntico à noite, e a noite ao dia; a diversão ao tédio e o tédio à diversão; o amor ao ódio e o ódio ao amor. Se eu usava peruca, era para esconder a minha cabeleira, que é mais bonita; se usava cílios postiços, era para ocultar a curva irresistível dos meus cílios; se usava seios postiços, era para proteger os meus das mãos que poderiam acariciá-los. Agora, porque posso ser eu mesma, diante do revólver, prova irrefutável do seu amor, prometo abandonar tudo para te seguir.

Rosaura Pringles, que olhava fixamente a luz de um poste enquanto falava, baixou a vista e viu que o ameaçador revólver e a mão amorosa que apertava seu braço tinham desaparecido. Ernesto Roque não estava a seu lado. Rosaura alisou a peruca, amarrou o cachecol, com um leve tremor, e sem saber se estava morta ou viva, sussurrou para Blanquita Simara:

— Se sua mamãe não voltar para casa, vão tomar toda a sua sopinha e vão deixá-la sem sobremesa.

A voz divina de Blanquita Simara ressoou em seus lábios com a mesma graça de sempre. Rosaura se dirigiu para casa levando consigo esse "Abre-te, sésamo" dos corações, que lhe permitiria ainda gozar do amor. Na mesa da sala de jantar estava esperando a galinhazinha de marmelo, obséquio de Manuel Grasín.

Celestina

Ela era a pessoa mais importante da casa. Coordenava a cozinha e as chaves das despensas. Era necessário deixá-la satisfeita.

Para que fosse feliz, era preciso lhe dar más notícias: essas notícias eram tonificantes para o seu corpo, deleites para o seu espírito.

— Celestina, hoje, enquanto dava à luz, morreu de ataque do coração a dona Celina Romero, aquela mulher simpática e bondosa, que a recebeu com uma *carbonada* e crianças ao redor. Ninguém vai ficar com o filho, que tem duas cabeças e uma só orelha.

— E em todo o resto o filho é normal?

— Não. Tem o calcanhar do pé colocado na frente, os dedos no calcanhar, além dos cílios dentro das pálpebras. Falam em operá-lo.

— Que bobagem operar um recém-nascido!

Celestina se endireitava na cadeira, como na água uma flor murcha, e revivia.

— Celestina, têm terremotos no Chile; maremotos também. Cidades inteiras desapareceram. Os rios se transformaram em montanhas, as montanhas, em rios. Eles transbordam arrastando pedras, veio tudo abaixo. Estão profetizando o fim do mundo.

Celestina sorria misteriosamente. Ela, que era tão pálida, ruborizava-se um pouco.

— Quantos mortos? — perguntava.

— Ainda não se sabe. Muitos desapareceram.

— Eu poderia ver o jornal?

Nós lhe mostrávamos o jornal, com as fotografias dos desastres. Ela os conservava sobre o seu coração.

— Que piada! — respondia.

— Celestina, a criminalidade infantil está aumentando. Ontem, enquanto o senhor Ismael Rébora, que a senhora conhece, dormia, com a dose habitual de tranquilizante, seu neto, Amílcar, de oito anos de idade, com a faca que utilizava para apontar os lápis e as varas de bambu, lhe infligiu várias feridas mortais. O senhor Ismael Rébora teve tempo de acender a luz para ver como lhe desferiam a quarta punhalada e comprovar que o autor do fato não apenas era uma criança como era seu neto, amargura que para ele durou a fração de um segundo, mas não para a sua família, que escondeu o assassinato com sucesso, e que tem que conviver agora com um pequeno criminoso que com o tempo vai assassinar o resto da família.

— É possível — respondia Celestina.

Ela passou horas sendo gentil, bondosa, alegre, quase bonita; cantarolava uma canção espanhola, que expressava claramente o seu regozijo.

Celestina podia viver na própria carne as más notícias.

— Esta casa está pegando fogo — lhe disseram um dia. — Os bombeiros já estão na entrada do edifício, tentando apagar o incêndio. Não, não é uma piada. Das torneiras, em vez de água, saem chamas. Não podemos nos salvar, porque a escada que dá ao corredor da porta da rua está ardendo e a de serviço está obstruída pelas vigas de madeira que caíram. O fogo se aproxima de cada janela, com seus olhos de enguia elétrica.

Celestina, reconfortada com a má notícia, se salvou do incêndio sem nenhuma queimadura. Os outros inquilinos do edifício morreram ou se salvaram com queimaduras de terceiro grau.

Às vezes, por incrível que pareça, não há más notícias nos jornais. É difícil, mas acontece. Então, é preciso inventar crimes, assaltos, mortes sobrenaturais, pestes, movimentos sísmicos, naufrágios, acidentes de avião ou de trem, mas essas invenções não satisfazem Celestina. Ela olha com cara incrédula seu interlocutor.

E chegou um dia em que tivemos apenas boas notícias, e a impossibilidade de inventar más notícias.

— O que vamos fazer? — perguntaram Adela, Gertrudis e Ana.

— Boas notícias? Não temos que contar a ela — eu disse, pois tinha me afeiçoado a Celestina.

— Algumas poucas não lhe farão mal — disseram.

— Por poucas que sejam, lhe causarão mal — protestei. — Ela é capaz de qualquer coisa.

Falávamos em segredo nas portas. Aquele último acidente, horrível, que eu tinha contado a ela, a deixou tão contente! Fui pessoalmente ver o trem descarrilhado, para verificar os vagões em busca de uma mecha de cabelo, de um braço mutilado para lhe descrever.

Como se tivesse pressentido que estávamos preparando uma emboscada, ela nos chamou.

— O que estão fazendo? O que é que estão tramando, meninas?

— Temos uma boa notícia — disse Adela, cruelmente.

Celestina empalideceu, mas achou que se tratava de uma

brincadeira. A poltrona de vime onde estava sentada crepitou sob a sua saia escura.

— Não acredito em você — ela disse. — Só existem más notícias nesse mundo.

— Não é assim, Celestina. Os jornais estão cheios de boas notícias — disse Ana, com os olhos brilhantes. — De acordo com as estatísticas foi possível combater com eficácia as piores doenças.

— São histórias — murmurou Celestina. — E você, com essa carinha triste, que notícia me traz? — ela me disse frágil, com uma última esperança.

— Os crimes diminuíram notavelmente — exclamou Adela.

— E quanto à leucemia, é uma história antiga — sussurrou Gertrudis.

— E eu ganhei na loteria — disse Ana, em tom diabólico, tirando uma nota do bolso.

Essas vozes ácidas, anunciando notícias alegres, não prenunciavam nada bom. Celestina caiu morta.

Icera

Assim que Icera viu o jogo de móveis para bonecas na vitrine daquela enorme loja de brinquedos do Bazar Colón, o cobiçou. Não o queria para as bonecas (ela não tinha nenhuma), e sim para ela mesma, pois desejava dormir naquela exígua cama de madeira, com molduras que formavam grinaldas, cestos de flores; desejava se olhar no espelho do armário, que tinha diminutas gavetinhas, porta com fechadura e chave; se sentar na cadeirinha com o assento de palhinha e os barrotes torneados, na frente da penteadeira, em cujo mármore havia uma bacia e um jarro, com o sabonetinho de brinde e um pente, que serviria para pentear as cabeleiras mais rebeldes.

O chefe da seção de bonecas, Darío Cuerda, simpatizou com a menina.

— É tão feinha — costumava dizer para se desculpar diante dos outros empregados pelas atenções que lhe rendia.

Icera considerava as bonecas como rivais; não as aceitava nem como presente, só queria ocupar o lugar que elas ocupavam; como era teimosa, manteve-se firme em seus gostos. Essa particularidade de sua personalidade, além de sua estatura, que era bem abaixo da normal, chamavam a atenção. A menina ia sempre com sua mãe para olhar, porque eram pobres, e não para comprar brinquedos. O chefe da seção de bonecas, Darío Cuerda, permitia que Icera se deitasse na diminuta cama, se olhasse no diminuto espelho do armário e se sentasse na cadeira, diante da penteadeira, para pentear o cabelo, como fazia uma senhora que vivia em frente à casa dela.

Ninguém dava brinquedos de presente a Icera, mas Darío Cuerda, no dia de Natal, lhe deu um vestido, um chapeuzinho, luvas e sapatinhos de boneca, todos avariados, que eram vendidos na liquidação. Icera, delirando de felicidade, saiu para passear com as prendas postas. Ela ainda as conserva.

Com suas visitas, a menina criava complicações a Cuerda, pois ele lhe oferecia para escolher algum presente, e a menina sempre escolhia o de preço mais alto.

— Este Cuerda, tão generoso — diziam seus colegas de trabalho aos clientes que frequentavam a casa.

A fama de generoso lhe custava alguns *pesos*. A menina gostava dos brinquedos práticos: máquinas de costura, de lavar, um piano de cauda, uma caixa de costura com todos os apetrechos e aquele baú com um enxoval, que custavam uma fortuna. Darío Cuerda lhe deu um violão e um rastelo; depois, como os brinquedos baratos não abundavam, optou por lhe dar sabonetinhos, cabidezinhos, pentezinhos que deixavam a menina satisfeita, porque eram de alguma utilidade.

— As crianças crescem — dizia a mãe de Icera, com sincera tristeza. Que mãe não detesta secretamente o crescimento de sua filha, ainda que a queira mais alta e mais robusta que as outras! A mãe de Icera era como todas as mães, um pouco mais pobre e mais apaixonada, talvez. — Um dia este vestidinho não vai te servir — prosseguia, apontando para o vestidinho da boneca. — Que pena! Eu também fui pequenininha, e veja como estou.

Icera olhava para a sua mãe, que era desconsoladoramente alta. As crianças cresciam, era verdade. Poucas coisas no mundo eram tão certas. Ferdinando usava calças compridas, Próspera não encontrava sapatos do seu tamanho, Marina não subia nas árvores porque todas eram pequenas para sua altura de girafa. Uma angústia sutil corroeu por alguns dias o coração de Icera, mas ela quis que uma frase que repetiria de forma incessante dentro de si mesma, "não devo crescer, não devo crescer", detivesse seu ilusório crescimento. Além do mais, se ela todos os dias calçava os sapatinhos, se punha o vestido, as luvas e o chapéu de boneca, forçosamente sempre permaneceria sendo do mesmo tamanho. Sua fé operou um milagre. Icera não cresceu.

Ela caiu doente e por quatro semanas não conseguiu se vestir. Quando se levantou media dez centímetros mais. Sentiu uma grande tristeza, como se esse aumento de centímetros tivesse sido uma perda. E foi mesmo. Não apenas ficar em pé sobre a mesa lhe foi proibido; o banho na bacia de lavar roupa não voltou a se repetir, o vinho bebido no dedal da mãe foi suspenso; nem as uvas que lhe davam, nem as azedinhas que ela juntava no campo ocuparam tanto lugar no buraco de sua mão. O vestido, as luvas e os sapatos já não lhe serviam. O chapéu ficava na ponta da cabeça. Seria fácil para qualquer um imaginar o desgosto que a menina sentia, se recordasse o desgosto que a própria pessoa sente quando engorda, quando o pé ou a cabeça incham, quando os dedos das luvas se enrugam como salsichas cruas. Mas a solução para um problema se encontra à força de buscá-la: o vestido lhe serviu de blusa; as luvas, reformando-as, de meias-luvas; os sapatos, recortando os calcanhares, de chinelos.

Icera viveu feliz de novo, até que um mal-intencionado a fez se lembrar de seu infortúnio.

— Como você cresceu! — lhe disse o infeliz do vizinho.

Para demonstrar que não era verdade, Icera tentou se esconder debaixo da samambaia do quintal, mas na mesma hora a descobriram outros três vizinhos infelizes, que continuaram falando de sua estatura anormal.

Icera foi à loja de brinquedos, que era seu bálsamo de lágrimas. Com o coração cheio de amargura, parou na porta. Na vitrine, naquele dia, só havia bonecas sendo exibidas. As detestadas bonecas, com esse cheiro duro de cabelo e vestido novo que elas têm, brilhavam sobre o vidro entre os admiradores refletidos que passavam a toda hora pela Calle Florida. Algumas delas estavam vestidas de primeira comunhão; outras, de esquiadoras; outras, de Chapeuzinho Vermelho; outras, de colegial; apenas uma, de noiva. A boneca vestida de noiva era um pouco diferente da que estava vestida de primeira comunhão: levava um buquezinho de flor de laranjeira na mão e estava dentro de uma caixa de papelão azul-claro, cujas bordas tinham uma grinalda de renda e de papel, como têm as caixas de bombons. Icera, esquecendo-se de sua timidez natural, entrou na loja de brinquedos em busca de Darío Cuerda. Perguntou por ele a outros vendedores da casa, pois não o encontrou em seu lugar habitual.

— O senhor Darío Cuerda? — A tão calada Icera se esquecia de sua timidez. — Não poderia chamá-lo? — ela disse a um dos vendedores mais temidos.

— Aqui está — disse o caixa, apontando para um velhinho que parecia Darío Cuerda disfarçado de velhinho.

Darío Cuerda estava tão coberto de rugas que Icera não o reconheceu. Em compensação, ele, em sua vaga memória, se lembrou dela por causa de sua estatura.

— Sua mamãezinha vinha olhar os brinquedos. Como ela gostava do conjunto de quarto e das maquinazinhas de costura! — disse com deferência Darío Cuerda, aproximando-se com maternal doçura. Ele percebeu que a menina tinha bigodes, barba e dentadura postiça. — Essas crianças modernas — exclamou — são como adultos para os dentistas.

Que enrugados estamos todos nós!, pensou Darío Cuerda. Depois imaginou que tudo aquilo era um sonho, vindo de seu cansaço. *Tantas caras velhas, tantas caras novas, tantos brinquedos escolhidos, tantos boletos de venda escritos sobre papel-carbono, enquanto o cliente vai ficando impaciente! Tantas crianças que se fazem de velhos e velhos que se fazem de crianças!*

— Tenho que lhe contar um segredo — disse Icera.

Para que a boca de Icera chegasse a alcançar a orelha longuíssima de Darío Cuerda, foi preciso subir a menina no balcão.

— Sou Icera — ela sussurrou.

— Você também se chama Icera? É natural. Os filhos se chamam como os pais — disse o chefe da seção de bonecas pensando *a velhice me deixa obcecado: até as crianças parecem velhas.* (Aproveitou para pronunciar mal as palavras enquanto pensava em outras coisas.)

— Senhor Cuerda, eu gostaria que o senhor me desse a caixa onde está a boneca vestida de noiva — sussurrou Icera, fazendo-lhe insuportáveis cosquinhas na orelha.

Nunca Icera tinha dito uma frase tão longa nem tão bem pronunciada. Aquela caixa garantiria, segundo o que ela acreditava, a felicidade do futuro. Consegui-la era questão de vida ou morte.

— Tudo se herda — exclamou Cuerda —, especialmente os gostos. Existe pouca diferença entre esta menina e a sua mãe. Esta fala melhor, mas parece uma velhinha — acrescentou, dirigindo à que acreditava ser a avó de Icera, que era como um fantasma.

Icera pensou que ao entrar nessa caixa não continuaria crescendo, mas também pensou que se vingaria um pouco de todas as bonecas do mundo, tirando da mais importante delas aquela caixa com renda de papel.

Darío Cuerda, maltratando o seu cansaço, pois não era pouco trabalho retirar qualquer objeto da vitrine, desamarrou as fitas que prendiam a boneca do papelão e deu à Icera a caixa.

Foi nesse momento que um inesperado fotógrafo passou com suas ferramentas de trabalho: ao ver pessoas aglomeradas no Bazar Colón, ficou sabendo que Icera, a quem procurava fazia tempo, estava na loja de brinquedos. O fotógrafo pediu permissão para tirar uma fotografia, enquanto Icera se acomodava dentro da caixa e Cuerda lhe amarrava as fitas. Fincou um joelho, brandiu a câmera, se afastou, voltou a se aproximar como um verdadeiro fantoche. Talvez essa cena fizesse parte da propaganda da casa, pensou Cuerda com orgulho e, enquanto sorria, esqueceu-se de suas rugas e das da menina, maravilhado com a luz de relâmpago que iluminou a todos.

O fotógrafo, que era um cronista do jornal, por dever de ofício conhecia nome, domicílio, idade, vida e milagres da menina, e começou a tomar notas consultando a velhinha que acompanhava Icera.

— Quando sua filha completou quarenta anos? — perguntou.

— No mês passado — respondeu a mãe de Icera.

Então Darío Cuerda percebeu que tudo o que acontecia não era obra do seu cansaço. Tinham se passado trinta e cinco anos desde a visita anterior de Icera ao Bazar Colón e ele pensou, talvez de forma confusa (porque na verdade estava cansadíssimo), que Icera não tinha crescido mais de dez centímetros nesse ínterim por estar destinada a dormir noites futuras naquela caixa, o que impedira seu crescimento no passado.

O crime perfeito

Gilberta Pax queria viver tranquila. Quando me apaixonei por ela, eu achava o contrário e lhe ofereci tudo o que um homem pode oferecer a uma mulher para que ela viesse viver comigo, já que não podíamos nos casar. Por um ou dois anos nos vimos em lugares incômodos e caros. Primeiro em automóveis, depois em cafés, depois em cinemas de má reputação, depois em hotéis um pouco sujos. Quando não pedi, e sim exigi que viesse viver comigo, ela me respondeu:

— Não posso!

— Por quê? — perguntei. — Por causa do seu marido?

— Por causa do cozinheiro — ela sussurrou e saiu correndo.

Com raiva, no dia seguinte, lhe pedi uma explicação. Ela me deu.

— Você não conhece a minha casa, parece um hotel — ela disse. — Vivem cinco pessoas nela; além do meu marido, o meu tio, uma de suas irmãs e seus dois filhos. Querem tudo perfeito, especialmente a comida; mas Tomás Mangorsino, o cozinheiro (faz oito anos que está em casa) zombava de nós. Embora a apresentação de cada prato fosse muito decorativa, a cada dia ele cozinhava pior. Com o cabelo cheirando a gordura, porque eu me esquecia de cobri-lo com um pano, eu passava a manhã lhe pedindo que cozinhasse como em seus bons tempos. Mangorsino me olhava com certa compaixão, mas jamais me obedecia. Numa manhã em que o visitei com uma saída de banho rosada e um gorro de plástico verde, desses com os quais se poderia ir a um baile, ele me olhou com tanta insistência, que lhe perguntei: "O que acontece com você, Mangorsino?". "O que acontece comigo? É que a senhora está tão linda nesta manhã que não se reconhece." Foi então que me veio a ideia de me sacrificar por meu dever de dona de casa e seduzi-lo. Como se ele tivesse adivinhado, mudou de comportamento, mas apenas comigo. Mandava sobremesas de merengue, com formas alusivas a seu amor, em porções para uma pessoa só. Quando falava comigo, na entonação de sua voz eu adivinhava a reprimida ternura. "Ele vai fazer uns talharins com massa leve." "Vou amassá-la muito bem" — ele me dizia, olhando nos meus olhos. Ou então: "E a empanada que eu gosto?". "Vou dourá-la. Sei que lhe agrada." "E para o chá, o que vai fazer?" "Beijinhos de Vênus." Tudo ele me dizia me comendo com seus olhos de lobo. Acedi a suas solicitações, mas as coisas não mudaram muito. Ele mandava um prato para mim, com a proibição de comer o que preenchia a travessa, a parte dos outros, mais barata e menos fresca. A criada me sussurrava, ao colocar o prato na mesa, diante do meu assento. "Isto é para a senhora, que está com o estômago um pouco delicado." A situação se prolongou de forma angustiante. Enquanto o resto da família se retorcia de dor de barriga, eu comia manjares suculentos, que se não tivessem ameaçado a minha boa forma, teriam me deleitado. "O meu marido quer comer cogumelos (eu os odeio, não como nem por um bolo) e as crianças, peru", eu lhe disse um dia. Ele quase me estrangula. "São muito caros", respondeu. Ao mesmo tempo os mal-entendidos começaram a trazer distúrbios para a nossa relação. Enquanto ele afia as facas, olha para o meu pescoço insistentemente. Eu tenho medo dele, por que negar? Quando ele retorce um pano de pia, sei que está torcendo o meu pescoço; quando corta a carne, é a minha que ele corta. De noite eu não durmo. Sou escrava de seus caprichos.

— Não se aflija — eu disse a Gilberta. Onde ele compra a carne e as verduras?

— Tenho o endereço na minha caderneta — ela me disse. — Calle Junín, 1000. Você pensa em matá-lo?

— Uma coisa melhor — lhe respondi.

Era pleno inverno e fui ao campo para juntar cogumelos. Eu os trouxe em um saco. Pedi a Gilberta uma fotografia de Tomás Mangorsino.

— Para que você quer isso? — ela perguntou.

— Eu também tenho caprichos — respondi, e ela me trouxe a fotografia.

Para levar meu plano adiante, eu tinha que saber como era Mangorsino. Depois de verificar a que horas ele ia ao mercado, me postei na esquina onde eu sabia que ele passava às sete da manhã. Um homem passou com um impecável terno cinza e um cachecol marrom. Consultei a fotografia: era Mangorsino.

— Cogumelos baratos — gritei com voz de vendedor ambulante —, fresquinhos.

Mangorsino parou, olhou as minhas luvas. Não quero deixar as minhas impressões digitais, por precaução.

— Quanto custam?

— Cinco *pesos* — eu disse com pronúncia estrangeira.

— Me dê — ele disse, tirando dinheiro de um bolso fundo.

No dia seguinte, no jornal vespertino, li a notícia. Morreu uma família inteira envenenada por cogumelos comprados na rua pelo cozinheiro Mangorsino. A única sobrevivente é a senhora Gilberta Pax.

Fui à casa, onde Gilberta me esperava. Não disse nada a ela do que eu tinha feito. Um crime tão complicado e sutil não se confia ao ser que mais se ama no mundo, nem ao travesseiro.

Ela me contou que a família, indignada e moribunda, não perdeu a cabeça: ao sentir os primeiros sintomas de envenenamento, tinha corrido com garfos à cozinha para obrigar Mangorsino a comer os cogumelos venenosos, por isso o pobre também morreu. Meu crime foi passional e, o que é mais raro, perfeito.

O laço

Era uma anciã, era preciso respeitá-la por sua idade; era distinta, de feições regulares, era preciso admirar a beleza que tinha conservado; comia muito, era preciso louvar o frescor de sua saúde; interessava-se pela vida dos outros, sabia da vida e dos milagres de todas as pessoas que mal conhecia, era preciso acreditar em sua alma caridosa; era rica, era preciso servi-la e aproveitar as vantagens de sua situação econômica; era trabalhadora, era preciso reconhecer as virtudes de seu espírito, já que trabalhava mesmo sem ser obrigada pela necessidade. Chamava-se Valentina Shelder.

Neste relato, porque sou honesta, ressaltarão os meus defeitos e as virtudes de Valentina Shelder. Tudo isso forma parte do vasto plano agressivo de Valentina Shelder. Ter aniquilado, também, a parte simpática ou generosa do meu ser, ter me transformado em um monstro, e ela ter se salvado diante da opinião pública, que em resumo era a única coisa que lhe preocupava, dependia de sua habilidade. Demorei para perceber suas intenções, porque ela era astuta e dissimulava todos os seus sentimentos. Parecia feliz, sobretudo quando falava de temas indecentes, escatológicos ou cruéis. Ela conhecia a biografia de todas as pessoas que frequentavam o ambulatório onde trabalhávamos, as casas vizinhas com seus porteiros, a praça em que íamos tomar sol às vezes, as lojas onde comprávamos nossa roupa de trabalho, o chá e o café.

Quando Valentina terminava de contar uma história de adultério ou de amor libertino, que acabava mal, sua risada estridente preenchia a sala. Ela me odiava; seu ódio por mim só era comparável ao meu ódio por ela. Ódio que se alimentava de contendas diárias, de palavras grosseiras, de olhares penetrantes como facas que nos fendiam a alma.

Nos dias de atmosfera límpida, quando se aproximava um aguaceiro, no ambulatório se ouviam os rugidos das feras do Jardim Zoológico. Não sei por que ouvi-las me deixava serena. Talvez eu pensasse no que teria feito com Valentina Shelder se eu fosse uma fera solta ou se por algum milagre Valentina Shelder ficasse trancada comigo em uma jaula.

Valentina Shelder gozava de um rudimentar prazer: me inspirar sentimentos criminosos que contrariavam as minhas ideias religiosas; por isso, adivinhando o motivo inquietante da minha serenidade, também ela sorria quando rugiam as feras.

Ela sabia que se aproximava o dia de sua vingança: era a parte primordial de nossa vida, e o resto, uma banalidade.

Se agora eu tivesse que enumerar os pormenores de nossas brigas, talvez não conseguisse. Muitos deles versavam sobre remédios, muitos sobre alimentos, muitos sobre animais domésticos, inseticidas e vestimentas adequadas ao tempo e às idades, muitos ao modo de inserir a agulha de injeções (se diretamente com a agulha ou com o êmbolo ajustado à agulha); muitos sobre higiene mental e moral. Às vezes eu ficava rouca sem ter lhe falado, à força de gritar mentalmente, outras vezes eu ficava com um braço machucado pelos golpes imaginários contra os quais eu lhe assestava em meio a uma discussão acalorada. Eu me desfigurava. Ela naturalmente envelhecia com essa falsa distinção que a caracterizava.

Cada novo insulto que eu lhe atirava projetava nela uma luz que resplandecia em seu semblante.

— Língua comprida. Mula. Égua. Cretina. Depravada. Infeliz — eu não desprezava nenhuma palavra vulgar para lançá-la na sua cara, feito uma pedra. Ela recebia tudo com sorrisos. Às vezes, parecia uma apaixonada diante de alguém que a escutasse vociferar contra mim. Para aguçar o meu desejo de vingança, ela não desdenhava nenhuma traição. Na frente de quem quisesse ouvi-la, ela me acusava de imoralidade, de perversão, de latrocínio, de desonestidade, de crueldade.

Se, por ordem médica, eu cobria um doente, ela o descobria, ainda que isso o matasse. Se eu lhe dava sucos de frutas, ela dizia que eram veneno. Se eu falasse com um moribundo, tentando confortá-lo com palavras de esperança, ela dizia que isso lhe fazia a febre aumentar. Os médicos davam ouvidos a ela e chegaram, sem me dizer com todas as letras, a me olhar com desconfiança.

Eu sozinha era o alvo da sua agressividade, e isso acontecia quase o tempo todo; ela se colocava em lugares estratégicos, por exemplo na beirada de uma janela sem parapeito, que dava ao pátio interior do lugar, ou em cima de uma escada de mão, alta e periclitante, para trocar a lâmpada de um lustre, ou ficava de costas para um aquecedor Primus, prestes a explodir, ou ficava em cima de uma mesa frágil, que mal a segurava, para acomodar uma cortina de lona, que pesava um quintal. Num empurrão, eu teria podido em um segundo acabar com ela ou deixá-la entrevada para o resto da vida.

Ela gostava dos espetáculos cruéis, ela gostava da minha cara de espanto.

Um dia saímos sozinhas para comprar roupa branca para a equipe do ambulatório. A alguns passos da loja vimos um automóvel despedaçado, que tinha se chocado contra um muro. Valentina quis vê-lo de perto. Tive que acompanhá-la. Ela abriu a porta do automóvel, procurou por manchas de sangue. Quando encontrou, ficou satisfeita. Outro dia, quis ver o apartamento onde um casal de amantes tinha morrido asfixiado por um escape de gás da calefação. Para vê-lo, pedimos permissão ao porteiro, que nos achou umas loucas. Como um guia, ele nos mostrou o lugar, nos contando a história macabra.

O médico Samuel Sical, o chefe de nossa sala, gostava tanto de uma quanto da outra, mas Valentina Shelder não admitia isso. Samuel Sical cuidava de seus doentes com exemplar devoção. Ele os auscultava com minúcia. Salvou vidas, mas em uma ocasião não teve sorte. O doente, que não tinha nenhuma doença de outro mundo, queixava-se muito. Samuel Sical pensou que ele estava em estado grave e um dia o auscultou mais minuciosamente que de costume. Ele anunciou a seus colegas, que rodeavam a cama, que o doente estava fora de perigo. O homem parecia reestabelecido porque não se queixava; mas estava morto.

Samuel Sical, desprestigiado desde aquele dia, parecia uma alma penada. Por ele brigamos com Valentina Shelder. Acabávamos de tomar o café da manhã. Os instrumentos de cirurgia estavam ao lado. O bisturi brilhava quando ela me disse que eu estava defendendo Samuel Sical porque ele era o meu amante. Ela disse ainda: "É por ficar te olhando que ele deixou o doente morrer". Peguei o bisturi ao ouvir sua risada estridente, me lancei sobre ela, mirando seu pescoço. Ela caiu e enquanto corria o sangue, que borrifava o meu avental, sua risada persistia. Morta, sua voz furiosamente alegre permanecia ressoando pelas salas e corredores do ambulatório.

Amor

Durante o princípio da travessia fomos felizes. Era nossa viagem de lua de mel, íamos aos Estados Unidos, o meu marido para completar seus estudos e eu os meus, pois consegui uma bolsa.

A todo momento gozávamos do espetáculo do mar, da música, dos jogos, das refeições, do *dolce far niente* a bordo. O ar marítimo, que torna os homens exuberantes, também os apaixona. Eu sempre disse isso. Sob a sua influência, adoramos, odiamos, nos desesperamos, gozamos mais que sob a influência de qualquer droga. Eram talvez as nossas primeiras férias, pois desde muito jovens tínhamos vivido sempre submetidos às famílias de nossos pais e a trabalhos que nos escravizavam.

Pelas manhãs, às oito, quando não nos levantávamos para ver o nascer do sol, estávamos já no convés fazendo exercícios. Tomávamos, às onze, o caldo, que serviam com sanduíches. No resto da manhã, até a hora do almoço, nos estirávamos ao sol, quase nus. Pela tarde estudávamos e alguns dias tirávamos uma folga lendo livros ou jogando cartas com alguns dos passageiros.

Tínhamos a impressão de estar o dia todo comendo, dormindo, fazendo amor, ou esperando para fazê-lo.

Nos amávamos profundamente, com essa nova felicidade que consistia em nos afastarmos do mundo rodeados de gente que não conhecíamos ou que mal conhecíamos.

Entre os passageiros, será que valeria a pena mencionar o nome de Isaura Díaz, que lia as linhas das mãos; de Roberto Crin, ilusionista; de Luís Amaral, brasileiro, caçador e milionário; de John Edwards, médico que em certo momento me salvou a vida; e da menina Cirila Fray, de quem eu cuidava durante uma ou duas horas à tarde, para ajudar a mãe, que estava anêmica?

Roberto Crin me fascinava com seus números de mágica e conversava um pouquinho comigo quando subíamos as escadas ou quando nos cruzávamos pelo convés. Meu marido não gostava dele. Ele não me dizia isso, mas eu notava por seu modo de franzir o cenho ou de enrugar a testa. E por acaso ele não conversava com todas as mulheres a bordo, assim que tinha uma chance? Com Luís Amaral eu não me atrevia a falar, porque ele me olhava muito, com seus olhos escuros e impiedosos. Assim que ele tentava falar comigo, eu olhava para o outro lado, me fazendo de distraída. Com o enigmático John Edwards, que salvou a minha vida e com quem por esse motivo tive algum contato, meu marido mal falava. A vida, que tinha sido tão agradável nos primeiros dias, para mim se tornou atroz. Para me distrair um pouco me ocupei de Cirila, que tinha cinco anos e que passava a tarde na sala de atividades para crianças, onde havia um cavalo de madeira e um escorregador, balanços e outros brinquedos, desses que se encontram nas praças. No tempo que passava com ela eu me esquecia um pouco da constrangedora tarefa que é para uma mulher tentar evitar o ciúme de um marido desconfiado. Nossa viagem não parecia uma viagem de lua de mel. Uma amargura semelhante à que eu tinha visto em outros casais juntos havia muito tempo destruía o nosso acordo. Não nos amávamos menos por isso. Durante o dia nos reconciliávamos cinco ou seis vezes; essas reconciliações eram efusivas. Não o culpo mais do que culpo a mim por esse estado das coisas. Sou vingativa, desde a infância sou assim: no momento em que eu o via conversar com alguma mulher que não fosse muito velha, eu procurava algum homem a quem dar papo, para que ele soubesse o que era o sentimento que eu mais detestava: o ciúme.

Não foi senão depois de quinze dias a bordo quando decidi falar com Luís Amaral. Um marido que ama a sua mulher percebe quando ela se sente atraída por outro homem: algo na voz, algo no olhar, algo no comportamento a delata. O meu marido deve ter notado essa atração, pois se tornou rude e mal-humorado comigo, sem deixar de ser amável com as outras mulheres.

Um dia, Luís Amaral, com o pretexto de me mostrar as escopetas com as quais caçava no Amazonas, me fez entrar em seu camarote. Eu não devia ter aceitado. Ele não me convidava como a outros passageiros a bordo; seu modo de me olhar, sua voz, me perturbavam. Para me vingar das infidelidades, talvez inexistentes, do meu marido, eu me sentia capaz de fazer qualquer coisa. Não me fiz muito de rogada. Entrei no camarote de Luís Amaral como quem se suicida. Quando me encontrei a sós diante dele me senti envergonhada. Ele entendeu de outro jeito. Quis me abraçar. Naturalmente eu me esquivei dele. Ele tinha fechado a porta com chave: eu quis abri-la. Gritei.

Depois desse episódio Luís Amaral passou a me olhar de um jeito insolente. Ele não perdoava a minha indiferença, porque se achava irresistível.

O meu marido, com o pretexto de conhecer seu destino, falava com Isaura Díaz, de noite, quando eu me trocava para dormir. Várias vezes eu os vi no convés juntos: ela tomando a sua mão e dizendo coisas que ele nunca me contava. Isaura Díaz era uma mulher já madura. Seus olhos pretos irradiavam uma luz estranha. Eu achava que nenhum homem podia se apaixonar por ela, primeiro por sua idade, depois por sua falta de beleza. Mas à medida que a fui observando, descobri nela um encanto e uma força que me inquietaram. Pensei que o meu marido se sentia atraído por ela e esse interesse que ele demonstrava por saber alguma coisa do futuro não era senão o interesse que sente um homem diante de uma mulher. Roberto Crin tentava me distrair com seus números de mágica. Talvez ele percebesse a minha angústia. Eu com ele me sentia alegre, alegre feito uma menina, porque sempre me fascinou esse jogo de fazer aparecer e desaparecer objetos.

O meu marido não podia acreditar na minha inocência, nem eu na dele. Um barco é um mundo, e nesse mundo começávamos a viver o nosso amor de uma maneira equivocada. Não sei se os passageiros ouviam as nossas brigas. Às vezes íamos até a proa e o vento trazia pitadas de sal a nossos lábios enquanto discutíamos. Às vezes íamos até a popa e ali, com a cabeça abaixada, olhávamos a fenda azul deixada pelo barco e pelos peixes--voadores, que saltavam enquanto destroçávamos nossa alma. Às vezes, quando todos os passageiros tinham ido dormir, permanecíamos no convés, como dois espectros, nos odiando.

Os motivos de nossas disputas não nos enfureciam de acordo com a gravidade do caso. Às vezes bastava um lenço que tivesse caído, um movimento de uma das mãos, um bom-dia que tivesse sido dito, a palidez das faces ou uma contemplação prolongada demais diante do espelho, para que a raiva transbordasse. Um demônio tinha se apoderado de nossas almas. Às vezes penso que Deus tentou nos salvar desse demônio nos infligindo um castigo maior.

Estávamos, naquele dia, apoiados na borda. Fazia frio. Tínhamos posto nossos casacos mais grossos, é verdade, mas não sentíamos o frio em nosso rosto, nem em nossas mãos descobertas. Estávamos brigando, não sei por quê. Eu me lembro de todos os motivos de nossas brigas, a não ser deste, que parecia a conjunção de todos os outros. Era a hora em que o mar, quando faz frio, ganha um tom cinza de aço. O sol branco se parecia menos ao sol que à lua. Eu contemplava o céu, o mar, como em um sonho. De repente o barco tremeu, tombou para a esquerda. Continuamos brigando. Ouviu-se a sirene. Os passageiros do barco corriam, recolhendo alegremente pedaços de gelo que tinham caído dentro do convés, e o lançavam ao ar. Continuamos brigando. O barco se inclinava para a esquerda. Um oficial veio nos dizer que o barco tinha se chocado com um bloco de gelo. Estava afundando. Nós lhe agradecemos. Continuamos a brigar. De vez em quando, um leve movimento, com uma série de rangidos, inclinava o barco. Víamos as louças do refeitório da primeira classe cair uma depois da outra; a mesinha com rodas, coberta de frios e sobremesas, bater-se contra as paredes, empurrada por mãos invisíveis. As pessoas se agrupavam nos cantos, como animais que temessem o granizo. Já tinham descido os botes salva-vidas. Brigávamos. Tivemos vontade de nos salvar? Um oficial veio me buscar. Eu lhe disse que queria ficar com o meu marido, caso nos botes não tivesse lugar para ele. Continuamos brigando. Uma avalanche de gente veio em cima de nós quando abriram as portas de comunicação da segunda e da terceira classes. O amargo gosto do mar, tão parecido às lágrimas, entrou em minha boca. Desfaleci. Não sei quem nos salvou, mas seja quem for, eu não perdoo, pois devo a essa pessoa ter ficado neste mundo de brigas, em vez de ter perecido em um esplêndido naufrágio, abraçada ao meu marido.

O pecado mortal

Os símbolos da pureza e do misticismo são às vezes mais afrodisíacos que as fotografias ou que os contos pornográficos, por isso, oh, sacrílega!, os dias próximos à sua primeira comunhão, com a promessa do vestido branco, cheio de entremeios, das luvas de linho e do rosário de perolazinhas, foram talvez os verdadeiramente impuros de sua vida. Deus me perdoe, pois eu fui de certo modo a sua cúmplice e a sua escrava.

Com uma flor vermelha, chamada caliandra, que você trazia do campo aos domingos, com o missal de capa branca (um cálice estampado no centro da primeira página e listas de pecados em outra), você conheceu naquele tempo o prazer — vamos dizer — do amor, para não mencionar seu nome técnico; tampouco você poderia dar-lhe um nome técnico, pois nem sequer sabia onde colocá-lo na lista de pecados que tão aplicadamente você estudava. Nem sequer no catecismo estava tudo previsto ou esclarecido.

Ao ver o seu rosto inocente e melancólico, ninguém suspeitava que a perversidade, ou melhor, o vício, te aprisionava em sua teia pegajosa e complexa.

Quando alguma amiga chegava para brincar com você, você lhe relatava primeiro, depois lhe demonstrava a secreta relação que existia entre a caliandra, o missal e o seu gozo inexplicável. Nenhuma amiga compreendia, nem tentava participar dele, mas todas fingiam o contrário, para te deixar contente, e semeavam em seu coração essa terrível solidão (maior que você) de saber-se enganada pelo próximo.

Na enorme casa onde você vivia (de cujas janelas se avistava mais de uma igreja, mais de um armazém, o rio com barcos, às vezes procissões de bondes ou de carruagens de praça e o relógio dos ingleses), o último andar estava destinado à pureza e à escravidão: à infância e à criadagem. (Você achava que a escravidão existia também nos outros andares e a pureza, em nenhum.)

Você escutou dizer em um sermão: "Quanto maior é o luxo, maior é a corrupção"; você quis andar descalça, como o menino Jesus, dormir em um leito rodeada de animais, comer migalhas de pão recolhidas do chão, como os pássaros, mas não te foi dada essa felicidade: para te consolar por não andar descalça, te puseram um vestido de tafetá furta-cor e sapatos de couro *mordoré*; para te consolar por não dormir em um leito de palha, rodeada de animais, te levaram ao teatro Colón, o maior teatro do mundo; para te consolar por não comer migalhas recolhidas do chão, te deram de presente uma caixa luxuosa com renda de papel prateado, cheia de bombons que mal cabiam na sua boca.

Raras vezes as senhoras, com enfeites de plumas e de peles, durante o inverno se aventuravam por este último andar da casa, cuja superioridade (indiscutível para você) as atraía no verão, com vestidos leves e lunetas, em busca de um terraço de onde observar aviões, um eclipse ou simplesmente a aparição de Vênus; elas acariciavam a sua cabeça ao passar e exclamavam com voz em falsete: "Que cabelo bonito!", "Mas que cabelo bonito!".

Contíguo ao quarto de brinquedos, que era ao mesmo tempo o quarto de estudo, estavam as latrinas dos homens, latrinas que você nunca viu a não ser de longe, através da porta entreaberta. O mordomo, Chango, o homem de confiança da casa, que tinha te posto o apelido de Boneca, demorava-se mais que seus companheiros no recinto. Você percebeu isso, pois com frequência atravessava o corredor para ir ao quarto onde passavam a roupa, lugar atraente para você. Dali, não apenas se divisava a entrada vergonhosa: ouvia-se o barulho intestinal da tubulação que descia aos inumeráveis dormitórios e salas da casa, onde havia cristaleiras, um altarzinho com santas e um pôr do sol em um teto.

No elevador, quando a babá te levava ao quarto de brinquedo, repetidas vezes você viu Chango, que entrava no recinto fechado, com olhar ladino, o cigarro entre os bigodes, mas mais vezes ainda o viu sozinho, distraído, em diferentes lugares da casa, em pé, encostando-se sem parar na ponta de qualquer mesa, luxuosa ou modesta (com exceção da de mármore da cozinha, ou a de ferro com lírios de bronze do pátio). "O que estará fazendo Chango que não vem?" Ouviam-se vozes agudas, chamando-o. Ele demorava em se separar do móvel. Depois, quando ele vinha, naturalmente ninguém se lembrava para que o tinham chamado.

Você o espiava, mas ele também acabou te espiando: você descobriu isso no dia em que desapareceu da sua escrivaninha a caliandra, que mais tarde enfeitou a casa do botão do casaco de lustrina dele.

Poucas vezes as mulheres da casa te deixavam sozinha, mas quando havia festas ou mortes (se pareciam muito), deixavam você com Chango. Festas e mortes consolidaram esse costume, que aparentemente agradava seus pais. "Chango é sério. Chango é bom. Melhor que uma babá", diziam em coro. "É claro, ele se entretém com ela", acrescentavam. Mas eu sei que uma língua de cobra, das que nunca faltam, disse: "Um homem é um homem, mas nada importa aos patrões, contanto que façam economia". "Que injustiça!", murmuravam as ruidosas tias. "Os pais da menininha são generosos; tão generosos que pagam um salário de preceptora a Chango."

Alguém morreu, não me lembro quem. Pelo buraco do elevador subia esse arrebatador cheiro de flores, que consome o ar e as deprecia. A morte, com numerosos aparatos, enchia a área térrea, subia e descia pelos elevadores, com cruzes, baús, coroas, palmas e púlpitos. No andar superior, sob a vigilância de Chango, você comia chocolates que ele te deu, brincava com a lousa, com a cozinha em miniatura, com o trem e com a casa de bonecas. Fugaz como a emissão de um relâmpago, sua mãe te visitou e perguntou a Chango se era preciso convidar alguma menininha para brincar com você. Chango respondeu que não convinha, porque em duas vocês fariam bagunça. Uma cor violeta passou por suas faces. Sua mãe te deu um beijo e se foi; ela sorria, mostrando seus lindos dentes, por um instante feliz por te ver ajuizada, em companhia de Chango.

Naquele dia a cara de Chango estava mais obscura que de costume: na rua não o teríamos reconhecido, nem você nem eu, ainda que você o tenha me descrito tantas vezes. De soslaio você o espiava: ele, habitualmente tão ereto, arqueando-se como símbolos de parênteses, agora se encostava na ponta da mesa e te olhava. Vigiava de vez em quando os movimentos do elevador, que permitia ver, através da armação de ferro escuro, a passagem de cabos, feito serpentes. Você brincava com resignada inquietação. Você pressentia que alguma coisa insólita tinha acontecido ou ia acontecer na casa. Como um cachorro, você farejava o horrível cheiro das flores. A porta estava aberta: era tão alta, que sua abertura equivalia à de três portas de uma construção atual, mas isso não facilitaria a sua fuga; além disso, você não tinha a menor intenção de fugir. Um rato ou uma rã não fogem da serpente que os quer; animais maiores não fogem. Chango, arrastando os pés, por fim se afastou da mesa, inclinou-se no corrimão da escada para olhar para baixo. Uma voz de mulher, aguda, fria, retumbou desde o porão:

— A Boneca está se comportando?

O eco, sedutor quando você lhe dizia alguma coisa, repetiu sem encanto a frase.

— Muito bem — respondeu Chango, que ouviu ressoar suas palavras nos fundos escuros do porão.

— Às cinco vou levar o leite a ela.

A resposta de Chango: "Não precisa: eu mesmo lhe preparo" misturou-se com um "obrigada", que se perdeu em meio aos mosaicos dos andares de baixo.

Chango voltou a entrar no quarto e te ordenou:

— Você vai olhar pela fechadura, quando eu estiver no quarto ao lado. Vou te mostrar uma coisa muito bonita.

Ele se agachou junto à porta e aproximou o olho da fechadura, para te ensinar como devia fazer. Saiu do quarto e te deixou sozinha. Você continuou brincando como se Deus estivesse te olhando, por compromisso, com essa aplicação enganosa que às vezes as crianças põem em suas brincadeiras. Depois, sem hesitar, você se aproximou da porta. Não teve que se agachar: a fechadura se encontrava na altura de seus olhos. Que mulheres degoladas você iria descobrir? O buraco da fechadura age como uma lente sobre a imagem vista: os mosaicos resplandeceram, um canto da parede branca se iluminou de forma intensa. Nada mais. Um exíguo ventinho fez voar o seu cabelo e fechar suas pálpebras. Você se afastou da fechadura, mas a voz de Chango ressoou com uma imperiosa e doce obscenidade: "Boneca, olhe, olhe".

Você voltou a olhar. Um hálito de animal se filtrou pela porta, já não era o ar de uma janela aberta no quarto contíguo. Que pena sinto ao pensar que o que é horrível imita o que é bonito. Como você e Chango através dessa porta, Píramo e Tisbe se falavam amorosamente através de um muro.

Você se afastou de novo da porta e retomou as suas brincadeiras de forma automática. Chango voltou ao quarto e perguntou: "Viu?". Você sacudiu a cabeça, e o seu cabelo liso girou desesperadamente. "Gostou?", insistiu Chango, sabendo que estava mentindo. Você não respondia. Você arrancou com um pente a peruca da sua boneca, mas de novo Chango estava encostado na ponta da mesa, onde você tentava brincar. Com seu olhar turvo ele percorria os centímetros que te separavam dele e já imperceptivelmente se deslizava ao seu encontro. Você se jogou no chão, com a fita da boneca na mão. Você não se mexeu. Banhos consecutivos de rubor cobriram o seu rosto, como esses banhos de ouro que cobrem as joias falsas. Você se lembrou de Chango fuçando na roupa branca dos armários da sua mãe, quando ele substituía as mulheres da casa em suas tarefas. As veias das mãos dele se incharam, como se ganhassem tinta azul. Na ponta dos dedos você viu que ele tinha manchas roxas. De modo involuntário você percorreu com o olhar os detalhes de seu casaco de lustrina, tão áspero sobre os seus joelhos. Desde então você veria para sempre as tragédias da sua vida adornadas com detalhes minuciosos. Você não se defendeu. Sentia falta da pura caliandra, sua excitação incompreendida, mas sentia que aquela secreta representação, imposta por circunstâncias imprevisíveis, tinha que alcançar a sua meta: a impossível violação da sua solidão. Como dois criminosos paralelos, você e Chango estavam unidos por objetos distintos, mas solicitados para fins idênticos.

Durante noites de insônia você compôs mentirosos relatórios, que serviriam para confessar a sua culpa. A sua primeira comunhão chegou. Você não encontrou fórmula discreta nem clara nem concisa de se confessar. Teve que comungar em estado de pecado mortal. Ajoelhada, estava não apenas a sua família, que era numerosa, estavam Chango e Camila Figueira, Valeria Ramos, Celina Eyzaguirre e Romagnoli, padre de outra paróquia. Com dor de parricida, de condenada à morte por traição, você entrou na igreja gelada, mordendo a ponta do seu missal. Te vejo pálida, já não ruborizada diante do altar-mor, com as luvas de linho postas e um buquezinho de flores artificiais, como os de noiva, na sua cintura. Eu te buscaria pelo mundo inteiro a pé como os missionários para te salvar se você tivesse a sorte, que não tem, de ser a minha contemporânea. Eu sei que por muito tempo você ouviu na escuridão do seu quarto, com essa insistência que o silêncio desata nos lábios cruéis das fúrias que se dedicam a martirizar as crianças, vozes inumanas, unidas à sua, que diziam: é um pecado mortal, meu Deus, é um pecado mortal.

Como você fez para sobreviver? Só um milagre explica: o milagre da misericórdia.

Radamanto

Ela a invejava por seus pecados com uma inveja que a corroía, uma inveja que não a deixava descansar, e agora, a outra ali estava, morta. Nada no mundo podia ressuscitá-la. Ali estava, morta como uma pedra preciosa, que não sofre, com todos os horrores, com todas as cerimônias. Nem sequer desfigurada! E se estivesse, alguém teria se encarregado de ver nela um encanto novo, o encanto de suas imperfeições. Jovem, nada lhe tiraria a juventude; tranquila, nada lhe tiraria a tranquilidade; impura, nada lhe tiraria sua aparente pureza. As iniciais, sobre o pano do carro fúnebre, brilhavam, e seus retratos já eram distribuídos entre os amigos da casa. Não havia modo de conter as lágrimas que vertiam por ela um filho de oito anos, um marido de trinta e essa corte ridícula de amigos que a admiravam, ainda mais que antes. Nos armários, aqueles vestidos que cheiravam a perfume, seriam seus representantes. Com eles a lembrança tramaria costumes, ritos em sua memória. As santas têm altares, mas ela, que tinha se matado, teria em cada coração alguém que suspirasse secretamente por sua memória.

Injustiças do destino, pensava Virginia, enquanto subia as escadas. *Eu, que sofri tanto, eu, que sou pura, eu, que às vezes tenho cara de morta, eu, que não tenho medo de ninguém, eu não me matei. Ninguém chora por mim.*

Entrou no quarto onde a velavam. Flores, as flores que a agradavam tanto, a cobriam. Na luz trêmula dos círios brilhavam a testa, os pômulos, a face, o pescoço e os lábios, como se estivesse viva. Não se viam nenhum de seus defeitos, nem os dedos dos pés, que eram tão insólitos, nem as pernas fortes de mais. Ela tinha se arrumado, penteado, pintado, para torturar Virginia.

Para não ver sua cara, ela se ajoelhou; para não pensar nela, rezou. Um zumbido de vozes lhe encheu os ouvidos. As pessoas falavam de quê? Apenas dela. Era pura, diziam, como a luz. Virginia se pôs em pé. Por sorte ninguém percebe no olhar os íntimos sentimentos de um ser.

Virginia se dirigiu ao dormitório da morta. Procurou o pente, para se pentear, procurou o perfume, para se perfumar, e se olhou no espelho. Saiu da casa apressadamente; entrou em uma loja onde comprou papel de carta (o papel que tinha em sua casa era um papel ordinário). Caminhou pela rua olhando a ponta de seus sapatos de bruxa; subiu por um elevador interminável, abriu uma porta e entrou em seu quarto. Começou a escrever maravilhosas cartas de amor dirigidas à morta, nelas revelando, com todo tipo de subterfúgios, a vida monstruosa, impura, que lhe atribuía. Ao pé das cartas assinava com o nome do suposto amante. Em uma noite, enquanto velavam a morta, escreveu vinte cartas, cujas datas abarcavam toda uma vida de amor.

Na manhã seguinte, ao amanhecer, fez um pacote com as cartas, as amarrou com a fita rosada de uma de suas camisolas, as levou à casa mortuária e as depositou no armário da morta.

O celeiro

Para Basilia Vázques

Faz trinta anos que saí da Espanha e não sei se voltarei. A minha mãe queria que eu me chamasse Generosa, como a minha avó, mas me chamavam de Pachina. Na noite de São João eu fugi de casa. Já estava cansada de tanta injustiça. Eu tinha oito anos e fazia todos os trabalhos. As minhas irmãs, nenhum. Quando faziam a colheita do centeio, eu sofria mais que nunca, pois não tinha tempo de juntar as azeitonas, que valem tanto. As minhas irmãs, elas tinham tempo de juntá-las. Eu tinha que servir o vinho, o almoço aos ceifeiros, ou levar as vacas ao monte, ou lavar e passar a roupa, ou acender o fogo, ou descascar batatas. "Vou embora para Gueral, onde vivem as minhas primas", eu falava comigo mesma, mexendo os lábios como se rezasse. "Vou ganhar a vida cuidando de crianças e amanhã, quando os meus pais forem à igreja, para pegar todas as coisas que os vizinhos deixaram nas portas da igreja, vão saber que fugi e vão chorar com grandes lenços, porque não vão saber se morri de fome ou se um lobo me comeu."

Caía a noite, com as fogueiras acesas, e pensei nos contos de lobos e de bruxas que tinham me contado. Não tive coragem de caminhar pela mata nem de me aventurar pelo longo caminho que leva a Gueral; me escondi no celeiro, onde se armazenam os grãos, e que fica bem perto da casa dos meus pais. Me estirei no chão. Ouvi a noite inteira as idas e vindas das pessoas que me procuravam com lanternas. Ao amanhecer peguei a estrada. Molhei a cara no rio, para lavar as minhas lágrimas, pois eu não levava lenço, e bebi muita água. Quando cheguei a Gueral, mais morta que viva, não tive coragem de pedir trabalho em nenhuma casa. Eu tinha vergonha. Na entrada do povoado encontrei a minha prima, que me perguntou aonde eu ia. Respondi que ia buscar uns tamancos, que faziam ali, em uma casa, muito bonitos. Envergonhada voltei, caminhando pelo mesmo caminho por onde eu tinha vindo, resolvida a me fechar no celeiro até morrer, pois antes de receber a surra que me esperava, preferia morrer debaixo dos grãos ou de um carregamento de pasto. A dor e a fome me davam asas. Corri tanto que caí quase desmaiada. Parei para descansar embaixo de um castanheiro, cujas frutas cravaram seus espinhos em mim. As crianças, que saíam do colégio, ao me ver, vieram ao meu encontro. Uma delas quis me levar ao povoado e me pegou pelo braço. Cravei-lhe as unhas. As outras me rodearam e por meia hora lutaram comigo. Quando caí no chão, vencida, me fiz de morta. As crianças, gritando que eu estava morta, fugiram. Quando eu as perdi de vista, peguei outro caminho da mata, mais longo, mas menos frequentado, e me dirigi ao celeiro. Com tranquilidade, pois o meu cansaço era já como um narcótico, penetrei na sombra do lugar, e vi com terror que eu não estava sozinha. Uma sombra entocada se escondia, do mesmo jeito que eu estava me escondendo: era Lelo Garabal, o dos pés grandotes, mas ele chorava. Um garoto que chora! O que era a minha vergonha comparada com a de Lelo Garabal? Ele tinha doze anos completos, era quase um homem com bigodes, e eu uma menina. Eu o olhei com desprezo.

Ele grunhia como um porco e um mar de lágrimas caía de suas faces sobre a blusa escura, mas ele não tinha se esquecido de sua merenda, e enquanto chorava comia um pão com carne. Fazia muitas horas que eu não comia e provavelmente ao lamber meus lábios Lelo Garabal adivinhou a minha fome. Ele me ofereceu a metade do pão, não da carne, e me disse:

— Vou embora da Espanha.

Se eu não estivesse sentada, teria caído no chão.

— Você vai? — perguntei-lhe com voz gelada, lembrando que uma menina nunca deve demonstrar seu espanto a um rapaz. — Por quê?

— Porque sim — respondeu, olhando para os próprios pés. — Sou grande, olhe os meus sapatos. Calço um número a mais que o meu pai.

— Eu quero ir embora com você — disse-lhe, tentando não escutar seus grunhidos. — Eu também quero ir embora da Espanha, mesmo que morra de fome.

— Num barco? — ele me respondeu incrédulo. — Pachina, você iria num barco, desses que zarpam de Vigo?

— E em que eu iria? — eu disse. Mas por que você vai embora? — insisti. — O senhor López e Teresa, a sua madrinha, vão deixar? Por que você quer ir embora?

— Ninguém me cumprimenta no povoado, nem Manolo, nem Maruja Naveira, nem Ricardo Cao, nem Luisa Carro.

— O que você fez? — perguntei.

— Um sacrilégio — respondeu.

— Um sacrilégio?

Eu não achava que ele fosse capaz nem de um sacrilégio.

— Você se lembra que sou curioso? O padre que me ensinou o catecismo me disse que as chagas de Cristo sangrariam se eu mastigasse as hóstias. Você sabe que a Maruja Naveira e a Luisa Carro limpam todos os sábados os pisos, os bancos, o altar da igreja, não sabe? Ontem elas queriam passear o dia todo e eu me ofereci para limpar a igreja. Eu sabia onde o padre guardava as chaves do sacrário. Assim que Maruja e Luisa se foram eu busquei as chaves. São de ouro e brilham muito. Sozinho, percorri a nave, limpando os bancos, o piso e o presbitério, até que cheguei ao altar. Peguei o cálice e, olhando sem parar para o Cristo, mastiguei uma por uma as hóstias, para ver se as chagas sangravam. Não sangraram, mas me descobriram antes que eu mastigasse a última hóstia, que talvez teria desatado o sangue. O povoado inteiro sabe disso agora — ele disse, engolindo uma lágrima. — A minha mãe disse que só os ladrões, os loucos ou as mulheres de má fama vão me cumprimentar.

— Eu também não — disse-lhe e corri para junto da minha mãe.

O sacrilégio de Lelo Garabal me salvou de uma surra. Durante um mês e durante todo o mês seguinte não se falou de outra coisa no povoado e na minha casa, onde voltaram a me tratar com a mesma injustiça como se eu tivesse me comportado, depois de tudo, como Lelo Garabal.

A árvore talhada

Fui vestida de diabo e bem cedo ao banquete. A minha fantasia tinha cheiro de óleo de rícino. Assisti a todos os preparativos da festa.

— Um banquete é sempre um banquete — disse Sara, acomodando os assentos ao redor da mesa comprida, debaixo da sombra do salgueiro. — As travessas têm que estar bem dispostas, os copos na frente dos pratos e os talheres adequados.

Clorindo, fantasiado de fantasma com um lençol, olhava o ir e vir de sua mãe, Sara.

— Vinte convidados, é muito — continuou Sara. — É a primeira vez que recebemos tantos convidados para um almoço. O aniversário de dom Locadio, o seu avô, é importante: está fazendo sessenta anos.

Clorindo continuava brincando: tinha descoberto um formigueiro, ao lado do tronco do salgueiro, e pensou, seguindo os meus conselhos, que talvez fosse engraçado colocá-lo dentro de uma sobremesa. Fomos atrás de uma caixinha de papelão, onde pusemos o formigueiro, e fomos em busca de Sara, que tirava do forno os bolos, que ela recobria com doce e em seguida com uma camada da mesma massa. No momento em que Sara foi ao outro quarto, colocamos no interior de um bolo o formigueiro; nós o cobrimos com doce e depois com uma camada de massa. Sara, atarefada como estava, não percebeu.

Os convidados chegaram e não demoraram para se sentar. Sara e suas irmãs traziam as travessas da cozinha. Como era Carnaval tinham se fantasiado: a Pirucha de odalisca, o Turco de leão, Rosita Peña de *gaucho*, porque era domadora; eu, de diabo, não se pode esquecer disso; e Clorindo de fantasma. Poucas vezes a animação de uma festa, na casa de Sara, tinha tomado essas proporções. Alguém fez um discurso, antes de brindar. Quando chegou o momento das sobremesas, a Pirucha aplaudiu, mas Sara modestamente se desculpou, dizendo que não era época de marmelo e que recheados de maçãs os bolos valiam pouco. Havia cinco bolos distribuídos sobre a mesa. Pirucha cravou a faca no que estava colocado diante do seu prato. Assim que partiu a massa, as formigas saíram. Pirucha deu um grito, depois quis disfarçar, em vão, o desastre. Clorindo se escondeu debaixo da mesa. Com sua atitude chamou mais atenção.

Dom Locadio, que estava vermelho de raiva, ficou em pé. Tinha que aplicar um castigo a Clorindo.

— Não é possível que esse menino — ele disse — encha nossa comida de formigas. Elas contêm ácido fórmico, um laxante muito potente.

— Seria até bom, depois do que comemos — disse Delia Ramírez, com um amável sorriso.

— Que castigo podemos dar a ele? — disse Sara. — Ele já comeu tudo o que queria.

— Vou pegar o chicote e vou açoitá-lo na frente de todos vocês — disse Locadio. — Ele é um assassino. Podia ter posto veneno, em vez de formiga.

Todo mundo emudeceu. Dom Locadio buscou o chicote e pegou Clorindo por uma perna. Retirou o prato, os talheres e o copo colocados na frente de seu assento e pôs Clorindo sobre a mesa. Tirou-lhe a calça e lhe desferiu oito chicotadas.

— Que horrível — disse Pirucha, cobrindo a cara. — Que indecente! É a primeira vez que vejo um garoto nu.

— Você não tem irmãozinhos? — perguntou Rosita, com naturalidade. Quando terminou de desferir as chicotadas, dom Locadio suava. — E agora temos que perdoá-lo — disse Sara, vestindo Clorindo. — Não vai fazer isso nunca mais, nunca mais. Não é mesmo?

— Nunca mais — disse Clorindo.

Clorindo procurava alguma coisa sobre a mesa. Pegou sua faquinha e sem hesitar cravou-a no coração de dom Locadio.

Foi nesse momento que os convidados acharam que haviam tido uma premonição, pois ao se encaminhar ao banquete tinham visto árvores com um coração talhado no tronco e uma punhalada profunda no centro.

Clorindo se divertia, como todas as crianças, com brincadeiras inventadas por ele; a predileta tinha sido aquela brincadeira do coração talhado por ele mesmo, nos troncos das árvores, ao qual cravava uma faca, provando a sua pontaria, que era bastante boa. As árvores do povoado, fazia tempo, levavam todas a marca dessas brincadeiras.

"Por aqui passou o diabo, que se apoderou da alma de Clorindo", disseram as pessoas, depois do crime, ao ver os troncos marcados. E eu senti que a culpa era minha.

Carta de despedida

Madrinha:

Uma tristeza, que não consigo compreender, abriga-se no meu coração, de noite, quando se acendem as primeiras luzes do seu quarto. Desde que nasci, vivemos nesta mesma casa: tempo suficiente para saber que o corredor isola, e não une, os quartos. Você se fecha com chave, como em uma torre, todas as tardes, desde aquela vez que eu não queria lembrar, mas que está no fundo dos meus pensamentos, como aquelas telas grandes pintadas que havia antigamente nas salas dos fotógrafos. Diante da sua janela, estende-se o jardim, onde há balanços, escorregadores e trepa-trepas, dos quais eu te espio quando você abre as janelas. Você acha que eu estou brincando quando me vê nos balanços, ou com crianças da minha idade jogando amarelinha, ou com os cachorros. Como se engana! Se brincar é se divertir, eu nunca brinco. Que nome pode ter o que eu faço quando parece que estou me entretendo? Até os cachorros compreendem que estou triste e lambem as solas dos meus sapatos incorretos.

Poucas pessoas me amam e eu sei por que isso acontece. É porque só se amam os seres que amam a si mesmos, e eu não me amo, porque não encontro motivos verdadeiros para me amar, nem sequer quando me vejo tocando violino, como um homem adulto, no espelho, nem quando tiro boas notas na escola.

Guardo o meu violino debaixo da cama, por costume, e às vezes, quando estou sem dormir, sem me lembrar do exato som de suas notas, abro a caixa do instrumento e toco as cordas levemente; mas isso não basta para que eu durma. Meu amor pela música não é tão grande para que possa enganar os outros nem a mim mesmo. É para ficar acordado que me preocupo com o som das cordas. Ouço a porta de entrada que se abre e a voz de Juan que chega para te visitar. Todas as noites! Às vezes me levanto e os espio. A intimidade com que ele te trata me parece mais que indecente. Eu o mataria, pode acreditar; não o mato para não te causar sofrimento; você já sofreu bastante por minha culpa naquela tarde em que tentei te fazer uma surpresa. Eu nunca contemplei o seu rosto com tanto resguardo. É verdade que era a primeira vez que te via dormindo. Toquei o violino, pianíssimo, para que a surpresa não fosse desagradável e para que ninguém me descobrisse. Como me atrevi a entrar no seu quarto àquelas horas? Eu achava que a minha mãe não estava em casa; isso me deu coragem; também me deu coragem tudo o que ela fazia para nos separar. Quando você por fim abriu os olhos, abriu-se também a porta e minha mãe entrou, como a imagem de uma fúria. Bateu primeiro em mim, depois em você. Você dava as costas à porta e não conseguia ver a faca, sobre a mesa, que peguei, disposto a matá-la, porque ela tinha tocado em você. A luz que nos iluminava como que através de mil vidros vermelhos era da cor do sangue.

A minha mãe não perdoa o amor que tenho por você. Eu não perdoo o amor que você tem por Juan.

Vou embora desta casa. Me esquecerei que existem as facas, os violinos, o seu rosto e essa luz vermelha da violência. Vou entrar em um claustro. Pedirei à Nossa Senhora um favor: não zelar por mim nem me inspirar ciúme.

A caneta mágica

Você sabe que não é um sonho nem uma invenção, sabe que tudo o que eu escrevia, toda ideia que eu tinha, já estava escrito por alguém em alguma parte do mundo, e que por esse motivo chegou uma hora em que eu não pude publicar nada, pois os leitores menos sagazes teriam me acusado de plágio. Só você sabe que eu jamais fui capaz de plagiar alguém, e que esta fatalidade que acomete, suspeito eu, o mundo inteiro, sem que o mundo perceba, só se faz evidente em mim, tão evidente que me impede de seguir com o meu ofício. Desde que a literatura existe se escrevem as mesmas obras; no entanto os outros escritores persistem escrevendo. Eu sofri por anos este espantoso horror que consiste em repetir involuntariamente o conto, o romance, o poema que outros tinham escrito; quando eu levava essas criações a um jornal, a uma revista, a uma editora qualquer, descobria por acaso que já tinham sido publicados por outro autor desconhecido ou conhecido. Desse modo escrevi alguns dos livros mais célebres, que ficaram guardados na minha gaveta, sem esperança de vê-los reconhecidos nem apreciados por ninguém.

Sofri esse tormento até que me deram a famosa caneta. Achei que se tratasse de uma caneta comum, mas logo percebi que sob sua aparência modesta ocultava um poder mágico que me encheu de esperança. As primeiras páginas que escrevi com ela foram realmente notáveis, tão notáveis que em nenhum jornal, em nenhuma revista, nem em nenhum livro encontrei suas frases. Com sucesso publiquei aquelas obras que me valeram uma fama indiscutível. Eu a levava em meus passeios solitários. Para não perder sua fluidez eu dormia com ela metida no bolso do meu pijama. Desse modo compus uma infinidade de livros, um intitulado *A verdade é muda*, outro *A esperança se infiltra*, outro *A fonte do santuário*, outro *Tinta*. Em um brusco arrebatamento de confiança, quando te conheci, te revelei o segredo. Escolhi você como confidente sem suspeitar que todo confidente se torna inimigo de quem confia suas confidências. Com ingenuidade e luxo de detalhes eu te contei as vicissitudes da minha vida de escritor. Você parecia compreender tão bem o que acontecia comigo, que com frequência eu pensava que a carreira de escritor convinha à sua sensibilidade. Você não recusava a ideia e me escutava, como sempre fazia, com admiração e espanto. Eu pensava em você nos momentos de ilusão, como em um possível discípulo que o tempo se encarregaria de recompensar com os frutos do meu trabalho e da minha experiência. Cheguei a falar com você quase como com a minha consciência. No meu trabalho não havia dificuldade que eu não te contasse, não havia esperança frustrada que eu não te confessasse. Eu te arrastei à Biblioteca Nacional à procura de livros, que só podiam interessar a mim, e você os lia como se o meu interesse fosse o seu. Você abandonou a música e a pintura. Estava num período de evolução. Não pensei que ao te revelar o segredo você perderia a admiração e o respeito que tinha por mim. Não pensei que você me trairia. Foi em um momento de descuido: sobre a mesa do quarto deixei a caneta; você estava ao meu lado. Fui à esquina atrás de cigarros. Quando voltei, a caneta tinha desaparecido. Perguntei a você se não a tinha visto; você me disse que não e se mostrou espantado com a minha audácia. Desde aquele momento você mudou comigo. Não me contava em que empregava o seu tempo nem a que se devia sua súbita mudança de personalidade. Ao mesmo tempo apareceram em jornais e revistas contos em que eu reconhecia o estilo inconfundível da minha caneta. Sob as obras, a assinatura sempre era um pseudônimo. Mas a dúvida me espreitava. Por fim na estante de uma livraria encontrei, com o fim das minhas dúvidas, um livro intitulado: A *caneta mágica*.

O diário de Porfiria Bernal

Relato de Miss Antonia Fielding

Para Juli

Poucas pessoas vão acreditar neste relato. Às vezes seria preciso mentir para que as pessoas admitissem a verdade; esta triste reflexão eu fazia na infância por razões fúteis, que já esqueci; agora a faço por razões transcendentes. As pessoas consideradas honestas são muitas vezes insensíveis, as que não se comovem diante de um destino complexo, ou as que sabem mentir com sumo sacrifício ou habilidade para se fazerem respeitar. Eu não me encontro em nenhuma dessas categorias. Sou modestamente, torpemente honesta. Se cheguei à beira do crime, não foi por minha culpa: o fato de não o ter cometido não me torna menos infeliz.

Escrevo para Ruth, a minha irmã, e para Lilian, a minha irmã de leite, cujo afeto de infância perdura através dos anos. Escrevo também para a conhecida *Society for Psychical Research*; talvez algo, nas páginas seguintes, possa lhes interessar, pois investiga os fatos sobrenaturais. O primeiro presidente dessa sociedade, o professor Henry Sidwick, foi um dos melhores amigos do meu avô. Me lembro de na minha infância ter ouvido muitos contos de fadas, mas nenhum me impressionou tanto nem me pareceu tão misterioso como a conversa entre o meu avô e Henry Sidwick, quando falaram de Eusapia Palladino e de Alexandre Aksakof, depois de um almoço de verão, no pequeno e bonito jardim de nossa casa. Escrevo sobretudo para mim mesma, por um dever de consciência.

Não quero me deter em ínfimas anedotas da infância, sem dúvida supérfluas. Ruth e Lilian as conhecem, uma porque é a minha irmã e a outra porque é minha dileta amiga. Me limitarei a declarar o meu respeito pela *Society for Psychical Research* e a lhe dedicar este trabalho que encerra o fruto de uma amarga experiência. Peço perdão pela incorreção do estilo, pela falta essencial de clareza. Nunca soube escrever e agora que me insta o tempo, estremeço pensando nos erros que deixarei gravados nestas páginas, que jamais hei de reler.

Me chamo Antonia Fielding, tenho trinta anos, sou inglesa e o longo tempo que passei na Argentina não modificou o perfume de alfazema dos meus lenços, a minha incorreta pronúncia castelhana, o meu caráter reservado, a minha habilidade para os trabalhos manuais (o desenho e a aquarela) e essa facilidade que tenho para ficar ruborizada, como se me sentisse culpada sabe lá Deus de que faltas que não cometi (isso se deve, mais que à timidez, a uma transparência excessiva da pele, que muitas amigas invejaram em mim). Entre as bênçãos que o céu me deu estão a saúde e o otimismo que brilharam nos meus olhos durante longos períodos da juventude. Sou silenciosa e talvez por esse motivo não pareço alegre como sou na verdade, ou antes fui. Para os que me veem de longe, sou bonita: no espelho, percebo como a distância é necessária para embelezar a assimetria de um rosto. Na frente de um espelho, na infância, lamentei, chorando, a minha feiura.

Não preciso, não posso relatar todos os pormenores da minha vida. Conheço este país como se fosse meu, porque o amo e porque li, para conhecê-lo melhor, os livros de Hudson. Desde que cheguei à Argentina me senti atraída por esta paisagem, por esta música folclórica, tão espanhola, por esta vida rural e por esta gente lânguida e ao mesmo tempo ruidosa. Tive a sorte de poder viajar pelas províncias, antes de me ver obrigada a trabalhar como preceptora. (O Jardim da República e as cataratas do Iguaçu me impressionaram vivamente.)

Não sofri por minha difícil situação financeira, nem por meu trabalho, que a princípio me pareceu, tenho que confessar, altamente romântico: sempre amei crianças, não com um sentimento maternal, mas sim com um sentimento amistoso (como se tivéssemos eu e as crianças a mesma idade e os mesmos gostos).

No primeiro dia que ocupei o meu posto de preceptora pensei com alegria que a vida estava me premiando, me obrigando de um modo inesperado a educar meninas de acordo com meus íntimos ideais. Eu não supunha que as crianças fossem capazes de infligir desilusões mais amargas que as pessoas mais velhas.

Não vou contar as diferentes etapas da minha vida de preceptora. Talvez desiludida demais e, no entanto, com a mesma timidez, cheguei a esta casa de cujas janelas estreitas e altas avisto a Plaza San Martín, com seu monumento. Aqui, nesta casa da Calle Esmeralda, escrevo estas linhas que terão que ser as últimas.

Me lembro como se fosse hoje da manhã quente de dezembro, brilhando sobre a aldraba de bronze, em forma de mão. Naquele dia eu tinha estreado um vestido florido, que me deixava feliz, essa felicidade exagerada que sentimos, as mulheres, diante de uma prenda que nos embeleze. Fazia tempo que eu queria ter um vestido dessa cor, azul-turquesa, com essas mesmas flores, que lembravam ao mesmo tempo um jardim e uma xícara de chá, no dia do meu aniversário. A súbita aparição da aldraba na porta de entrada obscureceu por um instante a minha alegria. Nos objetos lemos o futuro de nossas desgraças. A mão de bronze, com uma cobra enroscada em seu punho canelado, era imperiosa e brilhava como uma joia sobre a madeira da porta. Um concierge com sobrecasaca verde me levou até o elevador. Eu estava nervosa porque não sabia ou supunha não saber pronunciar um nome e um sobrenome que agora me parecem familiares: o nome da dona da casa. Nos momentos em que nos encontramos mais perturbados, distraídos ou abstraídos, mais incapazes de observar, é quando observamos melhor. Quando morreu o meu pai, entre as minhas lágrimas, descobri a forma verdadeira de suas sobrancelhas e uma pinta que escurecia a parte inferior de sua mandíbula; com paixão descobri a forma exata de um móvel de mogno, móvel da época vitoriana, onde ele guardava os óculos e os documentos, e que eu tinha visto a vida toda, distraidamente.

Me lembro do vívido cheiro a piso recém-encerado, do tapete vermelho e gasto da escada, com as bordas mais escuras. Me lembro, na entrada, ao entardecer, com todas as nuvens, do quadro pintado a óleo, no qual uma mulher seminua (entre uma chuva de rosas brancas) dava de comer a quatro pombas com penas iriadas. Me lembro das claraboias com vidros de diferentes cores, as tonalidades verdes, vermelhas, violetas predominantes, as guirlandas trabalhosas, uma flor que parecia um pássaro preso em seu eterno voo. Me lembro de um piano vizinho cuja música melancólica me perseguiria.

Ana María Bernal (esse é o nome da dona da casa) sem dúvida tinha acabado de tomar banho e de se vestir; um odor a pós, cremes e perfumes delicados envolviam-na, ou melhor, nutriam-na, como a água nutre certas flores luxuosas. Eu a imaginei envolta em tules, como uma bailarina espanhola perseguida por um reflexo dourado: um raio de sol a iluminava e um público invisível presenciava a cena, esse público encantado e horrível que há às vezes nos móveis estofados, nas caixas de bombons finos, nas caixas de costura e nos antigos porta-cartões de marfim.

Nunca consegui saber, nem na época nem depois, a idade de Ana María Bernal: só soube que a sua idade dependia da felicidade ou da desventura que cada momento lhe trazia. Em um mesmo dia ela podia ser jovem e envelhecer com elegância, como se a velhice ou a juventude fossem para ela frivolidades, meras vestes intercambiáveis, de acordo com as necessidades do momento. Me lembro do perfume estridente de sua blusa bordada, o desenho nacarado de sua fivela e a melancolia falsa e magnífica de seus olhos castanhos. Parecia uma rainha egípcia do British Museum, dessas que me assustaram na infância e que mais tarde admirei, quando aprendi que existem belezas que são muito desagradáveis. Ainda então, atarefada como eu estava em estudar aquele novo e espantoso rosto, ainda então ela me pareceu decifrar a linguagem lúgubre da casa, como se cada objeto, cada adorno fosse um símbolo cuidadoso, um anúncio dos meus sofrimentos futuros.

Diante dessa desconhecida mulher argentina me senti desamparada. Me senti transparente, de uma transparência definitivamente dolorosa e obscura. A cor da minha pele, o ouro gasto dos meus cabelos (que eu via refletidos nos vidros da janela) me pareceram nesse instante não só os despojos da minha personalidade, como uma maldição inexplicável. A cor escura da pele pode dar aos seres uma hierarquia, um poder oculto, que admiro, desprezo e temo no meu íntimo: isso me fazia dizer na infância: “Eu poderia me apaixonar por um homem de pele escura, mas nunca me casaria com ele, porque lhe teria medo”.

Incapaz de esconder de Ana María Bernal as minhas falhas de erudição, de forma equivocada eu me achava inferior a ela. Eu ficava ruborizada e ela, na sombra de seus olhos como que por trás de uma máscara, com serenidade, acompanhava os subterfúgios dos meus movimentos.

— Não achei que fosse tão jovem — ela disse, me convidando a me sentar em uma poltrona estofada de damasco amarelo. — A minha sogra me falou da senhora. Ela se ocupa do pessoal da casa. É uma senhora de oitenta anos, mas mantém sua agilidade e sua memória. Eu não tenho jeito para essas coisas.

Assenti com a cabeça.

— Não sabia que a senhora era tão jovem — ela voltou a repetir com doçura.

— Não sou tão jovem — eu lhe disse com certa impaciência —, tenho trinta anos.

Um sorriso sem graça passou por seus lábios.

— É verdade que a idade, às vezes, não significa nada. Além do mais, nunca se sabe a idade das inglesas. A senhora parece tímida. Talvez sem firmeza; provavelmente por isso parece mais jovem do que é.

— Senhora, não se pode julgar pelas aparências. Eu fui como uma mãe para os meus irmãos, quando eu tinha quinze anos ficamos órfãos e eu, sozinha, cuidava da casa.

— Que interessante! — disse Ana María Bernal, cruzando as pernas e colocando as mãos, cobertas de anéis, sobre as saias —, a vida de vocês é tão diferente da nossa! Estou certa de que sua vida deve ser como um romance bem romântico, como os romances de Henry James. Henry James ou Francis Jammes? Eu os confundo sempre. Nada transparece; parece uma menina tímida, sem experiência e sem personalidade — Ana María suspirou suavemente. — Recomendo que a senhora tenha muita seriedade com a minha filha. Não lhe dê confiança. Seja severa com ela. Porfiria é filha do rigor. A senhora sabe o que é ser filha do rigor? Ela é voluntariosa. Neste ano não a mandaremos ao colégio, porque ela teve uma pleurisia e está com a saúde delicada. A senhora terá que a educar e a instruir, entretendo-a. Quando estivermos à beira-mar (a senhora sabe que passamos o verão na praia), seus banhos não podem passar de cinco minutos: com o relógio e a toalha na mão a senhora terá que a esperar na beira, como fazia a minha avó com a minha mãe quando a minha mãe era pequena. A minha filha deve se alimentar bem e comer lentamente; o médico orientou; ela tem que mastigar muito. Espero que a senhora se faça obedecer e que não cometa fraquezas com ela.

Em uma folha de bloco, Ana María Bernal anotou a dieta de Porfiria com um lápis e em seguida me entregou com um gesto grosseiro, mascando as sílabas de sua última frase:

— Não lhe dê chocolate, mesmo se ela pedir.

Quando Porfiria Bernal veio me cumprimentar, fiquei surpresa com o quão diferente era da imagem que eu havia formado dela. Seu nome, que me lembrou um poema apaixonado de Byron, e a conversa que tive com sua mãe formaram em mim uma imagem resplandecente e muito diferente. Pálida e magra, ela modestamente se aproximou para que eu lhe beijasse a testa.

Porfiria não era bonita, não se parecia com a sua mãe, mas existe uma beleza quase oculta nos seres, que dificilmente pressentimos se não somos bastante sutis; uma beleza que aparece e desaparece e que os torna mais atraentes: Porfiria tinha essa modesta e recatada beleza, que vemos em alguns quadros de Botticelli, e essa aparência de submissão, que tanto me enganou no primeiro momento.

Acho que esta casa é a morada de todas as minhas recordações. O inferno deve ser menos minucioso, menos estritamente atormentador na elaboração dos seus detalhes. Eu poderia descrever os ruídos, um por um, as comidas, a luz essencial dos silêncios e das janelas. Poderia descrever o dia de cada semana com um céu adequado. Poderia enumerar os quadros, as fotografias, as manchas de umidade de certos cômodos. Poderia enumerar as estatuetas de porcelana, com grupos de gatos, e as miniaturas com retratos de antepassados. Poderia repetir as lições, os ditados, as leituras que eu infligia a Porfiria às segundas, quintas e sábados pela manhã. Talvez eu morra sem conseguir apagar da minha memória a precisão aguda e estranha dessas recordações.

A vida me assusta e, no entanto, essa árvore que vejo da minha janela me chama e ainda me cativa com seus ramos verdes. Quisera eu ainda ser a mulher que fui. A Plaza San Martín é alegre: tem plantas tropicais e um monumento grande, preto e rosado. Não voltarei a respirar o cheiro vernáculo de suas tumbérgias? Não vou redescobrir essa intimidade argentina, em seus bancos sob as falsas-seringueiras? Quem poderá acreditar na minha inocência? O que fazer para continuar vivendo a felicidade humilde, que ainda tenho, de ser do jeito que sou?

O irmão de Porfiria chamava-se Miguel. Cinco anos mais velho, este adolescente era extraordinariamente bonito; moreno, com traços perfeitos, olhos negros, que brilhavam sem melancolia. Um sorriso suave contrariava a dureza do olhar, às vezes iluminava o rosto; um sorriso cruel o escurecia, outras vezes. Seu cabelo, como as plantas, crescia com paixão. Porfiria, repito, não era a única filha e, no entanto, o pai a mimava como se fosse. Mario Bernal era um homem gentil e bondoso e sentia pela filha uma ternura quase maternal, uma ternura semelhante à que sentia pela mãe, que o admirava e que sempre o tinha preferido.

Fiz o quanto pude para melhorar a educação de Porfiria. Li muita geografia, muita história: devo confessar que tinha me esquecido de quase todas as datas e os acontecimentos históricos importantes. Meu pai sempre dizia: Ensinar é a melhor, talvez a única, forma de aprender. Me instruí eu mesma, para poder instruir Porfiria. Nunca estudei tão fervorosamente. Nunca me senti tão alentada por uma família inteira. Até a avó de Porfiria, essa velhinha de oitenta anos que em vão tentava, havia dois anos, terminar de tricotar uma pelerine de lã lilás, se interessava pelos métodos de ensino e me dava conselhos.

Porfiria era inteligente ao extremo. A literatura a interessava, por assim dizer, com paixão. Certas composições que ela escreveu foram verdadeiramente notáveis: "Os pequenos príncipes na torre", "A morte de uma árvore", "Um dia de chuva", "Um passeio pelo rio Tigre", "Os gatos abandonados" me surpreenderam, me comoveram. Eu deixava que ela escolhesse os temas. Fui eu também, que Deus me perdoe, quem lhe deu a ideia de escrever um diário. Ela passava muitas horas escrevendo como um anjo, inclinada sobre o caderno, com os olhos iluminados. (Na época eu a via inspirada como um anjo!)

— As meninas inglesas sempre têm um diário — eu lhe disse numa manhã em um trem que, fugindo dos calores sufocantes da cidade, nos levava às praias do sul.

— E tem que dizer a verdade? — me perguntou Porfiria.

— Se não for assim, para que serve um diário? — eu respondi sem pensar no significado que minhas palavras teriam para ela.

Pela janelinha do trem via-se o campo todo incendiado pelo pôr do sol: nem uma árvore o interrompia; os animais pareciam brinquedinhos recém-pintados. De vez em quando passava um campo de flores roxas ou de linho. Eu sempre venerei a natureza: suas diversas manifestações me trazem à memória versos, frases inteiras de algum romance, lindas miniaturas que havia na sala da nossa casa, na Inglaterra, reproduções de quadros pintados a óleo por Turner, cujas belezas me estremecem, certas canções de Purcell (canções de pastores), que eu ouvia a minha mãe cantar, de noite, quando estava vestida com um maravilhoso vestido rosado, com fitas verdes, que ela amarrava para combinar com seu penteado. Uma lembrança de perfumes de baunilha me traz certos céus parecidos aos daquela tarde: nesses perfumes estão a minha pátria e o meu romantismo.

— Mas eu já tenho um diário — disse Porfiria com uma voz ácida, que eu não conhecia nela. — A senhora mesma, Miss Fielding, me deu a ideia de fazê-lo no dia que me contou que tinha escrito um diário aos doze anos. Não se lembra?

Eu não me lembrava de ter dito nada sobre aquele diário da minha infância, mas senti, ao olhar seus olhos, que ela estava me dizendo a verdade. Aquelas palavras que eu tinha lhe dito tão distraidamente sem dúvida a tinham impressionado. Ela continuou falando com essa pequena voz ácida e desagradável, acentuada pelo barulho do trem, que lhe obrigava a falar mais alto.

— O meu diário é um diário muito especial. Quem sabe um dia eu possa entregá-lo a você para que o leia. Mas vou dar apenas a você. Mamãe não pode ver porque ela ia achar imoral.

Eu a olhei espantada. Como ela se atrevia a falar assim comigo?

— Por que sua mãe acharia imoral e eu não? — lhe perguntei com uma ansiedade mal disfarçada.

— Porque a senhora, Miss Fielding, é inteligente e sobretudo porque a senhora não é a minha mãe. As mães facilmente deixam de ser inteligentes.

Ao ouvir essas palavras, fiquei nervosa. O que Porfiria tinha querido dizer? Nesse momento, a madame De Bernal, que viajava em outro vagão, se aproximou para nos chamar para comer. A responsabilidade de ser preceptora estava começando a me preocupar!

Começava a esfriar, anoitecia e pela primeira vez uma tristeza indescritível e sem motivo se apoderou de mim, lembrando meus verões nativos, os diversos trens que me levaram a outras praias. Eu discretamente me contemplei no espelho, ajeitando o cabelo. Descobri no rosto, no canto da boca, uma nova ruga, uma ruga que eu nunca tinha visto. Porfiria encostou-se a mim, me segurou pelo braço, fez o gesto de me beijar; me pareceu que um segredo já nos unia: um segredo perigoso, indissolúvel, inevitável.

Por muitos meses, Porfiria me ameaçou com a leitura do seu diário. De quando em quando ela me lembrava da urgência que sentia para que eu o lesse, mas talvez tenha se cansado de insistir ao ver a minha indiferença.

Passou o inverno e depois a primavera. Chegou o verão. Então Porfiria conseguiu, com mil artimanhas, voltar a falar do diário. Ela sabia que o assunto me desagradava. Queria vencer a minha relutância.

Estávamos no mês de setembro de mil novecentos e trinta. Demorei alguns dias para abrir o diário que Porfiria tinha me dado e para percorrer superficialmente as páginas. Me repugnava a ideia de lê-lo, me parecia, volto a repetir, que esse diário podia nos ferir, que era uma espécie de vínculo secreto, um objeto clandestino, que me traria desgostos; mas Porfiria insistiu tanto, que não pude recusar por mais tempo. A que abismos da alma infantil, a que inferno cândido de perversão iam me levar essas páginas cuja trêmula escritura, em tinta verde, tentava imitar a minha? Quão longe eu estava de imaginar a verdade!

Não posso me deter nos pormenores deste relato. Os meus recursos literários são nulos. Suspeito que as palavras que escrevi nem mesmo me darão alívio, e sim um profundo sofrimento.

Porfiria foi a minha primeira, a minha última discípula. Ela foi a única por quem tive um afeto verdadeiro, por quem sofri como uma mãe pode sofrer por uma filha, por quem sofri as perturbações mais profundas que um adulto sofre por uma menina. A verdade é que essa criança me influenciou como só uma amiga perversa pode fazer.

Com certa repugnância, com certa curiosidade envergonhada, comecei a leitura do diário. Que significado tinha para Porfiria a palavra imoral? Nada de tão terrível como eu tinha imaginado? Que segredos familiares me revelariam essas páginas? Falaria de sua avó, de sua mãe, de seu pai, de seu irmão Miguel, de forma desrespeitosa? A leitura desse diário não me traria problemas de consciência, infortúnios de vários tipos? Todas essas reflexões me pareceram baixas, egoístas, insignificantes, ininteligentes. Comovida e reconfortada com a minha resolução, li as primeiras páginas.

O DIÁRIO DE PORFIRIA

3 de janeiro de 1931

Tenho oito anos completos. Me chamo Porfiria e Miguel é o meu único irmão. Miguel tem um cachorro grande como uma ovelha. Por muitos anos esperei ter um irmão melhor e mais novo, mas desisti: eu não amo a minha família. Miss Fielding me acha bonita, mas que eu tenho uma expressão fugazmente bonita. "É a expressão da inteligência", ela me disse. "É a única coisa que importa." Eu me pareço aos anjos de Botticelli que usam golinhas bordadas e que têm "as caras velhas de tanto pensar em Deus", como diz Miss Fielding. Eu não penso em Deus, a não ser à noite, quando ninguém vê a minha cara; então lhe peço muitas coisas e lhe faço promessas que não cumpro. A noite possui grandes folhagens com flores e pássaros onde me escondo para ser feliz, às vezes para ser muito infeliz, porque se é fácil ser audaciosa a essas horas, é também fácil morrer de susto ou de desespero. A essas horas eu poderia fugir da minha casa, matar alguém, roubar um colar de brilhantes, ser uma estrela de cinema.

Todas as expressões da minha cara eu as estudei nos espelhos grandes e nos espelhos pequenos. Os quadros de Botticelli eu os vi na coleção de Pintores Célebres.

Não ambiciono, para quando eu for grande, ser como a minha mãe, nem como Miss Fielding, nem como a minha prima Elvira. Acho que nunca vou ser nem sequer jovem: esta ideia não me entristece, me dá uma sensação de imortalidade, que muitas meninas da minha idade com certeza não tiveram.

10 de janeiro

Miss Fielding me deu a ideia de escrever este diário. Antes de conhecê-la eu não teria pensado nisso: antes de conhecê-la eu não teria pensado em contemplar os anjos de Botticelli nem a minha cara em tantos espelhos, porque sempre achei que eu era horrível e que me olhar em um espelho era um pecado. Em uma correntinha de ouro entre duas medalhinhas eu tenho uma chave; é a chave da gaveta onde guardo o meu diário. A caixa e a chave despertam a curiosidade dos criados e da minha mãe, que é esperta.

Só ela, Miss Fielding, poderá ler estas páginas; ela e talvez Miguel, que sabe ortografia.

Porfiria Bernal é o meu nome: me espanta, sempre me contraria, muda a cor dos meus olhos, a forma da boca e dos braços e até o afeto que sinto por minha mãe. A minha mãe! Às vezes a vejo como uma estrangeira, como uma intrusa que acaricia os meus cabelos, quando lhe dou boa-noite. O meu pai tem cara de prócer, é familiar para mim como as miniaturas que ele guarda na cristaleira. Beijá-lo me dá vergonha.

Sou a escrava do meu nome.

— Tudo é uma questão de costume. Quando você for grande, vai gostar do seu nome, porque é original — me disse a minha mãe.

— Eu preferia me chamar Miguel. Miguel é nome de homem e é comum.

15 de janeiro

Me zanguei com Miss Fielding: ela não queria que eu me despedisse dos gatos de Palermo.

20 de fevereiro

Hoje chegamos na praia. As viagens de trem são muito curtas: eu tinha tanta coisa para pensar e só o trem me permite pensar. Os exercícios físicos me tiram os pensamentos, também as pessoas e a aritmética.

28 de fevereiro

A areia é feita de pedras, caramujos, ossos, cabelos, unhas de náufragos e pedacinhos de animais que se aventuraram dentro do mar e deixaram seu esqueleto: eu olhei a areia de perto com a minha lupa.

A minha mãe conversa com um senhor cujos olhos azuis são da cor de alguns peixes. É claro que falam de coisas muito desagradáveis, de parentes ou de negócios, porque a minha mãe franze as sobrancelhas e olha o relógio, e o senhor, que tem um anel de ouro, olha com ódio o mar e se recosta no toldo, fumando, como se estivesse muito cansado. A areia gruda entre os dedos dos pés; tento tirá-la, mas não consigo. Miss Fielding olha de viés o senhor do anel de ouro. O que Miss Fielding está pensando? Ela não pensa. Sai para nadar: sigo a sua touca verde sobre o mar, eu a sigo até que ela volta.

Quantos umbigos tem a areia!

Me deram de presente uma Nossa Senhora que serve de castiçal: são as mais práticas.

1º de março

Estou doente. Miss Fielding não me deixa pensar: ela lê, com sua monótona voz de gato, Robinson Crusoé. Mas que interesse pode ter para mim um livro como esse? Gosto dos livros de amor ou de crimes. Gosto dos livros de pensamentos. Não espero senão pela hora do almoço, que não me traz nada. Vou morrer antes dos quinze anos? Eu contei as horas que Miss Fielding não me deixou pensar desde que estou na cama: cinco horas hoje; ontem, três; anteontem, oito: dezesseis no total. Se eu morrer antes dos quinze anos, não vou perdoá-la por isso.

10 de março

Eu me despedi do mar: foi difícil beijá-lo, mais fácil foi beijar a areia, que estava úmida. Não voltarei até o ano que vem (mas já não será a mesma coisa, vou ter um ano a mais, já não serei a mesma).

Iremos passar uns dias em uma fazenda do meu avô, em Arrecifes.

12 de março

A fazenda se chama A Amanhecida.

— Certamente A Bela Adormecida era um dos contos preferidos das filhas do antigo proprietário desta fazenda e por isso lhe puseram esse nome — me disse Miss Fielding na noite que chegamos.

Tive que lhe explicar que não se chamava A Bela Adormecida, e sim A Amanhecida, o que era diferente. Ela me respondeu como se me desse um dado histórico:

— Certamente quiseram abreviar o nome porque ficava um pouco longo.

14 de março

A fazenda se chama A Amanhecida *porque seu antigo proprietário tinha uma filha mais calada, muito mais calada e tímida que eu. Quando chegavam visitas, o dono da casa, que tinha uma barba metade preta, metade ruiva, para elogiar ou chamar a filha enquanto servia diversos tipos de torta que ela mesma preparara, dizia em voz alta:*

— Não *é amanhecida.* Não *é amanhecida, minha filha.*

As visitas, que eram todas senhoras velhas, de luto e gulosas feito porcos, pegaram o costume de, quando chegavam na fazenda, perguntar pela que "não era amanhecida" e finalmente, para abreviar um pouco, perguntavam pela "amanhecida", pensando nas massas caseiras que pareciam, pela decoração de merengue, tortas de uma grande confeitaria. Pouco *a pouco, a* Amanhecida *se tornou famosa. "Onde está a* Amanhecida*?", "Como está a* Amanhecida*?", "O que a* Amanhecida *está fazendo?" eram frases que começaram a ser ouvidas quando as pessoas pediam tortas.* A *fazenda acabou por se chamar* A Amanhecida.

Mas agora não há ninguém que possa convencer Miss Fielding *de que* A Bela Adormecida *não foi responsável por esse nome.*

15 de março

Miss Fielding *aprendeu a andar a cavalo em um dia. Todo mundo lhe deu os parabéns. Ela não se assusta com as cobras nem com os morcegos, nem com a pouca luz.* Não *sei se adora ou odeia gatos. Ela os acaricia e lhes dá pedacinhos de carne crua, que rouba da cozinha, quando o cozinheiro dorme a sesta, mas também lhes dá pontapés.*

Ela caminha com Miguel *pelo jardim à noite. Ouço as vozes até que adormeço. Eles dizem que viram um fantasma e que* Miss

Fielding caiu desmaiada: eram os olhos fosforescentes de um gato, que corria pelo teto da casa, como um gigante preto.

20 *de março*

Acho que vou ser uma grande artista quando vejo um raio de sol sobre o gramado, ou quando sinto o cheiro de trevo que brota da terra ao anoitecer ou quando imagino que um tigre me devora em pleno dia. Pintarei muitos quadros para o Museu Nacional.

26 *de março*

Ser pobre, andar descalça, comer fruta verde, viver em uma choupana com a metade do telhado quebrado, ter medo, devem ser as maiores felicidades do mundo. Mas eu nunca poderei ambicionar essa sorte. Sempre estarei bem penteada e com estes sapatos horríveis e com estas meias curtas.

A riqueza é como uma couraça que Miss Fielding admira e que eu detesto.

28 *de março*

Eu inventei esta oração: meu Deus, fazei com que tudo o que eu imagine se torne verdade, e o que eu não possa imaginar não chegue nunca a tornar-se. Fazei com que eu, como os santos, despreze a realidade.

29 *de março*

Eu duvidei da existência de Deus: as pessoas adultas sempre mentem e elas me falaram da existência de Deus.

1º de abril

Eu não consigo encontrar um trevo de quatro folhas. Nunca serei feliz, porque ser feliz é acreditar que somos.

2 de abril

Eu gosto de dormir e comer no trem. Também gosto de Buenos Aires, hoje, porque é o dia da chegada e porque tem cheiro de naftalina nos tapetes.

4 de abril

Estudo piano sem convicção. Para tocar bem o piano tenho que imaginar um teatro cheio de gente, ouvir aplausos. Pago dez centavos para Filomena por cada aplauso. Na salinha desta casa, quando tem uma visita, a minha mãe me pede que eu toque "Au Couvent", de Borodin, mas eu detesto essa visita e detestaria qualquer teatro com um público como esse. Para não chorar tenho que imaginar que estou em um jardim com roseiras e salgueiros e que um jovem descalço e muito pobre me leva pela mão; então a música se abre como uma vereda para nos deixar passar e o teclado se torna invisível.

20 de maio

Pablo Lerena jantou ontem à noite em casa. É um primo de segundo grau do meu pai. Viveu na Europa até os vinte anos: é a única coisa que sei dele. Ele me cumprimentou inclinando a cabeça perfumada. Mal lhe respondi. Eu tinha caído da escada e me doía o joelho.

21 de maio

Sobre as rosas, nos vasos da sala, recordando a minha infância, chorei como se eu fosse grande. Às seis da tarde não havia ninguém em casa. Um silêncio intimidador, como o de uma presença, adentrava os quartos. Os corredores escuros me levaram ao quarto de Miss Fielding. Me detive um instante antes de abrir a gaveta da mesinha de cabeceira: encontrei um maço de cartas preso com uma fita (eu sabia de quem eram essas cartas), um frasquinho de perfume, um lápis e uma caixa de fósforo. Desamarrei a fita. Li as cartas uma por uma; à medida que eu ia lendo, guardava-as em um bolso, para não reler as que já tinha lido. Ouvi um ruído na porta de entrada. Com a fita, depressa amarrei as cartas. Uma ficou em meu bolso: eu a conheço de cor.

22 de maio

Miss Fielding sabe que falta uma carta. Sabe que eu a roubei e que mostrei a Miguel. "São cartas comprometedoras", diria a minha mãe. Eu chorei com a cabeça escondida entre as saias de Miss Fielding. Ela me perdoou porque é inteligente. Contei isso à minha mãe.

27 de maio

Rosa, Fernanda e Marcelina são as minhas melhores amigas. Sou admirada pela primeira, dominada pela segunda, ignorada pela terceira, que toca piano muito bem e que anda de bicicleta como um macaco. As amigas podem se dividir em vários tipos: as que escutam sempre, as que escutamos, as que amamos quando estão por perto, as que preferimos quando estão mais distantes, as que desejamos que tenham opiniões diferentes das nossas, as de quem lembramos quando ouvimos uma música, as que são como um jardim, as que se parecem unicamente com elas mesmas, as que sabem o que íamos dizer antes de falar e dizem para nos envergonhar, as que nos roubam as coisas amadas amando-as, as que aperfeiçoam a solidão, as mais velhas, as que não se ocupam de nós.

Rosa, Fernanda e Marcelina na verdade não são as minhas melhores amigas; só o são em algumas redações, como por exemplo na redação intitulada "Um passeio no rio Tigre".

4 de junho

Pablo Lerena janta quase todas as noites em casa. Ele é sócio do meu pai em um negócio. Depois de jantar, Miss Fielding e a minha mãe jogam paciência, enquanto o meu pai e Pablo Lerena conversam envoltos na fumaça espessa dos charutos. A minha avó tricota uma pelerine. Tricota como uma tartaruga com mãos de aranha. Ela ouve tudo o que ninguém consegue ouvir, mas não ouve nada do que todo mundo ouve. Às vezes parece fantasiada. Às vezes parece fantasiada sobretudo no inverno, porque se abriga muito quando vai à missa.

Miss Fielding acha que eu zombo dela: não é culpa minha, ela é tão diferente de todo mundo, com seus olhos de gato angorá e com sua voz chorona.

20 de junho

Vejo muito pouco o meu pai, ou melhor, olho muito pouco para ele: ontem descobri que ele tem olhos verdes e nariz aquilino. Estar sempre perto das pessoas as afasta: conheço pedacinhos da minha mãe, conheço seus punhos, a espessura do seu penteado e o lugar que ocupa um de seus cachos preferidos, o ranger de seus passos, a sonoridade de sua risada, mas conheço Pablo Lerena de cima a baixo e não como um busto, como conheço a minha avó, eu o conheço inteiro como em um grande espelho.

21 de *julho*

Fui a Palermo com Miss Fielding. Levamos carne crua para os gatos. Perto do lago, onde alugam-se bicicletas, nos sentamos para vê-los comer; eles ronronavam, se esfregavam em mim. De repente Miss Fielding começou a tremer; sua cara se transformou: ela parecia horrível, um verdadeiro gato. Eu disse isso a ela e ela me cobriu de arranhões. Cheguei em casa com a cara sangrando.

23 de *julho*

Me escondi no patamar da escada. Eu não via, mas ouvia tudo o que diziam: Miss Fielding falava com Miguel: parecia que chorava. Falavam mal de mim. Os pássaros das gaiolas cantavam, na sacada, como se se beijassem. Na claridade da parede eu via as sombras se agitarem, como as figuras de uma lanterna mágica.

30 de *julho*

É o meu aniversário. O meu pai me deu de presente uma pulseira de ouro fina, Miss Fielding, um livro, a minha mãe, um moedeiro, a minha avó, cem pesos, Pablo Lerena não sabia que era o meu dia e quando viu a sobremesa com o meu nome e com as velinhas acesas sobre a mesa em meio à comida, levantou-se para me dar um beijo. Fiquei ruborizada. A minha avó comeu à mesa, mas não provou a sobremesa porque tinha ovo.

10 de agosto

Eu disse a Miss Fielding:

— Vamos brincar de que você é um gato e eu um cachorro, e você me arranha.

Miss Fielding me pôs de castigo.

15 de agosto

Eu gosto dos livros de amor ou de crimes, gosto dos livros de Rossetti e de Tennyson: sei alguns versos de cor e os recito silenciosamente quando estou na igreja esperando que acabe a missa.

24 de agosto

No meio das lições, Miss Fielding para, suspira e seus olhos se aventuram pela paisagem da janela. Miguel a chamou ontem para que lhe ajudasse a escrever uma carta: demoraram mais de uma hora.

2 de setembro

Sou romântica, Miss Fielding me disse isso ontem à noite enquanto fazia tranças em mim. Ela é mais romântica porque viveu mais, mas menos intensamente.

Miss Fielding abraça Remo e lhe crava as unhas, lhe dizendo em inglês: Sabe como te amo? Remo não entende inglês, mas sabe que Miss Fielding é idêntica a um gato e não gosta dela e abaixa as orelhas.

29 de setembro

Miss Fielding talvez me veja como um demônio. Ela sente um horror profundo por mim e é porque começa a compreender o significado deste diário, onde terá que continuar a se ruborizar, dócil, obedecendo ao destino que eu lhe infligirei, com um temor que não sinto por nada nem por ninguém.

5 de outubro

Roberto Cárdenas veio jantar pela primeira vez nesta noite. Em seguida reconheci o senhor, com os olhos azuis, que eu tinha visto durante o verão, na praia, conversando com a minha mãe. Ele me cumprimentou, amável. Eu mal lhe respondi. Miss Fielding se ruborizou violentamente.

Remo, o cachorro de Miguel, morreu em um acidente.

Interrompo este diário, como interrompi então, com estupor, em 5 de outubro, à meia-noite, ao comprovar que tudo o que Porfiria tinha escrito em seu diário quase um ano atrás estava se cumprindo.

Roberto Cárdenas tinha vindo jantar naquela noite pela primeira vez. E ali eu tinha, diante dos meus olhos, a data inacreditável, 5 de outubro, escrita na página do diário, como um testemunho mágico, infernal. O caderno tinha estado sob o meu poder todo esse tempo. Pelo que me constava, Porfiria não tinha podido tocá-lo nem durante todos esses dias, nem hoje, depois do jantar. Que horrível mistério alimentava diariamente as páginas deste diário? Me lembro que não dormi a noite toda, vítima de inexplicáveis temores.

Na manhã seguinte, perguntei a Porfiria se ela não tinha acrescentado anotações novas ao diário. Eu sabia muito bem que ela não havia tocado nele! Com um vago temor apontei-lhe a distração que ela havia tido em antecipar as datas. Ela me olhou espantada. Abrindo sem mesuras os olhos, ela me disse com exaltação inusitada:

— Escrever antes ou depois que as coisas acontecem dá no mesmo: inventar é mais fácil que recordar.

Confesso que a inteligente, a doce Porfiria me pareceu vítima de algum demônio. Nesse dia, senti horror por ela, e à noite, na solidão do meu quarto, li as páginas seguintes do diário.

26 de outubro

Roberto Cárdenas e a minha mãe se despedem como se temessem não se ver nunca mais. Que segredos terríveis eles se dizem na escuridão da sala quando passa o bonde? Miss Fielding é muito ciumenta. Os gatos são ciumentos?

Hoje pediram a Miss Fielding e a mim que tocássemos o piano a quatro mãos. Miss Fielding, tristemente, sentou-se ao piano e eu ao seu lado, na banqueta. Na madeira brilhante do piano eu via a minha mãe, que chorava, e Roberto Cárdenas, que lhe beijava as mãos para consolá-la.

A minha mãe chora sem lágrimas com frequência. Ela sabe que Miss Fielding me machuca. Sabe que Miss Fielding não é um ser humano, mas não se atreve a despedi-la, porque tem medo dela.

5 de novembro

Estar apaixonada não significa amar um homem: a pessoa pode estar apaixonada sem amar ninguém. Uma fotografia, um pôr do sol, um perfume, um anjo ou uma música são suficientes.

20 de novembro

Eu queria ser acrobata. Me vestir com uma roupa verde e brilhante. Um acrobata se parece muito com um anjo; quando salta nos trapézios, outro anjo o recebe em seus braços.

4 de dezembro

Tenho um pressentimento. Nosso fim se aproxima. Algumas pessoas têm cara de criminosas quando a morte se aproxima; inconscientemente adotam a cara que imaginam que a morte tem.

Ontem falamos com Miss Fielding da morte, do suicídio, do crime. Não são conversas para se ter com crianças.

5 de dezembro

Faz calor. Miss Fielding voltou do campo com um enorme buquê de flores. Ela as ajeitou nos vasos da sala de jantar. A minha mãe não agradeceu, porque é orgulhosa.

O sol amarelo ainda brilha sobre as ruas e as casas, e já é tarde.

Miss Fielding está apaixonada por Miguel. Assim têm que ser as preceptoras com os discípulos, e não os tratar com a grosseria com que ela me trata. Mas Miguel não é discípulo de Miss Fielding, é o discípulo de um gato. Eu sou a discípula e é comigo que ela tem que se ocupar, e não me arranhar como um felino; eu disse isso à minha mãe.

8 de dezembro

Fui à missa com Miguel e Miss Fielding.

Tentei afastá-los. Não me importa que me odeiem. Quando

não se consegue o afeto que se deseja, o ódio é um alívio. O ódio é a única coisa que pode substituir o amor.

Consegui que ela me batesse, que cravasse em mim as unhas de novo. Eu triunfei, exasperando-a.

9 de dezembro

Eu poderia matar Miss Fielding sem remorso. Se eu chorei pela morte de Remo, não choraria pela dela, como ela não choraria pela minha.

15 de dezembro

É como se uma voz me ditasse as palavras deste diário: eu a ouço na noite, na escuridão desesperada do meu quarto.

Posso ser cruel, mas esta voz pode ser infinitamente mais que eu. Tenho medo do desenlace, como terá medo Miss Fielding.

De novo fechei o diário. Deixei-o guardado por dois dias. Pensei que se eu não o lesse, talvez o diário deixasse de existir; eu quebraria o seu encanto, ignorando-o. Acho desnecessário descrever a minha angústia, a minha tortura, a minha humilhação.

Todas as coisas que me aconteceram eu as leio neste diário.

Li as últimas páginas: não consegui evitar.

O diário de Porfiria Bernal falará por mim. Me falta viver suas últimas páginas.

20 de dezembro

Eu me contemplei por muito tempo no espelho, para me despedir, como se os espelhos do mundo fossem desaparecer para sempre. Acredito que existo porque me vejo.

Miss Fielding me assusta. Todos os gatos me assustam. Dou de comer a eles para que não me odeiem.

21 *de dezembro*

Quando começou a nossa inimizade? No dia que os vi com as duas cabeças juntas, lendo um livro de poesia. Miss Fielding me perdoou por tudo, menos por isso, talvez. Ela guarda de mim o rancor que os gatos guardam dos cachorros ou os maus discípulos de seus professores.

22 *de dezembro*

Desejamos, no fundo da alma, que chegue logo o dia da tragédia. Miss Fielding me arranhou três vezes hoje.

23 *de dezembro*

Fomos ao Tigre. O céu cobria a água de reflexos. A canoa verde deslizava, silenciosa. Por um instante nos esquecemos de tudo. Almoçamos debaixo dos salgueiros. Às cinco da tarde, Miss Fielding me olhou com horror. O que tinha visto? A sombra de um gato. Quando as pessoas estão por se transformar, veem uma sombra que as persegue, que lhes anuncia o futuro.

24 *de dezembro*

Miss Fielding me deu um livro de presente; eu lhe dei um gato de porcelana.

Subimos ao terraço, com Miss Fielding, como sempre fazemos quando chegam os dias de calor. A sacada é frágil. A altura de uma casa de quatro andares não pode causar vertigem a nin-

guém. Miss Fielding diz que sente vertigem em qualquer parte onde esteja, de uma altura grande ou pequena. No entanto, quando estávamos no campo, ela subia ao moinho.

— Me dê a mão — ela me disse ao passar pela parte mais estreita da escadinha.

Ela estava com as mãos geladas e tremia. Me cravou as unhas. Me surpreendeu de novo com sua cara de gato; eu lhe disse isso. Deu para ver o rio. De repente perdi o pé. Foi Miss Fielding que me empurrou? Tento me segurar nas barras de ferro.

Eu não caí para fora; caí sobre as lajotas, desmaiada. Ouvi um grito estridente, lancinante. Era a sirene do porto, a que sempre ouvi a esta hora da tarde.

26 de dezembro

Miss Fielding tentou me matar. Não vou dizer isso a ninguém. Ela acha que estou dormindo. Pela janela aberta vejo a Plaza San Martín, onde florescem as primeiras tumbérgias. Brilham as palmeiras e o céu de Buenos Aires se estende até o rio amarelo. Estou de cama. Me deixam tomar uma xícara de chocolate. Pela porta entreaberta vejo que Miss Fielding prepara o chocolate. O leite ferve em uma leiteira. Ela não pode mais me trazer a xícara. Cobriu-se de pelos, diminuiu, se escondeu; pela janela aberta, ela dá um pulo e para na balaustrada da sacada. Depois dá outro pulo e se afasta. A minha mãe ficará contente por não a ter mais em casa. Ela comia muito, sabia todos os segredos da casa. Me arranhava. A minha mãe tinha ainda mais medo dela que eu. Agora Miss Fielding é inofensiva e se perderá pelas ruas de Buenos Aires. Quando eu a encontrar, se algum dia a encontrar, vou gritar, para zombar dela: "Mish Fielding, Mish Fielding", e ela se fará de desentendida, porque sempre foi uma hipócrita, como os gatos.

As convidadas

Para as férias de inverno, os pais de Lucio tinham planejado uma viagem ao Brasil. Queriam mostrar a Lucio o Corcovado, o Pão de Açúcar, a Tijuca e admirar de novo as paisagens pelos olhos do menino.

Lucio pegou rubéola: isso não era grave, mas "com essa cara e com braços de sêmola", como dizia a sua mãe, ele não podia viajar.

Resolveram deixá-lo a cargo de uma antiga empregada, muito boa. Antes de partir, recomendaram à mulher que para o aniversário do menino, que era naqueles dias, ela comprasse um bolo com velas, embora não fossem dividi-lo com seus amiguinhos, que não iriam à festa por causa do inevitável medo do contágio.

Com alegria, Lucio se despediu dos seus pais: ele pensava que essa despedida o deixava mais próximo do dia do aniversário, tão importante para ele. Os pais prometeram trazer do Brasil, para consolá-lo, embora não tivessem de que o consolar, um quadro com o Corcovado, feito com asas de borboletas, um canivete de madeira com uma paisagem do Pão de Açúcar pintada na base e umas lunetazinhas, onde ele poderia ver as paisagens mais importantes do Rio de Janeiro, com suas palmeiras, ou de Brasília, com sua terra vermelha.

O dia consagrado à felicidade, na ânsia de Lucio, demorou a chegar. Vastas zonas de tristeza embaçaram seu advento, mas numa manhã, para ele tão diferente de outras manhãs, na mesa do quarto de Lucio por fim brilhou o bolo com seis velas, que a empregada tinha comprado, cumprindo com as instruções da dona da casa. Também brilhou, na porta de entrada, uma bicicleta nova, pintada de amarelo, presente deixado pelos pais.

Esperar quando não é necessário é ofensivo; por isso a empregada quis celebrar o aniversário, acender as velas e saborear o bolo na hora do almoço, mas Lucio protestou, dizendo que seus convidados viriam à tarde.

— À tarde o bolo cai pesado no estômago, como a laranja, que pela manhã é de ouro, à tarde, de prata, e à noite mata. Os convidados não virão — disse a empregada. — As mães não vão deixar que venham, por medo do contágio. Elas já disseram isso à sua mãe.

Lucio não quis entender as explicações. Depois da contenda, a empregada e o menino não se falaram até a hora do chá. Ela dormiu a sesta e ele olhou pela janela, esperando.

Às cinco da tarde bateram na porta. A empregada foi abrir, achando que era um entregador ou um carteiro. Mas Lucio sabia quem batia. Não podiam ser senão elas, as convidadas. Ele ajeitou o cabelo no espelho, mudou de sapatos, lavou as mãos. Um grupo de meninas impacientes, com suas respectivas mães, estava esperando.

— Nenhum garoto dentre esses convidados. Que estranho! — exclamou a empregada. — Como você se chama? — perguntou a uma das meninas que lhe pareceu mais simpática que as outras.

— Eu me chamo Livia.

Ao mesmo tempo as outras disseram os seus nomes e entraram.

— Senhoras, façam o favor de entrar e se sentar — a empregada disse às mulheres, que obedeceram na mesma hora.

Lucio parou na porta do quarto. Já parecia mais velho! Uma por uma, olhando-as nos olhos, olhando suas mãos e seus pés, dando um passo para trás para vê-las de cima a baixo, ele cumprimentou as meninas.

Alicia usava um vestido de lã, bem justo, e um gorro tricotado com ponto de arroz, desses antigos, que estão na moda. Era uma espécie de velhinha, que cheirava a cânfora. De seus bolsos caíam, quando tirava o lenço, bolinhas de naftalina, que ela recolhia e voltava a guardar. Era precoce, sem dúvida, pois a expressão de sua cara demonstrava uma profunda preocupação sobre o que se fazia ao redor dela. Sua preocupação vinha das fitas do cabelo, que as outras puxavam, e de um embrulho que ela trazia apertado entre seus braços e do qual ela não queria se desprender. Esse embrulho continha um presente de aniversário. Um presente que o pobre Lucio jamais receberia.

Livia era exuberante. Seu olhar parecia se iluminar e se apagar como o dessas bonecas que funcionam a pilhas elétricas. Tão exuberante quanto carinhosa, abraçou Lucio e o levou para um canto, para lhe contar um segredo: o presente que lhe trazia. Ela não precisava de nenhuma palavra para falar; este detalhe, desagradável para qualquer um que não fosse Lucio, nesse momento, parecia uma zombaria aos outros. Em um diminuto embrulho, que ela mesma desfez, pois não podia suportar a lentidão com que Lucio o desembrulhava, havia dois bonecos toscos magnetizados que se beijavam irresistivelmente na boca, esticando os pescoços, quando estavam a determinada distância um do outro. Por um longo tempo, a menina mostrou a Lucio como ele devia manusear os bonecos, para que as posturas fossem mais perfeitas ou mais esquisitas. Dentro do mesmo pacotinho havia também uma perdiz que assobiava e um crocodilo verde. Os presentes ou o encanto da menina cativaram totalmente a atenção de Lucio, que deixou de dar atenção ao resto da comitiva para se esconder em um canto da casa com eles.

Irma, que tinha os punhos, os lábios apertados, a saia furada e os joelhos arranhados, enfurecida com a recepção de Lucio, por sua deferência pelos presentes e pela menina exuberante que sussurrava pelos cantos, bateu na cara de Lucio com uma energia digna de um garoto, e não contente com isso quebrou a pontapés a perdiz e o crocodilo, que ficaram no chão, enquanto as mães das meninas, umas hipócritas, segundo afirmou a empregada, lamentavam o desastre ocorrido num dia tão importante.

A empregada acendeu as velas do bolo e correu as cortinas para que luzissem as luzes misteriosas das chamas. Um breve silêncio animou o rito. Mas Lucio não cortou o bolo nem apagou as velas como o costume exige. Aconteceu um escândalo: Milona enfiou a faca e Elvira soprou as velas.

Angela, que estava com um vestido de organdi cheio de entremeios e de rendas, era distante e fria; ela não quis provar nem um confeito do bolo, nem sequer olhar para ele, porque em sua casa, segundo o que contou, nos aniversários os bolos continham surpresas. Não quis beber a xícara de chocolate porque tinha nata e quando lhe trouxeram o babador, ela se ofendeu e, dizendo que não era uma bebezinha, jogou tudo no chão. Ela não ficou sabendo, ou fingiu não saber, da briga que houve entre Lucio e as duas meninas apaixonadas (ela era mais forte que Irma, foi o que disse), tampouco ficou sabendo do escândalo provocado por Milona e Elvira, porque segundo as suas declarações, apenas os estúpidos vão a festas cafonas, e ela preferia pensar em outros aniversários mais felizes.

— Para que vêm a essas festas meninas que não querem falar com ninguém, que se sentam afastadas, que desprezam os doces preparados com amor? Desde pequenas são desmancha--prazeres — resmungou a empregada ofendida, dirigindo-se à mãe de Alicia.

— Não se aflija — respondeu a senhora —, são todas iguais.

— Como não vou me afligir! São umas atrevidas: sopram as velas, cortam o bolo sem ser o aniversariante.

Milona era bem corada.

— Ela não me dá nenhum trabalho para comer — dizia a mãe, lambendo os lábios. — Não lhe dei bonecas, nem livros, porque ela não vai dar bola para eles. Ela pede bombons, tortas. Até pela geleia de marmelo das mais comuns ela tem loucura. Sua brincadeira favorita é a das comidinhas.

Elvira era muito feia. Um cabelo preto oleoso lhe cobria os olhos. Ela nunca olhava de frente. Uma cor verde, de azeitona, se espalhava por suas bochechas; ela sofria do fígado, com certeza. Ao ver o único presente, que tinha ficado numa mesa, soltou uma gargalhada estridente.

— Tem que colocar de castigo as meninas que dão coisas feias de presente. Não é mesmo, mamãe? — ela disse à sua mãe.

Ao passar diante da mesa, ela conseguiu varrer com seu cabelo comprido, emaranhado, os dois bonecos, que se beijaram no chão.

— Teresa, Teresa — chamavam as convidadas.

Teresa não respondia. Tão indiferente quanto Angela, mas menos ereta, mal abria os olhos. Sua mãe disse que ela tinha sono: a doença do sono. Se faz de adormecida.

— Ela dorme até quando se diverte. É uma felicidade, porque me deixa tranquila — acrescentou.

Teresa não era de todo feia; parecia, às vezes, até simpática, mas virava um monstro se alguém a comparasse com as outras meninas. Tinha pálpebras pesadas e papada, que não correspondiam com a sua idade. Por vezes parecia muito boa, mas que ninguém se iluda: quando uma das meninas caiu no chão por sua culpa, ela não foi em sua ajuda e ficou refestelada na cadeira, soltando grunhidos, olhando para o teto, dizendo que estava cansada.

"Que aniversário", pensou a empregada, depois da festa. "Só uma convidada trouxe um presente. Nem falemos do resto. Uma comeu o bolo todo; outra quebrou os brinquedos e machucou Lucio; outra levou embora o presente que trouxe; outra disse coisas desagradáveis, que só as pessoas mais velhas dizem, e com sua cara de paisagem nem me cumprimentou ao ir embora; outra ficou sentada em um canto feito um cataplasma, sem sangue nas veias; e outra, Deus me livre!, acho que se chamava Elvira, tinha cara de cobra, de mau agouro; mas acho que Lucio se apaixonou por uma, a do presente!, só por interesse. Ela soube conquistá-lo sem ser bonita. As mulheres são piores que os homens. É inútil."

Quando os pais de Lucio voltaram de sua viagem, não souberam quem foram as meninas que o tinham visitado no dia de seu aniversário e pensaram que seu filho tinha relações clandestinas, o que era, e provavelmente continuaria sendo, verdade.

Mas Lucio já era um homenzinho.

A pedra

Ao sair de sua casa Valerio tinha que cruzar um terreno baldio. Ali eram tão habituais a palmeira contra o muro como o mendigo no chão. O mendigo, quase adolescente, parecia fantasiado: sua barba era muito pessoal e, apesar de estar emaranhada, era muito sedosa. Valerio parou ao lado do mendigo. Não foi o espetáculo de sua miséria o que lhe chamou a atenção, não foi a originalidade dos farrapos, mas sim uma pedra opaca e escura para um observador inexperiente que lhe pareceu translúcida, esverdeada e azul, e que servia, com um tijolo, de suporte para uma caçarola quebrada, onde o mendigo sem dúvida cozinharia, pois a terra no chão estava coberta de cinzas e de papéis queimados. Valerio, maravilhado, olhou a pedra e pediu permissão ao mendigo para pegá-la em suas mãos. O mendigo a entregou com receio.

— Que pedra será? — perguntou Valerio. — De Mênfis, de caramelo, de Frígia, do Amazonas, de Mártires.

Ele cuspiu, e com um lenço lustrou a pedra. Não pôde classificá-la, mas ela o encheu de concupiscência.

— Você não venderia para mim? — perguntou Valerio ao mendigo, com a voz pouco firme. Em seus negócios nunca tinha tratado com gente tão decente. — Tenho uma casa de antiguidades. Esta peça é valiosa ou poderia passar por valiosa. Você não venderia para mim?

O mendigo o olhava sem vê-lo.

— Além do mais — prosseguiu Valerio — não é para vendê-la que eu a quero; é para guardá-la. Você não venderia para mim?

Sem deixar de olhar um ponto fixo onde certamente olhava alguma coisa que não estava ali, o mendigo respondeu:

— Por nada do mundo.

— Para que esta pedra te serve? Se você fosse um colecionador!

— Ela é minha — respondeu o mendigo.

— A propriedade é um roubo — respondeu Valerio. — Não sabia disso?

— Tudo o que tem aqui é meu — disse o mendigo, como se não tivesse escutado.

— O quê? — perguntou Valerio, sempre examinando a pedra.

— Olha — disse o mendigo, apontando com o indicador. — Está vendo todas essas coisas?

Valerio viu que o mendigo apontava os muros divisórios das casas. Num primeiro momento não compreendeu do que se tratava, mas depois viu a única coisa que havia nos muros: desenhos de peixes, de cachorros, de casinhas, de cadeiras, de relógios.

— Você é igual a todo mundo: não quer se desapegar de nada! — exclamou Valerio encolhendo os ombros. — Que desilusão!

— Às vezes eu tenho que entrar engatinhando na minha casa.

— É claro — disse Valerio olhando o desenho de uma casinha de cachorro.

— Outras vezes tenho que subir, subir, subir por uma escadaria longuíssima para entrar em uma casa grande demais para mim. São casas para famílias numerosas. Fazer o quê! Uma vez eu me assustei, porque só encontrei palavras escritas; por sorte, duraram poucos dias, senão eu teria morrido de fome e de frio. Não posso me queixar. Sempre encontro folhinhas de alface, fruta, leite, carne, até peixe com vinho. Mas essas coisas não valem tanto para mim como a pedra. Eu lhe daria todo o resto, mas a pedra não!

— É uma loucura. Seja razoável. Para que precisa dela?

— É a minha companheira. Ela tem coração. Ponha ela no ouvido: vai ouvir bater.

Valerio aproximou a pedra do ouvido.

— Seria melhor vendê-la justamente por isso — insistiu. — Não é bom ouvir as batidas do coração de ninguém, nem do próprio, que é barulhento. A pessoa acaba por se achar doente. Além disso, você poderia ganhar muito dinheiro. Eu a compraria. Você não precisa de dinheiro? — inquiriu Valerio.

— Não. Esses muros me dão tudo. O pão, o leite, o vinho, os tecidos que me vestem, as cadeiras onde me sento.

— A pedra, em compensação, para que te serve?

— Não é bem assim. Por exemplo, o tecido depois de um tempo fica gasto. O pão, o leite, o vinho depois desaparecem dentro da minha barriga. — Ao rir, o mendigo mostrou seus dentes brilhantes. — Mas o que tem na pedra, ainda que eu quisesse, não poderia gastar — ele prosseguiu com um suspiro. — Fazer o quê!

— Você desenha? — perguntou Valerio.

— Eu? Não sou louco.

— O que você faz?

— Nada. Assim que acordo da sesta encontro tudo pronto. Não sei o que vai me esperar hoje, mas eu preciso de tudo. Esse bastãozinho — apontou para um rolo de pau que estava desenhado no muro — eu tenho aqui para castigar as formigas — disse ele, segurando um pedaço de pau de verdade.

— Então não vai me vender a pedra?

— Não.

"Eu queria ter esta pedra", pensou Valerio, afastando-se do terreno baldio. "Em resumo, o homem está louco e será fácil tirá-la dele com alguma artimanha."

No dia seguinte, na hora da sesta, Valerio passou pelo terreno baldio. O mendigo dormia profundamente. Um grupo de estudantes fazia desenhos nos muros, com giz e grafite. Valerio parou para olhar a palmeira que tinha, no nascimento de suas folhas, um enorme e inalcançável cacho de coquinhos amarelos.

— Vocês não gostam dos coquinhos? — perguntou aos estudantes, que pararam de desenhar. — Eu adorava, quando era pequeno.

— *Che*, vamos pegar um pau — disse um dos garotos.

— Não tem nenhum — disse o outro, procurando no chão, sem ver o pedaço de pau do mendigo. — Com o que podemos pegá-los?

— Com uma pedra. Também não tem pedra.

— Sobe, você.

— Por acaso sou um macaco? Ou você quer que eu me arrebente todo?

— As duas coisas.

— Seu filho da mãe.

Valerio virou os olhos, apontando ao mais ávido dos meninos a pedra do mendigo. O menino entendeu na hora e a pegou. Ensaiou a pontaria. Da palmeira caiu uma chuva de coquinhos, esmagados ou verdes. Os meninos se amontoaram para juntá-

-los. Valerio recolheu a pedra furtivamente e seguiu seu caminho assobiando. "Quem sente remorso por roubar uma pedra?", pensou. "Não preciso ser idiota."

Quando chegou à sua casa, lavou a pedra com água e sabão, a escovou e a pôs na mesa. A pedra pulsava quando ele a aproximava do ouvido: ela tinha um coração. Mas essa não era a única virtude: ela suava, e uma pedra que sua é fétida; ela respirava, e uma pedra que respira dá medo. Uma noite ele viu nela uma cara com olhos piscando. Não pensou em outra coisa a não ser em devolver a pedra ao mendigo.

Na manhã seguinte foi atrás do mendigo. Levava a pedra envolvida em uma folha de jornal. Não havia ninguém. Pôs dinheiro debaixo da caçarola, pensando que no caso de não poder devolver a pedra, era bom pagá-la de algum modo.

No dia seguinte, quando saiu, perguntou a um guarda que rondava por ali:

— O senhor viu o mendigo?

O guarda lhe perguntou:

— Ele lhe roubou alguma coisa?

Com o pé, o guarda empurrou a caçarola. Valerio viu o dinheiro que ele tinha posto ali no dia anterior.

— Não, não me roubou nada — disse Valerio assustado.

— E esse dinheiro, de quem ele pode ter roubado?

— Deve ser uma esmola — respondeu Valerio.

— Acho suspeito que ele deixe aí, jogada. E hoje, quem é que dá esmola? Só os telefones públicos, quando soltam as moedas.

— Por que ele seria suspeito? — disse, mas não quis insistir e se afastou entristecido, pensando que não voltaria a encontrar o mendigo.

No dia seguinte ele saiu bem cedo de casa, mas sem a pedra, e encontrou o mendigo.

— Eu te procurei todos esses dias para te devolver a pedra — disse Valerio. — Um menino a roubou.

O mendigo sorriu misteriosamente.

— Vou buscá-la — disse Valerio, assustado.

— Me espera — disse o mendigo, pondo-se em pé, disposto a segui-lo.

Valerio o conduziu com má vontade à sua casa. Entraram. Ele o levou junto à mesa onde estava a pedra. O mendigo olhou a pedra e se sentou no chão, tão à vontade, como se estivesse no terreno baldio. Valerio, ao contrário, se sentiu incomodado como no terreno baldio. Para se distrair, deu uma xícara de leite com pão ao mendigo. Este olhou ao redor e disse com voz adolescente:

— Aqui também.

— Aqui também o quê? — inquiriu Valerio.

— Aqui também tudo é meu.

Prosseguiram em um diálogo onomatopeico. Alguns minutos depois, Valerio saiu de sua casa e se dirigiu ao terreno baldio. Sentou-se no chão. Recolheu um coquinho esmagado pelo calço de algum sapato e o comeu; depois comeu outro mais esmagado ainda.

A luz do pôr do sol iluminava os desenhos que os estudantes tinham feito ao sair da escola. As folhas das árvores, por onde se filtravam os raios de sol, projetavam círculos, formas ovais, losangos, trapézios que coloriam os desenhos. Essas luzes coloridas lhe faziam lembrar das luzes que, à luz do sol, os cristais dos lustres projetavam sobre os adornos de sua casa. A recordação era distante.

Ele procurou os objetos mais raros entre os desenhos: um virabrequim, um triciclo, uma grua. Para que serviriam? "Manias de colecionador", pensou.

— Como será sofrer na própria carne uma metamorfose? — costumam se perguntar as pessoas que, para o bem ou para o mal, deixam de ser elas mesmas. Mirra transformada em árvore, Actéon em corvo, Ájax em jacinto, Lélape em estátua, os piratas tirrenos em golfinhos, a Raposa de Tebas em pedra, terão sabido?

Se tivesse um espelho, objeto que os meninos não desenharam, Valerio veria que sua barba cresceu.

Os mastins do templo de Adrano

Os sagrados mastins, ministros e criados de Adrano, são mais bonitos que os cães de Molossia. O templo onde vivem, em Adrano, nunca é muito claro nem muito escuro: uma luz azul-celeste ou dourada se filtra pelos vidros da cúpula. O luxo do templo não consiste nos adornos ou nas proporções do edifício, como pensam alguns, mas sim em seus famosos reflexos. Durante o dia os mastins recebem, atendem e acompanham os que, às vezes embriagados, cambaleiam pela trilha, para chegar às suas casas; castigam, rasgando-lhes as vestes, aqueles que se deleitam pelo caminho em grosseiras travessuras; destroçam com ferocidade os que se dedicam a roubar ou a cometer outros delitos.

Mais lhes teria valido a Helena e Cristóbal, o dia que visitaram o templo, não terem se apaixonado. Foi na hora do entardecer. A luz azul-celeste que se filtra pelos vidros da cúpula iluminava os dois rostos comovidos. Amaram-se. Ao voltar, naquela noite, escoltados pelos mastins, encantados com as estrelas, com o amor que os unia, não sabendo como expressar a alegria que lhes embargava a alma, riram como crianças, com esses jogos tão ingênuos e barulhentos do amor, que consistem em se zangar e deixar de se zangar por tudo e por nada. Entraram em uma cabana abandonada para se jogarem nos braços um do outro como amantes. Os mastins, inquietos, os olhavam: para eles também, quando estavam cansados, qualquer lugar lhes servia de leito.

Mas algo insólito estava acontecendo: o casal não dormia: arrulhava como uma horrível pomba delituosa. Uma estranha risada, que parecia um pranto, brotava das gargantas. Os mastins pularam sobre os apaixonados e lhes rasgaram as vestes. Com um canivete Cristóbal defendeu Helena. Os mastins feridos se inflamaram e os destroçaram. Sempre unidos, os dois apaixonados caíram no chão, mortos. Então, como entendendo que tinham cometido um crime, os mastins rodearam o casal e levantaram as cabeças para o céu sem lua e uivaram até a hora em que saiu o sol e não voltaram ao templo, onde os esperavam.

ESTA OBRA FOI COMPOSTA POR ACOMTE EM ELECTRA E IMPRESSA PELA
LIS GRÁFICA EM OFSETE SOBRE PAPEL PÓLEN SOFT DA SUZANO S.A.
PARA A EDITORA SCHWARCZ EM MAIO DE 2022

A marca FSC® é a garantia de que a madeira utilizada na fabricação do papel deste livro provém de florestas que foram gerenciadas de maneira ambientalmente correta, socialmente justa e economicamente viável, além de outras fontes de origem controlada.